安妮・普魯文集

Annie Proulx

Annie Proulx

安妮·普鲁文集 | 08

心灵之歌

[美] 安妮·普鲁 著
易 真 译

人民文学出版社

著作权合同登记号　图字　01-2020-1559

HEART SONGS AND OTHER STORIES
By Annie Proulx
Copyright © 1988, 1995 by E. Annie Proulx
Published by arrangement with Dead Line, Ltd. c/o Darhansoff &
Verrill Literary Agents
through Bardon-Chinese Media Agency
Simplified Chinese translation copyright © 2021
by People's Literature Publishing House Co., Ltd.
ALL RIGHTS RESERVED

图书在版编目(CIP)数据

心灵之歌/(美)安妮·普鲁著;易真译.—北京:人民文学出版社,2021
(安妮·普鲁文集)
ISBN 978-7-02-016192-8

Ⅰ.①心… Ⅱ.①安…②易… Ⅲ.①短篇小说—小说集—美国—现代
Ⅳ.①I712.45

中国版本图书馆 CIP 数据核字(2020)第 063393 号

责任编辑　翟　灿
装帧设计　李思安
责任印制　王重艺

出版发行　人民文学出版社
社　　址　北京市朝内大街 166 号
邮政编码　100705

印　　刷　三河市鑫金马印装有限公司
经　　销　全国新华书店等

字　　数　161 千字
开　　本　850 毫米×1168 毫米　1/32
印　　张　7.25　插页 1
印　　数　1—6000
版　　次　2021 年 9 月北京第 1 版
印　　次　2021 年 9 月第 1 次印刷

书　　号　978-7-02-016192-8
定　　价　49.00 元

如有印装质量问题,请与本社图书销售中心调换。电话:010-65233595

果核初露

（代序）

自然之舞

《心灵之歌》出版时，安妮·普鲁五十三岁，那是1988年，她尚未迁居西部，还没有写下为未来赢得巨大声誉的作品。作为出版第一本小说集的作家，安妮·普鲁并非一个新手，早在1975年，作家放弃攻读康考迪亚大学历史博士课程时便已全职写作，十三年的努力，作家只挑选出了十一篇作品。这些作品部分发表于户外运动杂志，这是另一个有效信息。为什么是户外杂志（比如《格雷体育杂志》）？这一类型的杂志框定了什么，又塑造了什么？什么是它需要的？这种需求与作家的主体性创造又有何关联？或许我们可以直接越过载体，但不容忽视的是作家的创造成果，我们将在本集里寻找安妮·普鲁作为一个风格独特且形式多变，拥有众多杰作的作家的起点。

这起点首先与自然有关。

自然的阔大与联系难以被广泛整体地看待，它容易形成一个个小的切片和人的社群从而被认知。以佛蒙特为代表的新英格兰地区、纽芬兰、怀俄明都是安妮·普鲁创作的依托之地，虽然这依托之地因为《树民》的出现而被放大——《树民》对整个北美大陆的森林地带做了一次起底式的漫长流变呈现，这是作家晚年的雄厚笔力。

但在安妮·普鲁最初的创作中,观察某一具体地域中的社群生活和景观就成了她起步的工作。作家总是将书写背景置于某一地域,极大化地呈现这一地域内人与环境(文化)的相互融合乃至变化。作家对以自然为代表的广大事物做出了不懈的观察与努力,这在安妮·普鲁的阅读倾向和行走中得到体现。

> 我阅读工作和修理手册、礼仪书籍、俚语词典、城市电话号码簿、职业头衔名录、地质学、地区天气、植物学家的栽培指南、当地历史和报纸。(《密苏里评论》访谈)

再看作家经历,安妮·普鲁居住过不少地方,又游荡过更多的地方,居住和游走会形成一种比照,它们正通过互补的方式让作家更了解其中的人,人即是背后土地及文化的有效代表,安妮·普鲁想要看到其中的变化根源何处。在回答《巴黎评论》的提问时,作家回答:"社会阶层的逐渐融解和社会重组,对我来说才是我要融进写作中的,换句话说,形态变化是如何发生的。"对流变的认识为作家的写作奠定了基础,此外,作家就像一台手动榨汁机一样尽职工作,直到果核露出。

现在,让我们把自然的圈子缩小一点,让它化为一处山脉、一座乡间农场或一块可供人渔猎的林地与河流,正是这些地点让《心灵之歌》里的故事有了盛放的场所。可又因为阅读的颠倒,在面对《心灵之歌》时,我们不得不放下安妮·普鲁更多杰出作品的影响,这部小说集仅仅是一个作家的起点,可以发现此后作品的苗头,比如对环境的精准描写,人与环境的相互作用,人情的态势,还有那些微小但足够醒目的金子般的比喻,等等。这一切的存在,正是之后《船讯》《近距离:怀俄明故事》[①]甚至高龄之作《树民》的强烈兆头,但彼时的安妮·普鲁还很小心,

---

[①] 即《断背山》,2006年我社曾以《近距离:怀俄明故事》为书名收入"安妮·普鲁作品"系列——编者注。

她还在细致入微地描摹乡村事物,以及为了信息的尽可能丰富而忽视对信息的进一步提取,对自然氛围的把握仍是她的依赖,对人物的塑造还没有此后作品中的粗犷与凛冽,犹如旷野狂风。我们知道安妮·普鲁的光环来自这些耀眼的作品,我们以为作家一出手就该是这个样子,而没有一个来路,当来路摆在我们面前时,我们当然会庆幸我们看到了一个不断变化,不断对情感、事物提纯的小说家,但我们也应当知道,在进入《心灵之歌》时必须摒除这一切,让我们犹如第一次阅读安妮·普鲁那样进入这些故事,看到那之后所有故事甚至是讲故事的方式的源头。

《心灵之歌》可以视作一本整体性的书,作为整体的部分自然是一个个具体的故事,但通过这些故事我们却可以勾连起一种连贯的生活,不同的只是其中的个体,他们不断地延伸,延伸出去的部分既有着个体的单独遭际又有着整体氛围的影响,那些林间的枪声、天空中的雨雪雷电、神秘的家族、异样的人与五花八门的欲望,都宣告了这是被笼罩之物,我们可以粗浅地命名为:"自然之下的生活",或者仅仅是:"生活"。

让我们从最坚实的事物出发:环境。《心灵之歌》中的环境无疑暗示了小说人物有着怎样的发展,这一地理属性或自然风物的呈现,是否与上述提到的户外杂志有关(比如打猎这一行为的频繁出现),仍需进一步考量,但我们可以借此得出一个大致结论,即安妮·普鲁在没有明确的地点时是不会轻易地去写一个人物的,她总要知道这个人物出现在了什么样的环境(场所),因为环境(场所)决定了生活方式,然后才是被生活方式所限定的具体的个人,除此之外,还需考量这一场所与人物的遭遇是否匹配,只有等待这些要素逐一落实、融合,书写才得以成立,这是小说家复刻真实世界的努力与美德。

大于阴影

我们看《心灵之歌》中的标题,最初的几篇很能说明问题。《鹿角山上》《巨石之城》《花岗基岩》都给人强烈的背景感受。这些看上去有着确凿实体的标题给了我们一种在场感,可看上去,这些标题又根本不在乎其中的故事和人物遭遇,因为就人物来说,这些确切的事物都带着恒定性,有着见证者般的中立,乃至只是故事的生发地,因而不会轻易泄露出更多的故事意图。

《鹿角山上》写两个老头的较劲,这一基因其实早早埋伏在两人的童年中,这是两个冤家的持续碰撞,微妙的角力是乡村生活之实,即不可被邻人打倒的心气与通病。比尔·斯通的油滑与"让利"使霍克希尔无意中透露了猎鹿地点,这是一个猎人最重要且秘不示人的法宝,是什么让霍克希尔出现了这一重大的失误——是比尔家的藏书。读到这里,熟悉安妮·普鲁的读者会会心一笑,因为霍克希尔喜欢的书看上去正是作家惯常收集的一类。我们来看看书单,《美式钓鱼全书》《飞蝇钓饵制作全书》《实用飞钓手册》,以及关于松鸡的著作《一万七千个日子里的一天》和价格飞涨的《男孩手册》,等等。小说写到霍克希尔去看比尔的藏书,发现它们惊人地廉价,这和他所掌握的市场价格有着巨大的落差,霍克希尔几乎是怀着窃喜与紧张的心情,并要了一些惯常的小花招来分散比尔的注意力,就在这时,霍克希尔将自己的猎鹿地点轻易地交待了出去,从而让比尔猎到了本州历史上最大的鹿,这载入地方历史的时刻让霍克希尔在巨鹿面前撕书的场景变得滑稽,他又一次在与比尔的争斗中落败了,像他之前的失败一样。小说通过这两个鲜明人物勾勒起了一段山中岁月,比尔的家族相册似乎是通往更老旧岁月与生活的钥匙,霍克希尔阅读这些相册的段落,是小说中最动人的部分,因这些照片的存在揭示了居住在鹿角山上的人的共同来路。在这里,邻里的纷争变得可笑而幼稚,它摆脱了现实对人的控制,从狭隘中见出了广阔。那些前人的生活早已定格为了照片,而眼下的生活也不过是未来的照片形式。那些老照片下的说明文字,诸如"堂妹玛蒂和她的新溜冰鞋""爸在门廊秋千椅上",即是证明,"写这些东西的人可能是害怕万一哪天照片的画面褪成了一片空白,斯通家的快乐生活就会变得无人知晓。"而当霍克希尔看到比尔在撕毁的照片中预设了自己的种种死亡,我们就不难推测比尔在面对家庭成员意外亡故后的心理。在小说中作家没有就这一状态做过多的描述,只是借由照片的存在道出了一个少年的内心世界,那是风暴的开始,照片也即小说的风暴眼儿。在这一巧妙且小心的掩饰下,我们不难看出作家对人物倾注的关怀,这关怀并非正面的描摹,对痛苦进行剥露、展示,而是通过照片的细节提供了一条可供想象的路径,由此,小说的人物做了重心偏移,我们也因此才会理解,在比尔今后的人生中他所采取的圆滑、讨人厌,甚至危险的生存姿态正是为了消磨与应对那巨大的灾难。

《巨石之城》里隐藏了一个神秘而又强悍的家族,它的存在时刻影响着当地人的生活。读至这里,我们发现《心灵之歌》已显露了一种阴影给人带来的伤害,像童年时被烙下的印记,随着成长那印记随之扩大。巨石家族在班格内心留下了浓重的暗影,它们是枪击和更为可怖传说的混合体,这影响根深蒂固,并未被后来班格的占有欲(购买巨石家族地盘的行为)所填补。小说微妙地让巨石家族留下了一支后代,而这后代——班格的五金店雇员雷米——又在阴差阳错中继续伤害着班格,雷米苦于父亲的训练(这是延续巨石家族传统的努力),他设下的捕猎陷阱最终导致班格爱犬的死亡,这一事件直接导致了猎鸟高手班格的出走,他只能以远离的方式逃避这一阴影带来的又一次心理冲击。巨石家族的存在与《鹿角山上》的家族传说相类,它们构成了山中生活的神秘力量。小说也借由"我"的所见想象了巨石家族的模样。"他们在岩石层上钻出一个个孔洞,将这些车轴深深插入其中。消失的农场主是谁我不得而知,但从这种残忍的劳作方式上,可以想象出他们的模样。"第一人称叙事在安妮·普鲁的作品中不多见,她是第三人称的爱好者,一种更冷静冷酷的视角,就像本雅明在《柏林纪事》里骄傲宣称的那样:"假如我的德文比同代任何作家都写得好的话,那得大抵归功于二十年遵循一小小的规则:除了书信中,永远别用'我'这个单词。"就算安妮·普鲁用到了"我",我们也会看到这个"我"的无用,"我"的出现完全是一次见证,是为了更好地说出他人的故事。同样沦为小说外壳的是对猎鸟行为的多场景展现,那些详尽的观察和细微知识,仅仅只是小说的外衣(或者我们可以想象,这正是户外杂志所看重的方面),小说留给我们的战栗是属于过去的家族的,他们以不在场的方式持续影响着当地生活,而班格和雷米的联合出走,共同宣告了改变的开始,一个家族将真正成为传说留在当地人的记忆里。还值得注意的是,本篇关于狐狸的分段描写,不仅仅是小说的一件闪着微光的配饰,它更像是与人类并列的残酷生活中自然一端的代表。

> 花岗岩的微粒仿佛已经融入帕雷的身体。岩石坚硬顽固的品质透过薄薄的土壤传递到农作物的根部。农场的土地因日晒而龟裂,每当帕雷从中收获一份马铃薯,他的骨骼便强硬了一分,他的生命力便增强了一点。

这段描写来自《花岗基岩》,我们依稀可以看到日后"怀俄明故事"中粗犷风格的由来。也是在这里,我们再一次感受到了自然与人的关系是如何难分难解的。小说再次通过一个显在的人物,让读者注意到了另一些更值得关注的人物,这是安妮·普鲁笔法中的"斗转星移"。乡村农场里的一对兄妹,怀着对老人帕雷农场的嫉妒,通过婚姻的介入,开始了成年后的入侵占领。莫琳身上的粗暴和攻击性不过是对安稳生活的强烈渴望,是这一渴望之下的本能与反射,帕雷的遭遇正透视出艰难生活中不易被人察觉的部分,他的灾难并非突如其来,而是与隐秘往事相关。他是否是一个无辜的人?小说做了暗示。一切还要回到从前,回到相邻农场的兄妹身上——莫琳与鲍勃浩特——他们备受贫穷岁月的折磨,没人知道他们是如何长大的,通过他们成年后的侵占,小说再一次显现了纵深,让人看到艰难岁月磨砺出的人性。兄妹俩与帕雷的形象交织出了背后生活的罗网,它们经纬交错,互为因果,这让人想指责的同时,也怀着难以掩藏的愤怒和同情,是什么造就了这一切?难怪小说家蒂姆·高特罗在《精彩的故事背后是精彩的语句》中写道:"普鲁似乎正在为新英格兰做着一件科马克·麦卡锡曾经为得州—墨西哥边境所做的事情。"我们知道,麦卡锡的边境故事忧郁迷人甚而冷酷、暴烈,这是另一个维度中有着英雄主义倾向的冒险,是地狱和天堂的同时显现,安妮·普鲁也道出了另一块区域里艰难时世对人的磨砺,他们都在寻找可能的真实性,两者对脚下土壤的了解与精准捕捉更是建立起这一联系的根基。

《心灵之歌》由这三篇小说开篇可谓浓烈,它们各自包含了对过往岁月的记忆,会看到活在"此刻"的人物,仍然置于过去长长的阴影之中——那被称之为传统的东西。改变是艰难的,它的代价和伤痛无人能填补。

家庭要素

在《最接近生活的事物》中,詹姆斯·伍德写道:"小说想要拯救那些历史从未能记录下来的私密时刻,甚至是家庭自身也可能没有记录下的私密时刻。"这无意中道出了我们进一步进入《心灵之歌》的密匙。

小说《祸不单行》写到一场家庭丑闻,家庭当然是一个封闭的小社会,这些由血缘构成而又自成个体的人的聚合实在是小说最微妙的表现地带,安妮·普鲁没有缺席。小说开篇写得尤其精彩,对氛围、对打猎前气候的描述以及家庭成员间的表现会让我们忽视它欲盖弥彰的作用。小说带来的浓烈、精微和具有暗示性的效果会让我们以为作品会导向一个沉重的结局,也许是一处林间大戏,和打猎有关,甚至让我们联想到一家人与镇政府对抗一类的激烈情节,小说里写到镇政府为了修路而提出了巨额资金的要求,这条线索的出现,会让我们以为这是对暴风雪来临的呼应,可结尾却超出了我们的想象。小说很快由开篇的沉重转移到了另一个司空见惯的出轨事件上来,我们以为小说将要到来的事件性悲剧,移植到了家庭内部的人际危机上。这一切的苗头是从哪里萌芽的?小说开篇描写儿子雷的缺席、阿曼度的晚归,一系列的麻烦随之被母亲这一角色抛上餐桌,小说通过她的视角观察了家庭中的几个人,其中有漫不经心的一笔:"梅把盛好晚饭的盘子端到阿曼度面前。阿曼度抬头望着自己的母亲,这是其他儿子几乎不会做的事情。而哈雷特更是从来没这样注视过梅。"简短的一笔,家庭成员的性格及情感状况就被带出,阿曼度显然是和其他家族成员甚至是和父亲不同的人,他是一个在意情感的人，至少在情感的表达上，他是一个细腻的人，或者我们也可以说他是这个家庭的猎手中最体贴的人，可正是这样一个有着细腻情感并不吝表达的人，却遭逢了妻子和兄弟的背叛，而背叛者之一正是当晚没有出现的兄弟——雷。

对比《祸不单行》故事层面的单薄，作为书名的《心灵之歌》便有了深邃而又荡漾诗意的内蕴，因一切与音乐有关，这一无法通过语言描述的存在让一个家庭更具神秘感。一个落魄的流浪"歌手"，接到了一个家庭的演奏邀请，于是一伙隐藏在破败乡间的音乐人被发现，他们演奏的是纯粹的乡村音乐，这音乐的来源正是不被察觉的乡村日常生活。由于敏锐的感知，主人公斯奈普在合奏中发现了内尔的存在，她才是这支家庭乐队的指挥者，这被撩动的琴弦带来了种种幻想，斯奈普被这朴实的音乐所感染，又通过这一发现幻想了未来的火爆前景，甚至推动自己也开始了歌曲的创作，这美好的开端却被一次匆忙的欲望所击溃，他从而也得知了内尔的真实身份，原来她才是老头子埃诺的老婆。历经这一切，斯奈普回到了爱人凯瑟琳的身边，并发现音乐的吸引力被生活涤荡干净，"时间慢慢流逝，海顿精妙的音乐结构也渐渐失去了吸引力，就好像薄纸上的铅笔画，慢慢变得模糊不清。"故事的最后，斯奈普重新燃起了对生活的憧憬，当然只能是憧憬，就像在这之前，在斯奈普沉浸在内尔的乡村音乐并幻想这一切会迎来巨大成功时，他也感到了一种虚无，"斯奈普藏不住内心对成功的反感"，这几乎是这个失败型人物清醒而又自傲的时刻。《心灵之歌》中的调性充满着乡村音乐般的感受，有一丝哀伤和更多的隐忍与处变不惊，唯有这样，生活才可以继续。小说借由斯奈普的发现，呈现了一种悠久的生活态势及在这态势中一个不为人知的家庭的神秘面貌，它是一场小型的"奇观"，也是无奈与超离无奈的循环，我们由此想象内尔，想象她正是靠着这些音乐在一个可怕的家庭中坚持下来。

《电力之箭》中凋落的家族被一对新出现的好奇夫妇所观察,小说的视角既散射又聚焦,处处失败的父亲形象被自己的刻刀留在了坚实的土地上,随着时间的爆发却道出了不被外人知悉的生命力,对于家庭成员来说这是荒诞的时刻,因为毁掉一家人生活的正是父亲,而他的作品却在五十年后成为了意外发现——一幅印第安人雕刻。小说的魅力在于这日常事态中呈现的隐秘性,这隐秘需要漫长的回望才能被察觉。在这篇小说中,安妮·普鲁展现了对琐碎生活的提炼与组合,让日常迸发出了属于日常的枯燥与这枯燥积累的质变,一定是有什么东西被我们轻易遗忘了。《电力之箭》在整部《心灵之歌》中最具宽阔的气质,因它容纳了更长的时空信息与变化,多焦点的呈现若无最后父亲带来的"意外",一切便会被掩埋。

在涉及家庭这一存在的小说中,我们需要区分的是家庭本身在小说中所占的比重,因为还没有哪一部现实主义小说能摆脱家庭这一或显或隐的存在和影响。在安妮·普鲁的这几篇小说中,我们可以明显看到家庭内部的组织与关系是如何作用到个体身上的,作家通过对家庭要素的提取将人缩小到了一个微妙的舞台之上,人物的一言一行都时刻反映着家庭作为整体对他们施加的影响,只不过有的人物善于利用这一影响,而另一些则只是默默承受。

不同侧面

《晴朗一天》是篇焦点集中的小说,因而轻快。厄尔的固执与桑迪的清醒,止于一次雷击时刻被劈落的松鸡,面对这一结果,我们都会作出和桑迪一样的选择,告诉厄尔,这是他漫长学艺期枪法的结业证明。我们也可以反过来推论,这没准是户外杂志最喜欢的一篇小说,因它充满了男性荷尔蒙的浓烈味道,那些枪击时刻,想必代为叩响了一个个久居城市的人迈向乡间的冲动。《雄鳟怪人》里写到两个妻子离家的男人,一位妻子精神失常,一位只是无法忍受丈夫,两个落魄、倒霉的丈夫因此结伴出游,在钓鳟鱼的过程中,里弗斯洞悉了索瓦热心中的恐惧,编织了一个鳟鱼怪人的形象,这怪人也成为隐喻,成为生活中不可知阴影的化身。里弗斯的世界充满诗意,他对中国古典诗歌的熟悉让人意外,"货架上摆放的中国诗词有一种别样的味道,书中有归来的航船,有水中的明月,还有岸边的青苔。"很难想象,这是一个杂货店老板的精神世界,小说也正通过里弗斯的诗歌世界与俗世生活划出了界限,但我们也会看到,这绝非一个人幸福的保障,相反,诗歌的慰藉作用十分有限,当人物敏感于此,生活中的失败便来得愈发浓重。《晴朗一天》与《雄鳟怪人》都与钓猎行为有关,展现了作家对这一活动的认知与专业程度,但我们也要看到,在这里,狩猎行为并非作者的意图,她只是借狩猎这一行为起底人物背后的生活与精神世界。而《掩于深坑》《乡村凶案》《摄影底片》作为小说更为纯粹,它们不再依赖一种确切的户外行为来作为人物或故事的生发点,而是将焦点对准了生活的不同侧面。在《掩于深坑》里,回到老屋的布鲁面对的是昔日的生活,并不那么沉重,但他是一个经历过若干失败的人,因而他见到邻居菲茨罗伊先生收留的吉尔伯特时,能从后者的脸上迅速捕捉一次次失败带来的特殊印记。烤面包机的出现引起了布鲁的注意,他的童年记忆随之浮现,那台机器代表了这栋老屋里最耀眼的过去,是屋里最坚实的部分,因而当他在菲茨罗伊先生的牛奶棚中发现这台机器时,想当然地以为这是吉尔伯特从老屋里顺走的,突如其来的暴力行为,让我们想起了布鲁那未经道出的失败生涯,也必定是这失败的一次次累积迫使一个人失控。小说巧妙地通过这一暴力行为,勾勒出了布鲁的人生空白。布鲁的行为与老人形成了对照,甚至老人的存在与布鲁的母亲也形成了对照。菲茨罗伊先生是一个从不过问别人过往的人,这一美德恰是布鲁不具备的,我们也知道没有人的过往经得起盘问。布鲁家烤面包机的最终出现证明了什么?什么是被掩藏而又姗姗来迟的?《乡村凶案》的焦点并不在凶案本身,作家制造的悬疑也在一种可以推测的范围,不是努里,便是奥尔布洛,答案是谁并不重要,或许读者可以从结尾那句"然而,他早就知道了"准确推测,因为"他"——奥尔布洛凭什么知道?小说借一桩凶案还原了一种整体上既不特别沉沦也不乐观的生活图景,它是对欲望的压制又是压制后的爆发,更不难发现,小说人物总是处在这两者之间,这中间的灰色地带是生活的底色,与小说渐渐迎来的一个称得上悲惨的结局并没有必然关联。凶案的发生,只是幻灭时刻,也正因为小说的侧重并非凶杀,反而凸显了一种沉重之外的更让人无法挣脱的窒息生活,如果非要形容的话,它像是暴风雨远远来临的天空。《摄影底片》中摄影师拍摄的女人照片与因纽特女孩的照片互为镜像,女人真实鲜活然而贫瘠的肉体被摄影师摆弄,制造了所谓的艺术性,而因纽特女孩的照片同样如此,不同的只是,那是一具尸体,是死后的摆设。两者的联系,在女人阿尔宾娜钻进那个废弃而又肮脏的炉灶时显露无疑,"取景器中呈现出阿尔宾娜弯曲发黑的脚底、紧绷的大腿与臀部,还有毛发经过修整的性器官。她的背后根本没有什么发育不全的尾巴。"摄影师引以为傲的艺术感与癖好在这里展现淋漓,一如当初他发现因纽特女孩照片时的欣喜:"'这是一具尸体,'瓦尔特兴高采烈地说道,'她的身体都僵硬了。'"而女人阿尔宾娜想要的那种照片,带着微笑的正常人像则永远不会出现在摄影师的镜头里。在这一刻,小说充满了冷酷的意味,一个普通、温和的要求竟得不到满足,作者借用摄影师激情四溢的镜头给人留下了近乎冰冷的焦点。《摄影底片》为整部《心灵之歌》打开了另一个维度,它挣脱了对地域的依赖,甚至将目光跳离了日常生活的关联,也从这一侧面对地区、社群生活的开放性做了极佳注解,因它对准了那万千遇合中猛烈遭逢的时刻。凭借这篇小说,安妮·普鲁展现了一个小说家处理问题的视野和手段,她随时可以从自我的依赖中跳脱出去,不再贩卖一种可供辨识的地域生活知识,而去讲述一个更为纯粹的故事,将读者导入陌生的情境,让阅读的焦点对准人物本身。

回到问题

> 怜悯是一种悲伤,它混合着爱,或者说伴有一种良好的意愿,这种意愿主要是针对那些我们不忍心看到他们遭受某些他们并不应该承受的痛苦的人的。

这是勒内·笛卡尔在《论灵魂的激情》里的观点,关于怜悯。

怜悯是我们在面对小说这一艺术形式时,最容易激起的情感要素,与我们的心灵直接关联。我们会一次次想起《花岗基岩》中的孤独老人帕雷和《心灵之歌》中面对音乐的斯奈普,我们也不会忘记《雄鳟怪人》中喜爱中国文化的里弗斯,还有《摄影底片》里那个得不到自己心仪照片的女人阿尔宾娜……按照现代眼光,这些小说人物都是自身带着问题的人,或者我们也可以说,每一个确实存在的人都是有问题的人。问题也即人类与动物的分野,是问题诞生了人类本身,问题的无限繁衍制造了文明。让我们回到小说中去,问题是小说得以展示自己非凡魅力的时刻,问题也并非一定要得到解决,因问题的连贯如同自然一般阔大,它只会衍生出更多的问题。但在我们阅读"问题"的时刻、阅读小说人物面临的具体困境的同时,一种共情的怜悯就是我们所能做到的最广泛的接纳。因为怜悯的存在,作者在难以给出一个确切的答案、在掐断小说的时间进程时,读者会同样出于怜悯,接受这一切。而怜悯的宽泛总和或升华版本,叫作悲悯。怜悯是悲悯在人间的一次次具体分解与体验,就像构成森林的树木。

安妮·普鲁正通过人物的表现及伤痕展现了一个作家的悲悯,虽然她一次次隐藏,我们也能从中发觉一处处可供攀援的痕迹。即使我们对《心灵之歌》中的某些篇章略感欠缺,认为它尚未抵达一种精炼的程度,或仍有可供发展的空间,它都作为整体给我们带来了丰富的体验。这不是一部有着高度重复性的小说集,它的面目随着不同篇章而变化,即使我进行了粗野的分类,也不足以概括这之间的差异。就整体的地域影响来谈,我们也要首先区分地域和地域性。地域是坚实的存在,它的变化来得缓慢而不被察觉,虽然它依然来自于人类的划分并赋予其文化上的意义,它都明显从属于自然;而地域性则是久居其间的人在与自然的融合中形成的一种适者生存的传统,它是人类漫长历史运动沉淀的结果。索尔·贝娄上世纪五十年代游走佛蒙特时有过这样的观察,他在《胜地佛蒙特》中写道:"这些人一直坚守古代生活方式,掘地、砍伐、照看动物、给枫树钻洞收集树液;他们的话题是泥泞时的道路,冻疮或保暖内衣,木材价格或消防志愿者。"又说"看不见、摸不着的世界大潮也冲刷着地球最偏远角落的人类的神经末梢。即便如此,乡村还是自己人控制着的。新来的人只有在一定条件下才会被接受。"《心灵之歌》以佛蒙特为背景,它流淌着的正是这样的血液。在本书里,地域性通过小说的形式表现出两极形态,一端是与环境文化风物所契合的产物，它带着封闭性，有着原始的野性与乡村秩序，一端则借由外来者的闯入重新认识或试图忽略这环境的影响，从而将小说交予问题本身。这一切都根源于人物，因为人物的变化，那些闯入者们带来了新鲜的血液与躁动，当两者结合（与当地坚硬而又带着强烈惯性的生活一经遇合），一种新的矛盾就此诞生。安妮·普鲁恰用她的笔触揭示了这一矛盾时刻，它们构成了小说层层叠加的景观，令人信服的是，作家始终将这一景观置于细节与情理之中。我们无法再对地域评说什么，地域自有它顽固的一面，更有它的神秘之处，这神秘之处是包容那些更神秘怪异的人物的。两者并非那么和谐共存，就像《巨石之城》中的班格，他在忍受了漫长的本地生涯后，选择逃离，这就是流动的形成；而《电力之箭》里的夫妇正作为闯入者带着天生的陌生与好奇参与了对本地家族的研究，"他们开始研究克鲁克家的族谱，好像除了那块土地，他们还把我们的祖先也一起买了过去。"一个要逃离，一个要闯入，如此，人类生活才变得真正可能，这是生活作为熔炉的特质，也是激发问题的时刻，更是安妮·普鲁作为观察者所采取的历史方法论的体现。

李晃

2021 年 5 月 20 日

目　　录

鹿角山上 …………………………………… 1
巨石之城 …………………………………… 23
花岗基岩 …………………………………… 51
祸不单行 …………………………………… 68
心灵之歌 …………………………………… 83
晴朗一天 …………………………………… 101
掩于深坑 …………………………………… 116
雄鳟怪人 …………………………………… 133
电力之箭 …………………………………… 153
乡村凶案 …………………………………… 173
摄影底片 …………………………………… 192

感受安妮·普鲁文字的力量（译后记）………… 209

鹿角山上

霍克希尔脸上皱纹密布,看上去像一块在草地上晾干的亚麻布,单薄的脊背佝偻着,好似被积雪压弯的枝丫。如今的他仍旧和从前一样,在田地溪流中消磨着一天里大多数时间,只不过现在的日子要比当初惬意许多,那时的他就是个野小子,整日在泥泞的集材道①上蹿来跑去,把自己搞得气喘吁吁,他会把树枝折断,弄出咔咔的声响,好盖过校车的喇叭,直到车子走远。彼时的他讨厌读书,目空一切,在他的眼里,只有这片山林。

然而人到暮年,患上老年失眠症的他却将大半的晚间时光用来读书,已经染上铜绿的文字闪烁着光芒,从他的眼底一行行掠过,如同奔腾不息的河水,淌过一颗颗光滑的石子。他的书中讲述着野生大雁的故事,描绘着河鳟尚处于幼苗时期的模样,还有在雪地里奔跑、呈扇形散开的狼群。他浏览着购书目录,在为数不多能够买得起的书名前标注红色的星星记号,至于那些无力购买的珍品图书,他则会画上黑色十字,就像一个个小小的墓地标记,这些天价书目有哈尔福德编著的《飞蝇钓饵制作全书》、朗曼撰写的《旅行游记》,还有菲利普的《自然志:鸭》,彩色插图里的野生水禽栩栩如生,就好像是实物被压成了书页间的印花。

霍克希尔的活动板房就停放在鹿角山阴,羽毛河的北岸。

---

① 集材道,林业企业在伐区至装车场之间修建的道路,专供集材作业使用。

沿岸的几英亩狭长土地是他仅剩的最后家园。自从约瑟芬跟他离婚后,霍克希尔便一点点以低廉的价格变卖了自己的土地,现在剩下的,只有这间活动板房、十英亩松软潮湿的河滩地,还有自己的社保福利支票。

即便如此,霍克希尔仍然认为此刻才是他一生中最美好的时光。在历经了半个多世纪的激流前行后,现在的他终于来到一片平静的水域,他很高兴自己可以放下船桨,让小船在余下的航行中随波逐流。

破浪县到处都隐藏着霍克希尔狩猎的"秘密基地",他会定期走访这些地方,依照次序、心怀敬意、期盼收获,那模样如同耶稣受难图所描绘的一般。每年五月底,霍克希尔便会顺着狭长的河道,在温暖和煦的阳光下,追寻鳟鱼的踪迹,他用娴熟的技巧在桤木林中挥舞钓竿,脚下的蕨类植物被他踩得粉碎,断裂的茎秆散发出难以形容的苦涩气味。十月来临,迷雾笼罩在潮湿的秋麒麟草地,他会奋力穿行其中,警惕地狩猎松鸡。到了万籁俱寂的十一月,霍克希尔又摇身一变,成为鹿角山肩的猎鹿人:他会背靠一棵山毛榉树,静待猎物出现,直到手中来福枪的蓝色金属层上冻满了冰纹。

猎鹿季的到来宣告着霍克希尔本年度狩猎生活的结束,但同时也是一年中最高潮的时刻:开弓没有回头箭,猎枪子弹喷射而出,伴随一阵耳鸣,周围的空气凝固了,身为猎物的雄鹿应声倒地,它的生命定格于此,天空好像布满纹理的大理石,细如尘埃的雪花飘落而下,猎物流出的血液逐渐冰冷,将地上的枯叶浸染成一片红色,霍克希尔仿佛顿悟了万物循环更迭、周而复始的自然之理。

比尔·斯通是个好管闲事的家伙。他和霍克希尔斗了一辈子,二人见面总是一副剑拔弩张的样子,仇恨的火焰从不曾熄灭,而是像在炉子里闷烧的火焰,稍有风吹便能再次引起熊熊烈火。

在学校的时候,霍克希尔被周围的同学唤作"孤独的樵夫",因他喜怒无常、性格叛逆,又整日徘徊在人迹罕至的山林之间。那时的斯通则是一个卑鄙吝啬又自以为是的小子。他自小和父兄一起打猎,十一岁时就抓到了一头雄鹿,每每想到此事,在女人堆里长大的霍克希尔心中便会泛起一阵酸楚,他总是寻思着:比尔那家伙怎么可能会失手,他只需坐在那棵大大的松树上,下面是野鹿出没的必经之路,耳边还有父亲的低声号令,告诉他"就是现在!快射!"在那种情况下,只有傻子才会失手。

斯通的父亲经营着一座小农场,开了一间贩卖饲料的小商店,同时还兼任小镇巡警,有着一份微薄的收入。他的工作就是处理周六夜间舞会上发生的斗殴事件,搞定那些骚扰羊群的野狗,有时还作为学校的训导员,教育逃课的学生。一日清晨,当小霍克希尔顺着满是岩石的山坡滑下,准备奔向前方的鳟鱼水潭时,等待他的却是斯通父亲那张又大又糙的脸。

"你小子又想逃学是吧?也罢,既然你的老子教育不好你,就让我来给你上一课,让你好好长长记性!"斯通的父亲拿起一根修剪过的灰树苗,将霍克希尔一顿抽打,接着把他送回学校。

"别再想着逃学的事了,小子,否则我会再来教训你。"

教室里,比尔·斯通飘忽不定的眼神出卖了他,霍克希尔知道是谁告的密。"我会好好修理他的,"午间休息时,霍克希尔对他的姐姐厄娜说道,"我要好好计划一下,等我教训完他,他甚至都不知道自己被谁揍了。"游戏就这样开始了,仇恨的丝线缠绕在一起,绵延不断,成为两人生活的注脚。

十月下旬,就在斯通十五岁生日前一周的星期日,悲剧发生了,那场意外暴露出斯通母亲在家务方面懒散邋遢的作风,也夺走了他一家人的性命。

为防止刚刚发芽的谷物被乌鸦啃食,破浪县的农民会把玉米种子浸泡在士的宁溶液中,用来杀死那些趾高气扬的贪婪鸟类。斯通家的某位成员——没人知道到底是谁——竟将平时用来烤肉的大平底锅当作容器,将致命的溶液倒入其中。浸泡过溶液的种子被埋入土中,但那口平底锅却未经清洗,就被随手扔到食品储藏室的地板上,塞在已经用得发黑的铁质扒炉下面,它就静静地躺在那里,一直待到秋季,生猪屠宰的时节来临。

那天很冷,风很大,狂暴的气流卷走了夏天最后的余热。斯通的母亲拿出那口平底锅,放上一块大大的猪排,准备周日的家庭聚餐时给大家吃。那块猪排夺走了斯通全家人的生命,只有比尔一人幸免于难,那天他没有参加聚餐,而是在维拉德·艾恩家的干草棚里滚来滚去,初尝禁果的滋味。自此,性爱与死亡画上了等号,摧毁了他的少年时代。

斯通一天天长大,农场也一天天破败下去。年复一年地,他坐在饲料店里,偷听同线电话里其他人的通话内容。他摇晃着如刀般锋利的舌头,四处散播流言蜚语,不断侵扰着别人的生活,直到把人们的外壳撬开,将深藏其中的核心暴露出来。斯通会独自一人出现在周末舞会现场,自己却从不跳舞,只是盯着女人一个接一个从自己眼前飞快闪过——她们的手臂上挂着汗珠,汗水浸湿了上身的印花衬衫,短裙紧紧贴在性感的大腿上。一到夜晚,斯通就会在小镇里闲逛,窥探哪户人家忘记放下百叶窗。每有教会晚餐,或是桥牌聚会,斯通便不请自来,他眉飞色舞地讲起自己编造的生动谎言,含沙射影地讽刺或中伤不在现场的人。每当需要打磨自己如剃刀般的舌头时,他便会拿死去的父母说事,将他们的错误一次又一次拿来鞭挞,就好像自己刚刚与父母大吵一架,双方对彼此都充满敌意,但有些时候,他又会声泪俱下地称死去的父母为"圣徒"。

斯通一次次地用小把戏捉弄着霍克希尔。在霍克希尔开始经营农场后,他发现每年总有那么一两次:信箱被人打翻;拖拉机的油箱里被人灌满水;奶牛棚的大门被人打开,牛都跑到了高速路上。他知道是谁干的这些事情。

然而霍克希尔还是一如既往地在斯通的饲料店里购买谷物,直到有一天,斯通说到了约瑟芬的事情。他的眼睛里闪着光,好像一只贪婪的谷仓猫,刚刚学会了怎样用黄油来炸老鼠。

"真是作孽啊,镇子上所有人都知道她在干那档子事,也就你还一直被蒙在鼓里。"斯通轻声说道。他仅用眼神就将霍克希尔吃了个精光,他从霍克希尔悲伤的情绪中吮吸着甘甜的汁液。

饲料店里很冷,窗户上沾满了谷物的粉尘。霍克希尔感觉自己的指间和干涩的嘴里都是这些细小的尘埃。他们就这样互相盯着对方,过了一会儿,斯通结束了对视,快步穿过寒冷的过道,向自己的房间走去。

"现在我要让他好看,"霍克希尔对厄娜说道,"我可以把他绑到林子里喂狗,只要我想,我随时能让他吃到苦头,不过我还是想看看他到底会落得什么下场。"

斯通会用令人讨厌的把戏捉弄每个人。饲料店的生意一落千丈,当人们看到斯通开着自己的黑色皮卡驶出镇子时,一些人——比如霍克希尔——就会在背后啐上几口,而斯通的大脑袋则会左摇右晃,享受着沿途的风景,直到山林将他的身影吞没。

很长一段时间里,厄娜都会帮斯通找借口,为他的恶行开脱,说是因为父母的意外离世才让他"变成"现在这副德行,就像一碗牛奶,会在雷雨天气里发酸变质。但当斯通向狩猎监督官告发厄娜,说她在地窖里藏有一头夏季猎来的雌鹿后,厄娜气得在电话里大发雷霆,霍克希尔觉得自己的耳朵都要被灼伤了。

"勒韦尔德,你说什么样的人会因为几块鹿肉就去告发自己的邻居？他自己不也是和其他人一样,爱吃得不行吗？"

霍克希尔心中自有答案,但是他却没有回答。

和约瑟芬离婚后的几年时间里,霍克希尔开始慢慢将自己沉浸在书本的世界中。他去参加在莫斯利举办的拍卖会,期待他要的货早点出现,这样一来他就能冲出人群,离开会场。但拍卖会的进程一再拖延,那些老妇人缝制的上百件桌布和被罩一件接一件被推荐给来这里消夏的度假客。避开嘈杂的人群,霍克希尔在靠近后门廊处的箱子里不断摸索。一本名叫《独眼偷猎者的再度历险》的书看起来还不错的样子,他蜻蜓点水地翻阅起来,一只耳朵还在留意拍卖师喋喋不休的话语。他坐在已经有些破旧的门廊秋千椅上读书,直到拍卖师带领人群如列车般蜂拥而至,拍卖师对着人群大声喊道:"谁能给在下五美元,这些箱子里的书就归谁所有!"

霍克希尔的活动板房里堆满了各式各样的书,几十年的时间里他陆续采购了上百本,他享受着这样的独居生活。

至于斯通,待在饲料店里的他也感到越来越孤独。随着年纪的增长,他的生意越做越小,只有极少数经济拮据的农民还会继续在他的店里买饲料,一方面是出于习惯,另一方面则是因为斯通还欠他们牛奶钱,在他们把账单送到店里之前,斯通都会卖给他们饲料。偷听电话已经不能满足现在的斯通了,他会直接打断正在通话的人,大声嚷着:"赶紧挂掉电话!老子有急事儿!"

"如果你要问我的话,"厄娜对霍克希尔说道,"我肯定会说他脑子有问题。他唯一的急事儿就是他自己。等着瞧吧,早晚有一天,人们会发现他躺在厨房的地板上,身体僵硬,就跟一月份谷仓里的铁钉一样。"

"等我找他算清总账,"霍克希尔接过话茬,"他就会变成你说的那样。"

斯通本可能会如他们所说,像根大铁钉一样,"哐当"一声倒在冰冷的厨房油毡上,但过了六十岁,他的头发变成了漂亮的银白色,瘦削的脸庞勾勒出清晰的轮廓。也就是在这个时候,城里人开始拥入乡村,他们买下旧农舍和牧场,将制糖厂改造成度假村。

"比尔,你就像是从鲁珀特·弗罗斯特①的诗里走出来的一样。"说出这番话语的妇人已经买下波特家的农场,并从中选出最好的土地,种植了上千棵桦树,远看像是种了一千根杂草。这些新来的度假客认为斯通是个人物。他们喜欢听斯通讲故事,他们从斯通的漫天谎言中读出了道德教化,他们会围在斯通的饲料店前,怂恿斯通讲更多的故事,他们玩着角色扮演游戏,假装自己是农民,在店里采购盐块、葵花子和鸡饲料,盐块是给鹿准备的,葵花子是要喂给冠蓝鸦的,而那些鸡饲料则是宠物鸡的食物,只不过一到秋天,这些度假客就不得不把这些宠物鸡送人或丢掉。

斯通人生的航船本已破烂不堪,没想到风向发生了新的变化,他重整旗鼓,顺势而为。人到晚年,他发现自己第一次如此受人尊敬和欢迎,这让他感到受宠若惊。他观察来此消夏度假的人的喜好,为了取悦他们,斯通把家里存放的瓶瓶罐罐、书籍工具和其他家伙什儿统统翻腾出来,一捧捧地运到店里。家族几代人积攒的财富被他摆上货架,紧挨着旁边的作业手套和牛羊用乳房软膏。布满粉尘的窗户上挂满用旧的马具、木质的手杖,以及带有裂纹缺口的各式瓷器。

到了秋天,斯通会为那些男性度假客备足子弹,他们要回来

---

① 此处应指罗伯特·弗罗斯特(1874—1963),20世纪最受欢迎的美国诗人之一。文中妇人记错了弗罗斯特的名字。

猎鹿了。挂在商店窗户上的牌子写着"枪支·蓝色印章·饲料·葡萄酒·古董",这是他店里贩卖的部分商品,整个家族的兴趣和事业几乎都被他杂乱无章地堆积在货架上,就好像斯通拿着一把耙子将他祖先的生活搅了个天翻地覆,然后将剩下的残骸堆到店里。

"听他们说,"厄娜讲道,"斯通把家里翻了个底儿朝天,瓶瓶罐罐自不必说,就连蜘蛛网也没放过,所有的东西都被贴上标签、标好价钱。对了,他也在卖他祖父的那些旧书,我想你应该是收到消息了,不是吗?他把那些书放在了谷仓里,乱堆一气,随时可能会被老鼠啃掉。"

"是吗?"霍克希尔问道。

"我觉得你应该去那儿看看。"

"好吧,"霍克希尔应道,"也许会去吧。"

斯通家在一处高崖之上,位于霍克希尔活动板房的上游,两者的直线距离不超过一英里,但霍克希尔可不像乌鸦那样能直接飞过去。他需要开车经过一个又一个弯道,每一次过弯都像是用螺丝钻在木板上钻开一个洞,这块木板代表着他的过去,他感到一阵阵刺痛。他不太记得成年后自己是否还去过斯通家里,但他清晰地回忆起年幼时去斯通家的场景:他坐在家里老旧的福特车乘客席上,座椅的颜色像灰尘一样,父亲开着车,碾过潮湿的落叶堆。车窗的玻璃被摇了下来,远处的断崖下,河流在嘶吼,因为下雨的关系,水流变得更加湍急,不断拍打着巨石的底部,发出阵阵爆裂声。他们开车一路颠簸,父亲的嘴唇不停嚅动,仿佛在和看不见的精灵窃窃私语。霍克希尔始终紧紧抓着门把,万一这个老头子突然开车冲向悬崖,他好随时跳车逃跑。以上是他对自己父亲为数不多的回忆之一。

现在映入霍克希尔眼帘的,是已经破落的斯通家。房地产中介随时可能会接手这里。房屋的护墙板已经垂了下来,整个家如今只剩下一间长长的侧房和一间谷仓。饲料店就在侧房里，但霍克希尔打算从后面抄近路过去，他开车穿过长满带刺荨麻的草地，路过商店窗户时正好窥见斯通的模样：他满头白发，手里拿着一沓纸，脑袋左右摆动。

谷仓里一片黯淡，黄褐色的日光照射进来，整个房间像是披上了一件印第安丝织品，光线犹如细丝，缠绕在空气周围。屋内弥漫着淡淡的苹果香味。另一边的墙角，一只公鸡正在拍打翅膀。霍克希尔环顾四周，发现谷物袋后面堆着百十来本书，有的放在盒子里，有的堆在架子和窗台上。他随手拿起一本，是萨德·诺里斯一八六五年出版的《美式钓鱼全书》，这本书品相极佳。他在家里翻阅购书目录时见过，目录标价八十五美元，而斯通要价一美元。

霍克希尔走向装书的盒子。他翻出一本小巧精致的书，书名为《一万七千个日子里的一天》，内容是关于松鸡的，作者是纳庭法官。在另外一个盒子里，拿开几本污迹斑斑的杂志，哈尔福德编写的《飞蝇钓饵制作全书》深藏其中，那是一八八六年印刷出版的稀有版本，书套外面，斯通用铅笔重重地标上了价钱：一点五美元。

"感谢老天，"霍克希尔叹道，"可算让我找到它了。"

他拿起几本关于马铃薯种植和测绘的图书，封皮看上去就很沉闷无趣，他把那些珍品图书混于其中，隐藏妥当，然后捧着一摞书走进饲料店。斯通正坐在柜台前，摆弄着手里的计算器。霍克希尔注意到斯通穿了一身工作服，粗壮的脖子周围还系着一条长长的印花围巾。霍克希尔环顾四周，心想是不是还有一顶草帽挂在哪面墙的钉子上。

"很高兴见到你，勒韦尔德。"斯通说话的腔调听起来甜得发腻。他像平时一样东拉西扯、开着玩笑，好像霍克希尔也是来这里消夏的度假客，斯通眨了眨眼睛，对霍克希尔说道，"别总把你的社会保障金都花在这些书上,勒维尔德。省点儿钱用来快活快活嘛。你瞅见那边的霰弹枪没?鲁格出品,全新的。"斯通变得愈发圆滑世故,这都是让那些度假客捧出来的,霍克希尔寻思。

这些书原本都属于斯通的祖父,他是一个水上英雄,曾捕到过一条大鳟鱼,破了原先的纪录,他的事迹因此登上了波士顿当地的报纸。那条鳟鱼后来被做了填充处理,制成标本,至今还挂在斯通的店里,就在他祖父那张被放大的照片旁边,椭圆形的玻璃相框里映出他祖父被授予荣誉后骄傲的脸庞,还有一双浑浊的眼睛。

"比尔,今天又从你祖父那里拿来了什么好东西?"每到周六,斯通的店里就挤满了度假客,他们大声向斯通提问,而斯通也总是回应他们:"我把能拿的都搬过来了。"贪财的本性此刻摇身一变,升华为乡村人家热情好客的品德。

只要听众的眼神里释放出期待的信号,斯通就会立刻讲起他祖父的故事:"那个老头子简直蠢透了!竟然会死在给乌鸦设置的诱饵上,真是脑袋迟钝。"

霍克希尔捧着书,满身尘土地走出谷仓,来到店里他看见斯通正眉飞色舞地讲着故事,说谎对斯通来说就像呼吸一样自然。度假客围在一旁,那画面仿佛一群露着獠牙的猎狗,看着眼前的野兔被开膛破肚,等着扑食那些尚有余温的心肝。

对斯通来说,那些秋季来此狩猎的人是他的最佳客户。摆脱了老婆孩子的约束,重获自由的男人再次回到夏季的帐篷房,点燃八月时就提前在巴基·品考克店里采购好的木柴,将一瓶瓶波旁威士忌酒和一副副扑克牌摆上厨房的餐桌。

"这地方够原始、够狂野吧?"斯通兴高采烈地冲罗斯先生嚷道,罗斯先生穿着一身崭新的里昂比恩牌红色吊带裤,看上去气色十足。狩猎者会在斯通的店里购买刀具和弹药,还有锈迹斑斑的捕兽夹、磨旧的马蹄铁和已经弯曲的拨火棍,这些东西都是从斯通家贴着"收藏品"的抽屉里翻腾出来的。在他们的猎物袋里,有从斯通店里购得的廉价西班牙葡萄酒,还有已经被太阳晒得干瘪的橘子,他们的耳朵里灌满了斯通虚构的各类冒险故事。

"没错,"斯通会说,"那就是鹿角山名字的由来。并不是因为山上有什么体形庞大的雄鹿,那里压根儿就没有鹿。"说到这儿,斯通一只眼睛朝霍克希尔眨了眨,霍克希尔正站在门口,手捧着几本珍品图书,像抱着烫手的山芋,斯通继续道,"鹿角山之所以叫鹿角山,是得名于一对夫妇:珍妮·鹿角和安东·鹿角,许多年前,他们就住在那里。就是这么一个简单的缘由,和你们听过的其他类似故事差不多。"

斯通诡秘地瞥了一眼霍克希尔。这让他感到莫名其妙,难道斯通所谓"其他类似故事"是在指自己的父亲吗?霍克希尔的父亲曾将干草叉的把手认作猪鼻蛇,结果口吐白沫、双手痉挛地被送到了州精神病院。

"我说的都是真的,鹿角夫妇在山上有一间小木屋。他们靠捕食浣熊和挖野草过活。老珍妮生下一个孩子,那是他们唯一的后代。夫妇二人为孩子的未来谋划了许多,对其呵护备至,但孩子最终还是死了,只活了几个月。"

斯通就像是一个任性妄为的男高音,故事讲到一半,他却突然开始整理起柜台上的零散硬币,将它们收进钱箱。狩猎者围在柜台边,搓着他们柔软的双手,急不可耐地央求斯通赶快把故事讲完。而霍克希尔也开始好奇故事将会如何收场。

"好吧,先生们,夫妇二人不忍心把孩子埋入土中,于是他们把死尸放进一个五加仑的罐子内,里面灌满纯酒精。而卖给他们罐子的人,正是我的祖父,他就像我现在这样,站在柜台后面。我们过去也卖这些大罐子。不过现在你可买不到了。夫妇二人把装着孩子的罐子放在木屋前的树桩上,就像我们把一只石膏鸭子放在草坪上一样。"讲到这里,斯通会停顿一下,以营造良好的戏剧效果,接着继续道,"那个树桩现在还在那里。"

狩猎者让斯通在他们的纸袋背面画上地图,按着介向鹿角山,他们找到树桩,紧紧盯向那里,就好像经过圣火洗礼,罐子已经被深深地烙在了树桩之上。而此时的斯通则大笑着告诉霍克希尔:那棵被砍下的枫树此刻就堆在他的柴火间里,一根树杈都不少,他的笑声听上去就像一个故障的乳酪分离器。每听见斯通扯一个谎,霍克希尔就会额外拿走三本书。

整个冬天,霍克希尔都待在谷仓里,置身于书本组成的矿山中,不停地挖掘宝藏,他会把珍品图书藏在书堆最深处,确保不被人发现,而每周只会小心翼翼地购买其中一小部分。

"真是想不到,你都快成为我最忠实的顾客了,勒韦尔德。"斯通一边说着,一边打量起手里的书,那是约翰·贝弗编写的《实用飞钓手册》,一本窄窄的册子,用荷兰生产的纸张经手工装订而成,霍克希尔估计这本书在收藏市场上能卖到两百美元,但斯通只要价五十美分。霍克希尔担心斯通会看出书页的质量不一般,注意到这是一本带有编号的限量书,从而察觉书的稀有价值。他试着分散斯通的注意力。

"比尔!上个礼拜我撞见了一头雄鹿,这么多年来我还是头一次见到那么大的,我想你肯定会感兴趣。那头鹿当时正在用蹄子翻树叶,距离我的地盘大概三十码。"

在破浪县,"我的地盘"指的是一个人的秘密猎鹿点。伏击狩猎是破浪县的传统,好的狩猎点更是由父亲告诉儿子、代代相传。霍克希尔在鹿角山的狩猎点总能让他猎到大型鹿,通常也是羽毛河一带体形最大的。斯通之前的狩猎点位于一片松树林,那里环境舒适,不过现在已经没用了,当他在店里照料生意时,来自外州的狩猎者发现了那里,捕获了本该属于他的猎物,还在树林里留下满地啤酒罐。狩猎者将鹿拖到斯通店里称重,向他吹嘘战果,浑然不知他们已经掠夺了眼前这个人的地盘,而此时的斯通依旧点头微笑。打那以后,他已经有五年时间没有猎到过一头鹿,哪怕是一头小小的母鹿。

"你的地盘?鹿角山上?"斯通问道,他合上手中的书,"不就是在南坡那儿吗?"

"并不是,我的地盘在山肩处,那片山毛榉树林里。对于只能在平地狩猎的人来说,那地方过于陡峭,所以我每次都能有不错的收获。说回那头大雄鹿,我敢说即使处理完内脏,也能有差不多一百八十磅。"

斯通排出两枚二十五美分的硬币,交给霍克希尔作为找零,接着又扯了一堆长篇大论的鬼话,他说很久以前,一群白鹿曾居住在那片湿地沼泽,不过他的眼睛又飘回霍克希尔手中的书上。

几周之后,适合钓鱼的好天气来临,这样的日子将持续很长时间,霍克希尔决定前往县东北地区,到高地上寻找新的水域。在夏季即将结束时,他找到了。

崎岖不平的山隘处,瀑布的水流从山顶倾泻而下,汇入一片宽阔的鳟鱼水塘,如同倒入红酒杯中的香槟。缓慢旋转的水塘表面倒映着云朵和树叶的影子。溪流岸边布满苔藓,这是一片未被人践踏的净土,挂在苔藓上的露珠熠熠闪光,仿佛水晶般透明的虫卵。霍克希尔走进浅水区域,溅起的水花形成一道彩虹,一旁的翠鸟尖叫着,拍打着自己的翅膀。几个星期下来,霍克希尔觉得,自圣弗朗斯西印第安人时期以来,除了他自己,恐怕还没有人发现过这个地方。

八月渐渐步入尾声,霍克希尔对这片水塘的占有欲与日俱增,倘若有几天不能来这里,他便会用石头和树枝将通往水塘的道路掩盖起来,再次光顾时,他会检查这些东西有没有被擅自入侵的外来者弄乱。不过一切都安然无恙,除了有一次,一场倾盆大雨将他摆好的树枝冲得乱成一团。

一日午后,狂风大作,霍克希尔没法将攀爬用的绳索从水塘下方抛上来,于是他脱下鞋袜,小心翼翼地爬向瀑布上方的陡峭岩板。他用赤裸的白色脚趾紧紧扒住岩石之间的缝隙,顺着崎岖不平的山体表面攀爬。狂风将霍克希尔的头发吹得乱七八糟,他觉得现在的自己看上去一定很像翠鸟。

从水塘上方俯瞰,霍克希尔看到一条条鳟鱼顺流游动。全新的视角让水塘看起来如初见一般。在已经枯死的云杉背面,翠鸟将巢穴隐于其中。同样映入霍克希尔眼帘的,还有一个钓鱼用的塑料浮子,悬挂在一根几乎看不见的线上,缠在线上的还有半截树枝,红白相间的浮子已经有些褪色,这肯定不是印第安人留下的东西。

"这年头难道就没有一样东西是靠谱的吗?"霍克希尔吼道,加快了攀爬的速度。但由于爬得太快,霍克希尔重重摔了下去,他听到自己膝盖断裂的声音。他诅咒起鳟鱼,诅咒起云杉,诅咒起岩石,诅咒起那个入侵了自己秘密基地、破坏了太平世界的混蛋家伙,他拄着一根分叉的木棍,艰难地踏上回家的路。

在霍克希尔能下床走动和自己做饭之前,厄娜每天都会给他送来热气腾腾的晚餐。霍克希尔的活动板房里堆满了各式各样的书籍和家具,狭小的空间让他变得愈加萎靡不振。他每隔三四天才做一顿饭,这是他养成的习惯,他会炖上一大锅鹿肉或煮上一大锅豌豆汤,每天只吃一点点,直到将食物全部吃完,或者发现锅里的食物已经变质。

他照了照镜子,镜中的自己看上去苍老许多。他盯着镜中映像,喃喃自语道:"你的药箱和毛衣哪儿去了?"他想起自己的母亲,她常年坐在一张摇椅上,手臂上总是挂着一根姜黄色的粗手杖。他从回忆中抽离,又一头扎进书本中,不知疲倦地阅读着,直到眼睛酸痛,他最爱的几本书早已倒背如流,没了打开的欲望。秋日的瓢泼大雨敲击着霍克希尔的屋子,雨水将叶子从树上剥离。一直等到开猎日的前一天,霍克希尔的身体才算有所恢复,他开车前往斯通的饲料店,准备再买几本新书。

霍克希尔在熟悉的书堆里不断翻找,心情有些沮丧,他用那条好腿支撑着身体的重量,期待能从这些印刷精美的农业报告和墨迹斑斑的地理杂志中找到之前漏看的好东西。

他拿起一本大相册,封皮是黑色的,这本相册之前也碰到过几次,但从未引起自己的注意。老式的皮质封面上印着鎏金的羽毛图案,用歪歪扭扭的哥特字体写着"家族相册"四个字。相册里面有各式各样的照片、快照和已褪成黄褐色的剪报,背面的胶水已经分解,除此之外,还有一些明信片和获奖绶带。快照上映出一张张眯起眼睛、油光满面的脸,斯通家的孩子手里拿着木质牵拉鸭玩具,膝盖周围堆满肥肉,旁边还有一条黑白杂毛狗,霍克希尔依稀有些印象。

霍克希尔发现其中一张快照的风景似乎有些眼熟,他仔细观察起来:一个胖乎乎的男孩站在一块岩石板上,冲着天空咧嘴大笑。他的手里拿着一根钓竿,顺着钓竿的方向有一棵云杉,云杉顶部的枝杈里,一个钓鱼用的浮子绝望地挂在黑色的针叶丛中。男孩的旁边似乎还有一股水流,汇入一片黑色的水潭。

"你这个混蛋!"霍克希尔骂道,他合上相册,原来在很多年前,比尔·斯通就已经入侵了自己的秘密水潭。

霍克希尔将相册放到身后,塞进衬衫,紧贴着后背的肌肤。他觉得那本相册和希尔公司的购书目录一样大,这使得他没法灵活地活动肩膀。他随手抄起一本已经发霉的书,书名唤作《男孩手册》,径直走向那个背信弃义、毫无诚信可言的斯通。

"好长时间没看见你了,勒韦尔德?听说你卧床了。"斯通寒暄道。

"不过是膝盖擦伤罢了。"霍克希尔把书放到柜台上。

"咱们这个岁数可得当心,指不定哪天就瘫在床上了,"斯通说道,"像我,从四月开始屁股就不时会痛。我这儿有个不错的玩意儿,能让你感觉好一些。"他从柜台下面取出一个瓶子,瓶身又矮又胖,像是来自国外。

"这是罗斯先生给我的,为了感谢我去年冬天帮他找狩猎地点。这是苹果白兰地,比你之前喝过的所有酒都要烈。不过勒韦尔德呀,我可吃不消,只是闻闻瓶塞上的味道就让我晕头转向了。"斯通往纸杯里倒了一点酒,将杯子推给霍克希尔。

霍克希尔尝了一口这种名叫卡尔瓦多斯的酒,一股混杂着苹果木和秋季空气的味道在口中弥漫开来。不一会,霍克希尔感觉他的喉咙好像变成了烟囱,一团团火焰顺着烟道喷薄而出,苦涩的后味如同抽了一支陈年的雪茄。

"我想开猎日的准备工作你都做好了吧,勒韦尔德?今年你准备去哪儿猎鹿?"

"老地方。鹿角山上,我的地盘。"

"最近你去过那儿吗?"

"没有,春天以来就没去过了。"霍克希尔觉得相册上印着的羽毛图案已经转移到了自己的后背上。

"唉,告诉你吧,勒韦尔德,"斯通故作悲伤地说道,"现在那个地方已经没有鹿了。今年夏天,有人将那片土地买了下来,他们觉得世界末日即将来临,于是在那儿建了一幢水泥房子,并在里面储备了大量的干杏仁和斑豆。那帮人手里持有可怕的武器,能把所有生物都驱赶走。为了测试机关枪的威力,他们扫射了鹿角山上一半的树。你竟然没听说这件事,真让我感到意外。现在,鹿角山方圆十英里都没了鹿的踪影。你还是去别的地方碰碰运气吧。有人说石板城那边不错。"

霍克希尔一听就知道斯通在鬼话连篇,只是他不明白对方说这番话的用意。他现在只想赶快带着相册回家,仔细看看斯通入侵秘密水潭的证据,但斯通又给他倒了一点酒,霍克希尔一饮而尽。

　　"你那个阔气的朋友是从哪儿搞到这瓶酒的?"霍克希尔问道,他感觉似乎有一股电流在冲击着他的指尖,他的指头好像急不可耐地要去弹钢琴。

　　"法——兰——西,"斯通故作优雅地拉着长调,"每年他都会去那儿,到大学里做有关书籍的演讲。"他的眼神变得冷酷起来,目光中闪烁着仇恨,"他是一位图书惯例员①。"斯通用粗壮的手指翻开《男孩手册》的封面,露出镶着红边的标签,霍克希尔之前没有注意到,标签上赫然写着:五十五美元。

　　"他说在卖书这件事上,我被人当成了冤大头,勒韦尔德。"

　　"那你一定大为震惊了。"霍克希尔应道,心想自己一点儿也不喜欢苹果白兰地的味道,更讨厌那个所谓的图书管理员罗斯。他把价格飞涨的《男孩手册》留在柜台上,步履蹒跚地朝自己的卡车走去,那本藏在肩胛骨之间的相册似乎给了他挺直腰板的最后尊严。透过后视镜,他看到斯通正站在店门口盯着他。

　　乌云如同冰面下的灰色水草,将整个天空遮蔽起来,狂风阵阵,重重拍打着活动板房的门。屋子里面,霍克希尔将相册从衬衣里取出,平放在桌上,转身烧起火,热了热剩下的豌豆汤。"图书惯例员!"他学着斯通说了一遍,然后轻蔑地哼了一声。晚饭过后,他感到一阵恶心,早早爬上床,心想豌豆汤可能是放得时间太久了。

　　转天早上,一股剧烈的疼痛敲击着霍克希尔的五脏六腑,他

---

① 原文"liberian",即利比里亚人,斯通将"图书管理员(librarian)"误读为"liberian"。

的嘴里满是食物腐败的恶臭。从洗手间出来,他紧紧抓着桌子边缘,努力想要站起来,直到桌子被他弄得弯曲变形才放弃,于是他只好又爬回床上。他听到远处好像有类似崩爆米花的声音,开始他以为是炉子里长满木结的柴火燃烧时发出的声响,但他猛然想起今天是开猎日。"他妈的,"霍克希尔大骂道,"老子已经被困在这儿六个礼拜了,现在又变得动弹不得。"

接近傍晚时分,一声巨响将霍克希尔震醒。他实在是太渴了,直接对着茶壶嘴就喝了起来,给自己灌了一肚子半冷不热的水。鹿角山上又传来一声枪响,透过活动板房的窗户,霍克希尔望向山肩。映入眼帘的是一片灰色阴暗的硬木林和灌木丛,他觉得自己似乎看到了一闪一闪的微弱亮光,他挣扎着挪到枪架前,拿起.30-.30猎枪,这种猎枪口径为0.3英寸①,每发子弹能装30格令②弹药。他把枪管支在面包箱上,透过枪上的瞄准镜,顺着自己经常打猎的山坡搜寻,不一会儿便发现了橙色闪光的位置。

霍克希尔看到许多人围在他的地盘上,有两个人跪在一头死鹿旁,鹿身构成一道深褐色的曲线。他辨认出其中那个大块头脖子上戴着一条印花围巾,接着,他似乎又看到了短暂的刀光一闪,如流水滴落般转瞬即逝。他就这样眼睁睁地看着那群人把雄鹿拖上集材道,山林间的灯光逐渐消散,狩猎人身穿的橙色马甲也变成了黑色。

"你请我喝那杯该死的毒酒,就是为了把我灌倒,好让我没办法去打猎,对不对?"霍克希尔骂道。

霍克希尔坐在火炉旁,身上裹着一条红色的印第安旧毛毯,他觉得自己好像已经对着灯泡发了一个世纪的呆。晚饭过后,

---

① 0.3英寸约等于7.62毫米。
② 格令,重量单位,30格令约为1.94克。

厄娜打来电话。铿锵的大嗓门叫醒了霍克希尔的耳朵。

"我想你已经听说整件事了。"

"我只听见了枪响,不过透过窗户,我从瞄准镜里看到他了。那头鹿有多重?"

"我听说有两百三十磅,还是处理完内脏以后,活着的时候肯定要超过三百磅。听瓦尔登说,这可能是迄今为止县里猎到的最大的鹿,鹿角也有十六个叉呢,可能还会打破州纪录。我不知道从你的窗户还能看见鹿角山。"

"嗯,看得还算清楚,不过也不是特别清晰,我没看清跟他在一块儿的人是谁。"

"就是买下维拉德·艾恩家土地的那个家伙,他在花园里建了个网球场,"厄娜轻蔑地说,"名字叫罗斯。听在场的人说,他比比尔还招人烦,在那里跳来跳去,大喊大叫,让人们给他拍照留念。"

"他们拍了吗?"

"当然拍了。接着他们都跑到那位'网球场先生'家里开派对去了。要是你把脑袋探出门外,顶着风都能听见他们的吵闹声。"

霍克希尔当然没有把头探出门外,他翻开那本相册,看着斯通家的照片,上面映出一张张岩石般的大脸,他们或俯身对着一块结婚蛋糕,或弯着腰凑近一个个新生婴儿。很多照片都附上了标题,用的是一种尖尖的仿古字体,比如:"堂妹玛蒂和她的新溜冰鞋""爸在门廊秋千椅上",都是很简单的描述,从照片上就能一目了然,写这些东西的人可能是害怕万一哪天照片的画面褪成了一片空白,斯通家的快乐生活就会变得无人知晓。

翻到斯通站在秘密水潭的照片时,霍克希尔瞪大了眼睛,那双再熟悉不过的狡猾眼睛,那张龇牙咧嘴的血盆大口,到现在也没有改变。他继续翻着相册,一张斯通父母的半身像映入眼帘,他们的姿势有些僵硬,斯通的祖父站在二人身后,手里抱着什么东西,开始霍克希尔以为是一只猫,后来他认出是那条鳟鱼标本。翻到葬礼那页,还是刚才的照片,只是尺寸缩小了些,加上了黑色飘带,样式既华丽又浮夸。旁边还有《拉特兰先锋报》上刊登的讣告,标题是《农庄悲剧》。

"比尔竟然没吃那顿饭,真遗憾。"霍克希尔喃喃自语道。

他发现相册有许多页都是空白的,原来的照片被扯掉了。他在相册扉页找到了这些照片,它们要么被撕得粉碎,要么被毁得不成样子。每张照片上都有斯通。在一张高中毕业典礼的照片上,周围的同学都穿着笔挺崭新的棉质西装,而斯通的脸却被墨水涂黑,黑色的血液从他裤腿流出。另外一张照片上,斯通正骑着一辆白色的宽轮胎自行车,周围画着无数支箭,每一支都刺穿了他的身体。除此之外,还有一段他自己撰写的讣告,告诉人们这个卑劣的男孩,这个"坏到骨子里""所有人都恨他"的家伙,是如何迎来各种死法的,书写这些文字的手仿佛来自地狱,用能够腐蚀一切的笔触,在每一页都留下了烧焦的痕迹。一次次地,斯通杀死了照片上的自己。他列了一个"幸存者名单",家族中每个人的名字都在上面,除了他自己。

翌日清晨,霍克希尔的情况有所好转,虽然还有些站不稳,但他的头脑终于清醒了。天刚破晓,鹿角山便传来阵阵枪声,狩猎者想要捕获一头巨鹿,好跟斯通一决高下。霍克希尔心想,还不如开来一辆推土机,将这座鹿角山铲平算了。

到了下午,霍克希尔感觉自己状态还不错,他做了做家务,将干草垛打包堆在活动板房的基座周围,用塑料纸包住窗户四周。他从冰箱里拿出两条鳟鱼,放到锅里煎了煎当晚饭。当他正在刷平底锅时,厄娜打来电话。

"他们跟那头鹿都上电视了,"厄娜说道,"上面说狩猎委员会查阅了之前的纪录,然后宣布他们创造了新的纪录。这一整天我都在等你的好消息,我还有点儿期待你会怎么做。"

"不用担心,"霍克希尔答道,"比尔这是自寻死路。我有的是办法收拾他。"

"好吧,好吧,"厄娜说道,"他这是咎由自取。"

霍克希尔花了四十分钟时间,将一个个箱子打包好,接着装上皮卡。车子被冰冷的雨水冲刷了两天,刚发动时一路颠簸,但驶入主干道后,情况有所好转,车辆运行变得顺畅平稳起来,在夜晚的黑暗中,车前灯射出两道锐利的黄光,为他开辟前方的道路。

爬上山顶,开上斯通家的私人车道后,霍克希尔关上车灯,用空挡滑行。一轮弦月浮在空中,不一会儿便被急速移动的阴云遮蔽,搅得支离破碎。又一场暴风雨即将来临,霍克希尔心想。

那头雄鹿被斯通他们用铁钩挂在一棵高大的枫树上,随着呼啸而过的狂风,缓慢摆动着身体。里面的内脏已被掏空,在月光的映衬下,敞开的躯体像张开的黑色大嘴。"真大啊,"霍克希尔感慨道,鹿蹄反射着月光,在落叶丛中划出一道道弧线,"真他妈的大。"他下了卡车,将自己的额头贴在冰冷的金属上,就这样待了一会儿。

从卡车后面的箱子里,霍克希尔取出一本书,把它打开。那是朗曼撰写的《旅行笔记》。他弯下身子,脸贴着书页,好像这样一来就能在月光下看清模糊的文字,紧接着,他死死抓住这一页,将它从整本书上撕了下来。一本接着一本,霍克希尔抓起书、扯下内页、捣烂书脊。他将撕得粉碎的书用力扔向随风摇摆的黑色雄鹿,零碎的纸张散落在血迹斑斑的地面上。

"有本事接着耍老子呀,看你还敢不敢!"霍克希尔怒吼着,两只手不断撕扯着轻柔的纸张,他将书本狠狠地抛向月亮,山崖下的河水不断拍打着岩石,发出阵阵爆裂声,霍克希尔抽泣着,哭声越来越大,一点点盖过了水击岩石的声音。

巨石之城

一只毛色灰暗的狐狸低着头,迈着小碎步,顺着草地和树林间的界线快速前进,一边的树林是他的领地,他享有这片林子的使用权。由于正处在换毛时,狐狸的皮毛尚未焕发冬季的光泽,如同烟熏的颜色显得十分黯淡。一只蚱蜢落入草丛,受惊的小草摇晃着身子,狐狸飞身扑向草丛,一口将蚱蜢嚼碎。

这边的农庄已遭废弃,狐狸绕过银灰色的断壁残垣,找到一处果园,一些果子被风吹落,散在地上,狐狸花了些时间来享用这些美食。随后,他离开苹果园,蹚过草地后方的小溪,中途他曾停下脚步,用爪子拍打着流水,接着又奔向林中。他奔跑着,熟练地避开白杨树,飘动的树叶割破了他的黑色耳朵,林间弥漫的强烈气息充斥鼻间,那股气息最终又汇入到更加强烈的洪流中,混杂着腐败树叶、霉菌和泥土的味道。

1

我刚搬到破浪县时,班格也就五十来岁,他是个大块头,浑身上下堆满油腻的脂肪,整天吵吵闹闹的,合不上自己的嘴巴。一开始,我以为他不过是个丑角,就是那种对每个人都能直呼其名,即使刚认识一两个小时也能朝对方大呼小叫的家伙,他用粗鲁的语言跟你打招呼:"嘿!哥们,你他娘的过得咋样?"接着朝你后背拍上一巴掌,或者对着胳膊捶上一拳,一副趾高气扬的模样,好像校园里欺负同学的恶霸,而一个中年男人还摆出那副德行,却是让人十分反感。无论在闹市区的哪个角落,我都能看见他的身影,只要对方愿意听,他能跟任何人聊上半天,他撇下自己的五金店不管,交给一个慵懒散漫的年轻人打理,店里的货架乱糟糟的,那个孩子永远找不到你想买的东西。

一天晚上,在棕熊陷阱烧烤吧,我犯了一个错误,我把自己内心对班格的看法告诉了其他人。那间烧烤吧的主体是一块涂满清漆的松树板,现金收银台上摆着一个塑料驼鹿模型,还有一个大玻璃瓶,里面装着半瓶硬币,这几样东西营造出吧台的氛围。

我想找个搭档陪我一起猎鸟,这个人必须熟悉这片垃圾遍地的山林地带,知道有哪些狩猎的好去处隐藏其中。以前我经常一个人出去打猎,依靠自学而来的技巧,做着自以为正确的事情,但我始终相信有个搭档一起打猎能产生更多的乐趣,就像当地人说的:两人成双,睡得才香;孤枕难眠,顾影自怜。

当时我正坐在图基旁边。他摆了摆布满红褐色斑点的手,没有正面回应我的请求,其他人也一样。人们都说图基是狩猎松鸡的好手。他们还说他可能愿意找个搭档。我一直在向他献殷勤,希望能得到邀约,好在狩猎季开始后与他一起打猎。我觉得自己就快要让他说出"好吧,你他娘的跟老子来吧"这句话了。

此时此刻,班格正坐在烧烤吧的另一头,对着耳聋的方斯滔滔不绝,方斯戴着助听器,衬衫前挂满了增强听力功能的各式按钮和调节开关。图基说方斯在自家客房卧室里收藏了许多枪支,他还说方斯晚上不敢睡觉,因为睡觉时他要摘下助听器,将它们放在床头柜上,他害怕自己听不见小偷破门而入的声音。

"我的天,又是那个班格。他总是待在这儿,哇啦哇啦地唠叨个没完。难道他没有家吗?"我对图基说道。我花费了几周的时间与精力,试图说服这个老头陪我一起打猎,但现在我只用了十几秒工夫,就让这一切努力付诸流水。这些啤酒算是白喝了。图基脸上的褶子活像一台闭合的六角风琴。

"嗯,好吧,实话告诉你,他现在算是无家可归。他的房子被烧毁了,老婆孩子被活活烧死在里面。现在他啥都没了,只剩下一条狗,还有那间该死的五金店,那是他老子留给他的,但他压根就不是做生意的材料。"

"给你个忠告,"图基继续说道,"如果你还想跟之前一样出去猎鸟、或是猎鹿、猎浣熊、猎兔子、猎熊还是猎其他什么玩意儿,"如同枯叶般的低沉嗓音突然升高几度,他捏起嗓子,装腔作势地说道,"哪怕你只是单纯想感受这片林地的稀世美景……"他不怀好意地笑起来,露出洁白的塑料假牙,他说这番话是为了提醒我:他们曾撞见我只身走进树林的模样,那时的我手里既没端着枪,也没拿着棍棒。

他的声调又降了下来,语气满是嘲讽:"我给你的忠告是,如果你想知道哪里是猎鸟的好去处,你要做的就是,跟那个你觉得很讨厌的班格做朋友。关于这个村子的事情,他可以说是无所不知,要是真有他不知道的事情,可能比我这玩意儿还少。"他举起自己脏兮兮的食指,指头被链锯切断,只剩下半截,对当地人来说,这截断指是一枚荣耀勋章,是将这些和链锯朝夕相伴的人与那些小男人区分开来的标志。

"你说他?"我瞥了一眼班格,他还在滔滔不绝,时不时摆出复杂的手势,当作一段话结束的标点。他频频点着下巴,一双手在空气中来回飞舞,如同两只小鸟。

"没错,就是他。要是你小子能跟他一块儿打猎,一定记得告诉我,因为班格那家伙一向独来独往。已经好几年了,从来没人跟他一起打过猎,也包括我和方斯。"图基说罢便转身离去。喝完杯中酒,我也起身离开。这里已经没有什么要做的事了。

打那以后,我便不再和当地人来往,只有诺琳·派诺俚除外,她三十多岁的年纪,一头褐发,总是穿着一条浅灰蓝色的弹力裤,她有一双金色眼睛、一张瓜子脸,轮廓分明、面容小巧。每到周五,她便会来为我打扫房间。

又是一个周五,我刚写完付给诺琳的支票,她留在我这儿喝了杯咖啡,接着点燃一支烟。我们面对面地坐在厨房餐桌两边。她跟我说自己现在正和丈夫分居中。那个老掉牙的问题横在我们中间。那张支票静静地躺在中间的桌子上。

我没有开口说话,也没有起身走动,过了一会儿,她将烟灰弹进平底锅,那是我用来处理冷冻馅饼的铝制锅,也是我唯一能找来当作烟灰缸的东西。她动作很轻,以示自己情绪稳定。

我从之前居住的地方搬走,逃离熟悉的人群,就好像一个人发现自己失足陷入流沙后,惊慌失措地想要挣脱出来。我在破浪县安了家,这里能让我远离那摊浑水。

诺琳和那个在班格五金店里打工的孩子长得很像。我问她两个人是不是亲戚关系。

"没错,那是我的侄子,雷米。我哥哥雷蒙的儿子,他不想让那孩子给班格打工。雷蒙是个很严厉的人。他说那是杂活儿。你瞧,他其实就是想让雷米学着怎么设置陷阱捕猎,或者当个伐木工。"一辆汽车驶过,她转过头,轮廓分明的侧脸望向窗外,眼神追寻着前灯移动的轨迹。

"雷蒙小时候靠设置陷阱捕猎赚了不少钱,现在动物毛皮的价格又涨上来了。比如狐狸皮之类的就很值钱。所以几个礼拜前,他交给雷米二十五个捕兽夹。最近又听他说,雷米要在每天早晨去五金店上班前,先将那些捕兽夹摆好,设置成一条'陷阱链'。你知道摆弄那些玩意儿花了他多长时间吗？雷米的性格跟他母亲很像，他喜欢简简单单、不费力气的东西。"

她滔滔不绝地讲着，我渐渐了解到村民之间错综复杂的血缘关系，她告诉我谁和谁是两口子，又跟我讲了小镇上最受欢迎的话题。听着听着，我似乎已经从沼泽中挣脱出来，脚下已然是一片干燥的土地。

那年秋天，我和往常一样独自去猎鸟。没有猎狗，也没有搭档，只有手中母亲留给我的枪，这是一杆.28码①的帕克枪。由衷地感谢你，妈妈，这是你唯一留给我的东西了，除此之外，就是遗传自你的多疑性格。母亲的墓志铭是她亲自撰写，直到生命最后一刻，她也是一个不折不扣的怀疑论者。

　　此刻，吾于尘中安睡
　　虚无，身埋荒土之内
　　少顷，飞身天堂高位
　　微笑，幸与神主相对
　　当然，若他真实存在

狩猎季开始的第一天早晨非常寒冷，草丛上凝结了如同旋涡星云的层层冰霜。我攀上长满硬木的山坡，一挂瀑布映入眼帘，这条瀑布据说诞生于最近一次的冰河时代，树木沿瀑布而生，水流两旁是支离破碎的岩石。这里是一片色彩单调的灰色山林，周围除了山毛榉就是枫树，没有一点鸟影，我顺着山脊不断攀爬，又来到一片云杉林，笔直的树干耸立入云，到了上面又分出许多枝杈，树枝交织层叠，形成一片天然的黑色屏障。

山坡越走越缓，在一处逢雨必淹的山洞里，积水已经结成了

---

① 码（gauge），霰弹枪膛径的测量单位。

冰,冰层下面冻着各种颜色的树叶:有煤炭一样的黑色,有棕色,有红褐色,还有如同鹿皮一样的灰褐色,树叶聚在一起,散发着玻璃般的透明光泽。周围还是没有半点鸟的影子。

继续向上攀爬,眼前的景也变成了针叶林,周围一片寂静,只能听到自己的喘息声。嘴里吐出的空气化作一道道白霜。昏暗的天空向下压来,一场暴风雨即将来临。云杉周围也没有鸟的踪影。云杉树下,树根间的空洞被飞蛾触角般的冰块填满。那些鸟肯定藏在什么地方,它们可能正紧紧抓着某棵树的枝干,静待恶劣天气降临,它们现在也可能就在我的头顶上方,置身于纵横交错的针叶林间,伸长躯干,假装自己是一截被折断的树枝,它们将自己安静地隐藏起来,看着下面这个傻瓜漫无目的地走来走去,在鸟的眼里,走在下面的不是人类,而是一顶帽子,外加一根毫无用处的铁管子,这两样东西都挣脱不了重力的束缚,被牢牢困在地上。

要是能飞就好了,我心想,就像每个松鸡猎人都曾幻想的那样,如果我会飞,那么我一定要穿过这片云杉林,像老食人魔去见亲爱的公主殿下那样,面带微笑地冲向那些鸟,看看那一张张自鸣得意、长满羽毛的脸会摆出怎样的表情。从地面看向天空,映入眼帘的只有如同瓶刷一样的绿色植物,仿佛世间万物都无法穿透其中,让人感到晕头转向,又充满神秘色彩,天空的颜色看上去像一个镀锌的旧桶。周围依然没有鸟的踪迹。

远处的山脊突然传来一声霰弹枪响,紧接着又是一枪,这个沉闷的下午终于迎来令人屏息的时刻。他第一枪应该是没打中,我如此想道。与其说那是枪声,倒不如说是骨子里的一种感觉,那是一股无声的冲击力,就好像拿着一把大槌用力敲打着篱笆桩。开枪的人会不会是班格?不过以他的技术,第一枪应该不会打偏。对,肯定是打中了两只鸟。

此时此刻,我站在原地,竖起耳朵在一片死寂中倾听,远处的班格很可能已经从猎狗嘴里取下第二只鸟,他将鸟尾展开呈扇形,捋顺身上的羽毛,拔掉其中破碎的几根,接着打开鸟的嗉囊,看看都吞下了什么东西——那是唢呐草和酢浆草的碎叶。我甚至能想象他在与自己的狗对话,与那只被击落的鸟对话,与他的霰弹枪对话。对那位身在远方的松鸡猎人,我产生了一种亲切感,当然,若是换作那个在闹市区里喋喋不休的班格,我是绝对不会有这种感觉的。

接下来的几周时间,我总是会到那座山脊附近打猎,周围的树木从山毛榉逐渐变成云杉,仿佛伸长指头的手掌。枪声再次从前方的山脊处传来,我也越来越熟悉那杆霰弹枪的声音。我终于发现了鸟踪,我将它们驱赶上天,击落了其中几只,总算是有了收获。

很多时候,受伤的鸟会掉进一处布满断枝残株的地方,我不得不靠双手和膝盖小心前进,祈祷它千万别爬进哪个树桩,否则我就永远别想找到它了,而那只鸟也很可能就这样死掉。直到有一次,我真的搞丢了自己的猎物。我在一片湿地上来来回回搜寻了五个小时,将腐败的原木一个个捅开,对着不计其数的木桩踢来踢去,一边自责为什么没养条狗,一边埋怨自己已经退化的嗅觉。从前方的山脊又传来仿佛大槌冲击的声音,枪只响了一声,我开始嫉妒起班格能拥有自己的猎狗。结果到最后我也没能找到那只鸟,不得不空手而归。

搞丢战利品后,原本猎鸟的地方败了我的兴致,我决定前往班格和他的狗打猎的山脊碰碰运气。现在我能够确信,在远方和我一起狩猎的搭档就是班格,他是一位神秘的朋友,猎枪击发装置产生的回音见证了我们友谊的诞生,在大嘴巴班格的外衣之下,原来还隐藏着一个不为人知的灵魂。

初雪降临,积雪融化后,我们迎来了深秋初冬时节风和日丽的宜人气候。天空呈现出浓烈的珐琅蓝色,但是一到下午,太阳便失去了光芒,预示着年终将至,天空被染成一片杏黄,仿佛从高脚杯中滴落的甜酒,在柞木桌上扩散开来,这样的天气很容易让猎人忘记现在已经进入了十月。

这种天气对鸟来说简直就是天堂。它们会待在自己最喜欢的尘暴区①里,悠闲地消磨一天的时光,慢吞吞地啄食曼陀罗花,那模样就像一个个来自东方的王子殿下,在小口吸食蜜枣。顺着山脊向上攀爬,来到途中一处潮湿的沼泽地,一簇迟开的水金凤映入我的眼帘,上面孤零零地开着几朵花,花瓣也已残缺不全。远处还有一大片浓密的凤仙花丛。花瓣有被鸟啄食的痕迹,花丛间的空隙为步禽类留足了活动空间。这个地方应该藏着很多鸟。

我放缓呼吸的节奏,防止过速的心跳惊扰到周遭的空气。我知道那些鸟已经看见我了,也知道我已经晓得它们在那里了,我静候体内那波肾上腺素退去,等待已经偾张的血液平息。我滑开了猎枪上的保险栓。

冷杉树下,在鸟类经常出没的地方,难以觅见它们的身影,在享用了一个早晨的凤仙花美食后,它们应该一个个都撑到了嗓子眼儿,现在想必正躲在某个地方休息。这些大概都是雏鸟,我心想,因为它们以凤仙花为食。我觉得只要自己再往前走一步,它们就会立刻飞向空中,然后消失不见。

我待在原地没有动,总觉得还没准备好,时间一点点过去,我备受煎熬。也许是我等的时间太长了,在凤仙花远处的硬木林里,树叶间传来一阵细微的脚步声,听上去像是大雨倾盆前天空试探性地落下几滴雨的声音,这些轻微的声响告诉我那些鸟已经离开这里了,它们应该是一群松鸡,尚处于幼年期,身体柔

---

① 长期干旱、多沙尘暴的地区。

软,胸骨仍是浅粉色,也许有的已经发育为红色,也许有的将要发育成红色,不管怎样,在这次遭遇战中,是它们赢了。这一次,就让它们尽情去享受这些凤仙,还有十月的和煦阳光吧。

绕过凤仙花丛,我来到班格经常狩猎的山脊背后。从山上俯瞰,巨石城映入眼帘。

总有那么一两个地方,每当我们提起,就会感到一阵厌恶或恐惧。曾经有个朋友告诉我,在艾奥瓦州有一座农场,农场后面种了一圈橡树,他说那个地方异常恐怖,能让他背后的汗毛倒竖。后来他听说那里发现了一具孩童尸体,是被谋杀的,一半身子埋在潮湿的泥土中,死了有十年。第一眼看上去,巨石城似乎没有什么特别之处,但随着观察的不断深入,我越来越觉得这里发生过什么不好的事情。

此处是一座废弃的农场,置身于两座山脊之间,没有能当作出入口的路,只有一条勉强能称作通道的小径,两边生长着荚莲花和桤木。农场的形状像一只眼睛,后面有一条小溪给它镶了边。农场里的草地已被杨树和云杉占领,苹果树的枝杈不知被什么人弄折,尚未断开的残枝悬在半空,垂到地上。

农场建筑已经随着腐烂的房梁一起,塌陷进下方的地窖中。一扇倒下的蓝色大门将地窖入口堵住一半,挂满黑莓果实的荆棘破土而出,穿过蓝色大门,在这片断壁残垣中野蛮生长。

我小心翼翼地爬下山坡,来到草地之上。草丛里到处都是蝉、蟋蟀还有蚱蜢,这些昆虫逃过了之前的霜冻。甫一踏入这里,昆虫便止住了叫声。土地看上去十分贫瘠。长长的岩石突出地面,仿佛这片草地的脊骨。曾经的农场主在这儿打造了一道不同寻常的"篱笆墙",看上去还能再坚挺一百年,所谓的"篱笆桩"是一根根铁质的货车车轴,他们在岩石层上钻出一个个孔洞,将这些车轴深深插入其中。消失的农场主是谁我不得而知,但从这种残忍的劳作方式上,可以想象出他们的模样。

这里没有风吹进来。果园里腐烂的苹果上落着许多黄蜂。光线的流动也显得缓慢而沉重。腐烂水果散发的乙酸气味过于强烈,我迈步来到一处蜂蜜色的草地上。我回忆起自己小时候,每逢夏末秋初,就会有一股淡淡的忧伤萦绕在我心头。

伴随着像是丝绸被人撕开的"刺啦"声,一只鸟从苹果树上坠下,径直摔到一处狭长的草丛里,前方不远便是树林。散落的羽毛在空中形成一道转瞬即逝的喷泉,我放下枪,以颤动的小草为标志,记忆着那只鸟掉落的位置。就在这时,我的耳边传来第二声枪响,紧接着是第三声、第四声,一时间,空气中到处都是鸟的身影,一圈又一圈声浪在我的头顶扩散开来,鸟扑棱着翅膀四处乱飞,霰弹枪的轰鸣此起彼伏,山那边传来阵阵回音,那些鸟像成熟的果实,一个接一个从空中掉落,重重摔到地上。这里面只有第一只鸟是我打中的。

突然传来一阵铃响,一条布列塔尼猎犬奔入草丛,将鸟叼走。班格走了过来,对我说道:"你跟我的作息时间差不多啊。这几周我总能在破浪沼泽那边听见枪声,是你在那儿打猎吧?"他说话时并没有正眼瞧我。那条狗把所有的鸟都送到了班格面前。

"射得真准。"我说。这些鸟的个头都不小,"这是什么地方?"我们一共打到四只鸟,三只雌的,体形稍小的那只是雄的。

班格环顾四周,微微扭了扭嘴唇。他拿起一只鸟,掏出内脏。

"这座老农场是我小时候打猎的地方。我被农场的人驱赶过三回,最后一次还被他们用六号猎鸟弹招呼了一下。直到现在,老子后背上还都是那些小窟窿眼儿。巨石家的糟老头子,为了把我赶走,也不顾我当时只是个孩子,拿起猎枪就朝我射击。"班格拿过第二只鸟,从冒着热气的腔子里扯出内脏。

"这里过去被叫作巨石城。我现在还这么叫它。巨石城。曾经整个巨石家族的人都住在这儿,大概有三四户人家吧。这座农场是属于他们的小小城堡。税管员从不来这里收税。更别提狩猎监督官了,没有人会来这里,除了我,一个猎鸟的小毛孩儿。你总是能在这儿抓到鸟。"

"巨石家的人后来怎么样了?"

"哦,就是死绝了,或者搬走了吧。"他说话的声音越来越小。当时的我并不知道他在撒谎。

午后的阳光洒在猎狗身上,它正靠在班格腿边休息。班格伸出手,扣在那条狗瘦骨嶙峋的脑袋上。"这是我的狗,"他说,"它是我在这世界上的一切。我说的对不对呀,我的淑女?"

他蹲在地上,和狗四目相对。他们亲密无间的模样、老掉牙的"淑女"称呼,还有班格言语中顾影自怜的腔调,无不让我感到尴尬。成为班格的狩猎搭档?我觉得这件事应该是没戏了。他已经有了自己的猎狗。但接下来发生的事情出乎我们两个人的意料,那条狗走到我身边,对着我的手,舔了起来。

"我的天啊,"班格惊讶道,"它这辈子还从来没像这样舔过别人。"

显然,他不喜欢自己的狗做出这样的事。

我们一起往回走,经过地窖,来到草地尽头的云杉旁。班格的狗跟在他身后,距他一步之遥。

"载你一程吧。"班格说。

班格开着一辆老式的道奇皮卡,就停在距离巨石城半英里远的集材道上。卡车在凹凸不平的道路上颠簸得厉害。淑女坐在座位中间,眼睛直勾勾地望着前方,像一位坐车去欣赏歌剧的贵妇。为了盖过卡车发出的嘈杂轰鸣声,班格大声对我嚷嚷着:

"巨石家的糟老头子……是我……过……最尖酸刻薄的混蛋……他的儿女更不是东西……卑鄙……这个家族人还不

少。"伴随着卡车传动装置发出的隆隆声,班格终于将车子开上主干道。

"他们搭了几间小棚屋,门前停着几辆故障生锈的汽车,地上胡乱堆着几捆木材、一些空的长颈啤酒瓶,还有不知道什么时候才会派上用场的机械零件,这些杂物成了野草肆意生长的温床。巨石家的男人都是疯子,他们用千斤顶去顶鹿,用捕兽夹捕熊,用炸药炸池里的鳟鱼,他们到处设置陷阱,用猎枪打别人家的狗,把所有跟他们交往的姑娘肚子搞大。没错,他们就是一群渣滓。"班格将车开上一条泥泞的小路,在一间制糖厂前停下,这是他的住处。

"哎呀,瞧瞧我都干了些什么。怎么把你给带回自己家了?我也是习惯了直接开车上山。晚饭是煎鸟。你也留下来吃吧。"

班格从柴房边上取下四只鸟,接着从马甲里掏出今天猎到的那些,然后挂了上去。他执意不让我帮忙清理内脏,而是摆摆手,让我去制糖厂的屋子里等着。时间已近傍晚,起风了,淑女围在他身边,追逐着随风飞舞的羽毛。

我走进屋内,环顾四周。架子上摆放着几本书,墙上用钉子挂着锅碗瓢盆,火炉后面放着狗食盆,地上铺着从折扣店里买来的编织地毯。远处的墙根支着班格的简易床,床板窄得像一块二三十厘米的木板。我的脑海中忽然浮现出这样一幅画面:班格躺在窄窄的简易床上,他的狗睡在火炉边,做着美梦,班格听着它鼻子发出的呼吸声,就这样度过一个又一个夜晚。

从某种程度上来说,这个地方可以算是一个松鸡博物馆,墙上挂着许多根经过精心处理的松鸡尾羽,大部分是灰色的,少部分呈现肉桂红,还有一根是稀有的柠檬黄,那只松鸡应该是得了白化病。旁边的墙上钉着几张有些卷边的快照,照片里是年轻的班格,手里拿着松鸡,另外还有一些从狩猎杂志上剪下的彩页,画面里是正在展翅飞翔的松鸡。墙角立着几杆霰弹枪。门后放着一截原木,上面站着一只处理得十分糟糕的松鸡标本,松鸡的身子歪向一边,感觉像是要昏倒一样,另外一个小架子上摆着许多鸟巢,里面是已经干瘪的松鸡蛋,想必是班格童年时期的收藏品,这些轻如羽毛的蛋壳里,原先的松鸡胚胎早已不见,只剩下一些干掉的碎屑。

我点燃桌上的煤油灯,照亮了摆在一旁的相框,相框四周镶嵌有一圈塑料花,照片上是一个女孩,站在一间斜顶的农舍前。她有着一头长发,发梢处有些模糊不清,好像是在按快门的瞬间刮起了一阵风。阳光照在她脸上,她眯着眼睛,手里捧着一束雏菊,像是仓促间随手抓来的,只是为了拍照时让画面更好看一些。我还能看见雏菊根茎上沾着泥土。照片里的人是班格死去的妻子。

班格将裹好面粉的松鸡放入煎锅,溅出的猪油被炉火点燃,发出一阵耀眼的光芒,火星四散。他撒了一把盐和胡椒,接着把刚清理下来的新鲜肝脏,以及猎物袋里的其他内脏一起扔给了火炉后面的淑女。

我们安静地吃着晚餐。班格忙着嚼可口的鸟肉。他一语未发,周围的空气凝固着。煤油灯里的火焰越蹿越高。我想起了那些插在岩石里的货车车轴,于是开口问班格,巨石家的老头子是个什么样的人。

"整个巨石家都是混蛋,而他是其中最该死的家伙。他跟自己的女儿乱伦生下孩子。他是个卑鄙、下流、残暴的老混蛋,以前经常用鞭子抽打自己的孩子,让他们活在恐惧之下。"班格用手指敲打着桌上的松鸡肉卷。面对自己亡妻的照片,他大声嚷嚷着,继续自己没说完的话,"对付那头老肥猪,就应该把钉子锤进他的眼睛,然后拿起篱笆桩,朝着他的屁眼捅进去!"班格的声音哽咽了。

那次晚餐后,将近一个月的时间里,我没有再与班格见面。

2

高速公路两旁长满野樱桃树,在树木形成的天然屏障下,那只灰毛狐狸继续迈着小碎步,快速奔跑着,丝毫没有被二十英尺外呼啸而过的汽车的轰鸣声所惊扰。现在他已经来到自己领地的最南端,他还从未见过公路对面的风景。灌木丛下,一只看上去不那么机灵的乌鸦倒在那里,尸体像极了一块融化的沥青。狐狸在腐烂的血水里打了一个滚儿,肩膀用力在腐肉里摩擦。不一会儿,他又站了起来,晃了晃身子,准备继续他的行程,一根黑色的羽毛插在他的肩膀上,像是被斗牛士用飞镖打中了一样。

诺琳将第二只鸟的内脏取了出来,动作熟练得像是在拔草。另外一只刚处理完的鸟躺在白色的搪瓷沥水板上,躯体呈现暗紫色。

"哦,这活儿对我来说没什么,我一点儿也不介意。我处理过上百只鸟了。小时候干了有一两年时间,那段日子真是够糟,没有工作,也没有钱。我们相互鼓励,靠捕鱼过活,我们捕过鳟鱼、亚口鱼,只要能吃就行。我过去经常清理鸟的内脏。"只见她左手拿着鸟,右手手指将内脏从小小的躯干里抽出,放入漂着羽毛的水槽里,接着重复这一系列操作。

"我哥哥雷蒙负责处理那些鱼。他总是受不了鸟内脏的气味,不过我就没问题。他能又快又好地给各种动物去皮、清理内脏,但就是拿鸟没辙。我是无所谓啦。"

当她把最难处理的翼尖羽毛扯下来后,呈现在眼前的是五六只毫无生气的躯体。"处理完了,给你。"这些鸟排成一排,两只爪子硬挺挺地朝上竖着,中间是黑色的腔子。诺琳倚在水槽边,鸽灰色的暮光笼罩在她身体周围,仿佛不断上升的泉水。黄褐色的头发卷成一团,脸颊上还粘了一根羽毛。她嘴里哼着歌,歌词听上去好像是:"不要和牛仔乔上床。"让那个什么牛仔乔见鬼去吧,我心想,跟我上床怎么样?

翻云覆雨过后,温柔乡转为了告解室,这种情况我已经不是第一次遇见了。

"你结婚了吗?"

"结了。"

"那真是太好了,我也结婚了。我就知道你不是单身。"在越来越浓的暮色映衬下,诺琳狐狸一样的脸变得苍白起来。

"我哥哥,"她说道,"我哥哥雷蒙,你还记得吧?"

"记得。"

"其实他不是我亲哥,他只能算我半个哥哥。"她像小孩子一样说起话来,她要把秘密告诉我,"是这样的,在和我爸结婚之前,我妈就怀了他,他的名字是我爸给起的。"这张床突然变成了狐狸的巢穴,周围弥漫着狐臭和泥土的气息。她小声说道:"我跟雷蒙做了。"

"什么时候的事?"

"很久以前的事了,而且是第一次,你知道吗?反正他只能算我半个哥哥。不过也就做了一次。"她看着我,"现在轮到你了。"

"轮到我干什么?"

"轮到你告诉我之前做过什么坏事呀。"

诺琳的话给这场成人游戏画上了句号。我的脑海里突然闪过一桩桩童年时期犯下的罪行,还有成年后做过的残忍事情。

37

这些不请自来的回忆让我觉得愤怒,搞得我如坐针毡。

"跟我说说雷蒙德①的事情吧。"我说道。

"怎么说呢,当时和我妈交往的男人来自巨石家,那个家族曾在这里居住过,当然现在已经不在了,我妈那时就已经怀上了雷蒙,但还没等他们结婚,巨石家就遇上了麻烦事,所以雷蒙后来就没有了父亲。我妈和那个男人之间是真爱,她爱得近乎疯狂。直到后来她遇见了我父亲,他是一个伐木工,给圣瑞吉斯干活。我爸来自魁北克省的一个小镇。"

"这么说来雷蒙德是巨石家的后裔了?"

"没错。不过他从来没对外宣扬过,但这是他的血统。他的身体里流着一半巨石家的血。"

我又想起了巨石城,想起了那些破败的棚屋、那扇油漆已经剥落的蓝色大门,还有那些铁质车轴,那里是一群法外之徒建立的藏身之所。

"他是巨石家的哪一支?"我心里想着班格在谈到那个老头子时说过的话。

傍晚时分,天色已暗,诺琳起身下床,开始穿衣服。她用双手将头发捋直。"这是你跟我之间的秘密,"她郑重地低声说道,"他是佛洛依德的儿子。就是那个被送上电椅的家伙。"

我和诺琳开始定期见面。每周五晚上都变成了自白时间。诺琳会告诉我谁又杀了一只小猫,谁又从自己的女性朋友那里偷了一件垂涎已久的衬衫。诺琳沉浸在家庭关系之中。我从她那里听到的大部分都是雷米和他父亲雷蒙之间的麻烦事,那个有着一半巨石家血统的人,为人处世和我所想的别无二致。

"雷米昨天晚上又被他老子打了一顿。你知道的,那孩子每隔二十四小时就要去摆弄那些捕兽夹,他被要求在去五金店

---

① 雷蒙德是雷蒙的全名。

上班之前,一大早就做好这些工作。但是呢,那天他忘记了,雷蒙差点没把那孩子撕成两半,想必你也多多少少听说了一些。雷蒙的脾气也真够暴躁。雷米那孩子讨厌设置陷阱。他想离开这里,去纽约,当个摇滚歌手。你真该去听听他的歌声。"

3

今年的狩猎季只余下几周不到。虽然我挺喜欢每周的自白时间,但我也没让新兴趣扰乱猎鸟的节奏。每隔几天我就会出去打猎,有时只活动一小时,有时则会待到晚上。至于巨石城那边,我没有再去过,那里到处都充斥着班格阴暗、孤僻的仇恨气息。第一场持续降雪来临。凛冬已至,气温骤降,空气变得稀薄,呼吸变得艰难,呼出的气息凝结成了霜。

一日清晨,潮湿的空气不断侵扰着我的鼻孔,又一场大雪即将来临,在屋后的硬木林中,我发现了班格和淑女留下的痕迹,他们一路向南而去。很明显,这是他们故意留下的,我把它当作一封邀请函,我想,这也许是班格能想到的邀我一起打猎的最好方式了吧。

班格开局不错。我到达巨石城时已接近下午时分。我顺着班格留下的痕迹前行,不过是在更高的山路上,我想他之前经过时应该已经惊到了那里的鸟,它们早就顺着山坡四处逃散,藏到了暴风雨和人类都找不到的地方。

我的收获也不错,在慢慢悠悠的狩猎过程中,有六七只鸟被我从藏身之处驱赶出来,主要还是因为在这样的天气里,鸟儿的移动也不是那么灵敏。我击落了其中一只,算是一次条件反射式的射击,子弹穿过幼鸟的丰满羽翼,羽毛如同竹子一样,既薄又密，而我的拇指已经冻得麻木，勉强只剩下打开保险栓的力气。周围的空气变得越来越冷。雪花飘落下来，这一次，是鹅毛大雪。

巨石城依旧是一片荒凉的废墟，但班格知将一处坍塌的墙壁当作庇护所，在下面生起火，还用一个小罐子煮上了咖啡。积雪淹没了那扇蓝色大门。雪花碰到火焰，发出噼里啪啦的声响。班格从废墟中抽出一块落满积雪的银色木板，将它扔进火堆。

"猎到什么吗？"

我举起手里的鸟，向班格描述着自己是如何击落它的。班格将鸟的尾羽打开，形状看上去像一把女士用的扇子，他计算着羽毛的数量，用手轻弹着两根没有整理好的羽毛，当他发现我没有打开鸟的嗉囊时，立刻向我抛来责备的眼神，接着自己动手打开。

"是山毛榉的果实。大雪封山前，它们一整个早晨都在吃这些玩意儿。你瞅瞅那几只，"他指了指旁边，四只鸟整齐地排成一列，"嗉囊里也都塞满了山毛榉的果实。以此为食的鸟味道最棒了。"

看来关于鸟的知识，我这辈子还有得学。

热气腾腾的咖啡十分好喝。班格说每当天冷的时候，他的狩猎马甲里就会装上一小袋咖啡和一个小罐子。柴火很快就烧完了，只留下一堆木板形状的焦炭。班格走进地窖，想找找看有没有干燥的木板。当他出来时，手里拿着什么东西，正在用他的袖子擦着。

"老天爷，快来看看我找到了什么好东西，在下面的墙上发现的。"他把东西递给了我，"这是那个老家伙用过的刀。"

这是一把大折叠刀，有两个刀刃，已经被腐蚀，有些生锈。刀身由斑驳的黄色赛璐珞塑料制成。赛璐珞刀身上刻着一些模糊不清的图案，像是一个正在演奏六角风琴的海盗，又像是一个疯狂的教授,正对着桌上倒塌的一摞书咧嘴而笑。另一面的图案相对清晰些。一个裸女盘腿坐在沙滩上,面对着相机镜头,微笑的嘴角弯得像葡萄酒杯的边缘。她正用手拍打着一个锥形的沙堆,而这个沙堆正好挡在了女人的两腿中间。

我把刀还给班格。这把刀很沉,岁月好像赋予了它更多的重量。班格不停把玩着刀,努力想要辨认清楚刀身上破碎的图案。"我的天呀,这是那个老家伙的刀!"他大笑道。

"巨石家有个被处以电刑的人,在他身上发生了什么事?"我问道。诺琳再也没说过关于佛洛依德的事,而成人之间的世故也让我们对第一次谈话的内容闭口不提。

"电刑?你从哪儿听来的?"

我没有回答,那把刀在班格手里转来转去。

"那个人叫佛洛依德·巨石,是把整个家族搞垮的人。他是一个疯子,不过跟巨石家有的人比起来,他倒显得没那么疯癫了。"班格点燃一块新的木板,木板冒出浓烟,不一会儿便着起火来,蓝色的火焰顺着木板的边缘优雅地跳动着。淑女将头靠在班格的膝盖上,透过火堆望向我。

"小丫头过得怎么样呀?有没有乖乖听话呀?"我用傻乎乎的腔调对着班格的狗打趣,以前我很喜欢用这种方式跟狗对话。它摇了摇柔软的尾巴。班格的手臂紧紧搂着它,一股罪恶感突然涌上我的心头,就好像我夺了人的妻子,被捉奸在床。

"说回佛洛依德·巨石。似乎自小镇诞生起,这里的人们就跟巨石家摩擦不断。但实际上巨石家才是第一批定居在这里的移民,只不过他们从没吹嘘过此事。

"他们要么是从新罕布什尔州移居过来的,要么就是从魁北克省迁徙而来,我也不清楚是哪一个。这是一个古老的家族,也是一个卑劣的家族。佛洛依德跟他的兄弟还有堂兄弟一样,一喝醉酒就会干出疯狂的举动,他无恶不作、为所欲为。巨石家的人总是随身携带一杆打鹿用的来复枪,每个人都是这样。

"一天,他开着车,从小镇返回山上,他喝得酩酊大醉,浑身灼热,不过还没醉成一摊烂泥,至少还能勉强驾驶自己的旧卡车。他开到铁道边时,火车正好过来。那是一列有七十三节车厢的火车。他数着这些车厢。后面又跟上来两辆汽车,其中一辆里坐着浸信会的牧师。等了许久,火车总算要开过去了。结果在最后一节的守车门口站着一个人。他朝佛洛依德挥手致意,感觉像是哥们儿一样。

"如果换作你或我,想必咱们也会挥手回应,但佛洛依德却突然举起他的.30-.30猎枪,动作快得像条蛇,他用猎枪射穿了那个人的头。没有任何原因,他杀了那个人。他之前压根儿就没见过人家。接着他继续开车回到这里。回到了巨石城。"

班格将生锈的刀片从刀柄里撬了出来。"人们从四面八方赶过来,想要抓住佛洛依德。州警察来了,警长也出动了,还惊动了住在山脚下镇子里的上百号人,他们个个都拿着枪,迫不及待地想要使用手里的武器。这些人组成了一支军队。人群的模样十分凶狠,他们已经受够了巨石家的人。

"巨石家的糟老头子往门廊处一横,吼道:'从老子的地盘上滚出去!'他底气十足,仿佛手里端着一杆霰弹枪。不过他手里没拿着枪。我想要不是他激动过头了,应该会端着枪出来。他手里托着一个大罐子,就是平常用旧的锡制水罐,里面盛着满满的自制烈酒,多得快要溢出来。老头儿站在那儿,身子晃来晃去,眼睛通红,大吼大叫:'从老子的地盘上滚出去!'

"州警察也喊了回去:'我们有逮捕令!我们要抓佛洛依德·巨石!他犯有故意杀人罪!他杀了一个身份不明的人,还犯有其他种种罪行!乖乖出来吧,佛洛依德!'"

"佛洛依德当然没有出来。巨石城里大概有四五幢房子,佛洛依德可能藏在任何地方,也有可能躲在林子里。州警察对着四个手下说了些什么,紧接着那些人冲上门廊台阶,把老家伙抓了起来,以妨碍司法执行的罪名将他逮捕。就在那个门廊处。"班格指了指那扇蓝色大门。

"几人扭成一团,相互拳打脚踢,尖叫声此起彼伏,老头儿虽然已经七十多岁,却用他长长的指甲戳瞎了州警察的眼珠子,可怜的哥们儿失去了眼睛,彻底成了残废,不得不提前退休,靠养老金生活。

"没人愿意进屋去搜寻佛洛依德。那会儿他们还没搞来梅斯喷雾和能从门缝底下喷进去的那东西。外面的人群做好了破门而入的准备,他们就像一群真正的野蛮人。有的人大声嚷嚷着:'把他们的房子拆了!让那个杀了人的小混蛋无处可藏!'我之前说过,他们可是有百十来号人。

"蜂拥而至的人群将这几幢房子团团围住,他们撬开腐烂的木板,踢碎窗户的玻璃。有人拿了一把斧子,朝着护墙板的底部猛砍下去,只消十几下,就能像撕纸一样将木板扯下来。巨石家的人纷纷逃到房外,有女人、有孩子、有醉汉,还有几个老婆子,所有人都在大喊大叫,哭声遍野。

"差不多花了十分钟,他们就抓到了佛洛依德。当时他正躲在床底下,手里举着那杆杀了人的猎鹿来复枪,枪口对准卧室门。他怎么也没料到整间屋子背面的墙会在一瞬间倒塌,十几个人拽着他的脚踝,把他从床底下拖了出来。警察抓走了他——当然带他走的过程中也发生了一些麻烦事——现场只剩下了其他巨石家的成员,还有我们这一群人。有人找到一些用来涂屋顶的沥青,用火将它们烧至滚烫。"

我在想班格会不会也是发现沥青的人之一。

"人们把巨石家养的鸡全都宰了,扯下羽毛备用,还宰了一些鹅和鸭子。他们把巨石家的人扒了个精光,放过了女人和孩子,把沥青浇到他们身上,滚烫的液体顺着他们的身体流到私处,紧接着又把那些禽类的羽毛倒在他们身上。"

鹅毛般的雪花散落下来,随风盘旋,仿佛一根根飞舞的羽毛,抛向巨石家族涂满沥青的身体。在倒塌的门廊处,一阵旋风刮过,形成一道雪柱,不一会儿便散去。我的老天,我不禁感慨道,这究竟是怎样的一群人啊。

4

碍于身上皮毛的颜色,这只狐狸几乎不会在雪天穿行到空旷的地方,他会躲在树林和灌木丛中,顺着空地边缘捕食老鼠。在冰冷刺骨的黎明时分,狐狸的口鼻已冻上一层霜,他向荒无人烟的草地边缘走去,期待能在一片荆棘丛中抓只野兔当早餐。野兔留下的足迹看起来像是翻花绳时缠绕在一起的线,顺着荆棘丛一直向远处的云杉林延伸,但却在雪地中间戛然而止,仿佛那只兔子张开了神奇的翅膀,飞到了树林中。狐狸低下头,在雪地里仔细嗅着,他一路小跑,希望能捕捉到尚有余温的气息,但只有一些难以捉摸的细微迹象,表明野兔可能存在于此。当狐狸几乎要在雪地里冻成一团时,他突然嗅到了可怕的气息,来自他最大的敌人。就在这一瞬间,他感到了死亡在逼近。他的心怦怦直跳,异常焦虑不安,他也顾不上许多,一路飞奔,穿过开阔的草地,如果此时有位狐狸猎人,那么他就成了一个活靶子。

夜间的空气变得异常寒冷。狂风呼啸而过,把窗户震得嘎吱嘎吱响,雪花顺着门底的缝隙被送进屋内。一直等到周五早晨,雪才终于停了,房前的草地饱受狂风洗礼,已经变成光秃秃一片,私人车道旁的积雪也被风吹成了如刀尖般的新月形状。

诺琳打来电话,说她的车子打不着火,不能来我这里了,听到这个消息,一股夹杂着忧郁的慵懒感侵袭了我全身,懒惰可是古老的七原罪之一。电话那头的声音听上去很匆忙,她上气不接下气地说着话,语气里充满负罪感。我想知道现在和她在一起的是谁,也许是她丈夫,她从未提起他的名字,也没说他到底犯过什么错。也许是她同母异父的哥哥,那个脾气暴躁、肩负着巨石家深仇大恨的家伙。我的脑海里突然浮现出一张笑脸,还有许多羽毛在随风飞舞,两幅画面交织在一起,似乎在嘲笑着什么。

我打开厨房烤箱的门,好让屋子变得暖和一些,又给自己热上几杯棕榈酒。外面的风吹得烟囱直晃。我孤身一人,杯中的酒总是很快就喝完了。我在令人窒息的厨房里打着盹儿,喝下肚的威士忌混杂着窗外旋风呼啸的声音,搅得我的脑袋嗡嗡作响。

厨房的门突然被人打开,暖烘烘的屋子里涌入一股冷风,班格出现在我面前。他没戴手套,裸露的双手僵硬地弯曲着,眼睛在房间里四处乱瞟。

"淑女!"他嚷道,"你把它藏哪儿了,你这个混蛋。我的狗在哪儿?"

我们把整幢房子都搜了个遍,从阁楼翻到地下室,把所有壁橱和橱柜的门打开,这才让班格相信我没有绑架他的狗,也没有把淑女捆在哪根隐蔽的水管上。诺琳那双蓝色的拖鞋,还有那件带着羽毛装饰的仿缎衣服,躺在卧室壁橱的地板上闪着微光。我倒了杯酒给班格,听他讲起事情的来龙去脉。

前一天晚上,虽然下着大雪,但他还是让淑女到外面去玩了,班格说道,他吸了吸鼻子,用手背蹭了蹭鼻涕。夜晚的气温虽然很低,但淑女还是在外面享受了一个小时左右的快乐时光。

班格觉得它之所以喜欢跑到外面，是因为当它回到屋内，火炉后面的温暖地毯会让它感觉更加舒适。这种像清教徒一样对待生活的态度竟然会出现在一条狗的身上，真是令人不可思议，我心想。

班格一直竖着耳朵，期待能听见狗的叫声或爪子挠门的动静，他就这样慢慢睡着了。然而直到转天早晨，淑女也没有回来。他太担心自己的狗会出什么意外，没有像往常一样到镇子里去，而是花了整个早上寻找淑女，他呼喊着它的名字，嘴里吹着口哨。一直找到中午，他又走进林子，一边在冰冷的积雪上继续搜寻淑女的踪迹，一边大声叫着它的名字。再后来，班格觉得可能是我以松鸡内脏为诱饵，把淑女拐跑了。当他带着怀疑的怒火闯进我家时，淑女已经失踪了将近二十四个小时。

天刚一亮，我们就以班格的制糖厂为中心，一圈圈扩大我们的搜索范围。风逐渐停了，一旦有新的踪迹出现，我们肯定能够发觉。但无论我们怎么找，就是没有淑女的影子。就在这时，我突然想起巨石城，回忆起班格在向我讲述巨石家族被人们驱逐的故事时，他随手把那些松鸡内脏扔在了雪地里。淑女也许就是在那时候记住了这些"禁果"的位置。对淑女来说，这是一场充满负罪感的短途旅行，一次匆忙的狼吞虎咽，待一切结束后，它只需像平时一样回到制糖厂，用爪子挠挠屋门，然后回到火炉后面温暖舒适的地毯上。我想它可能背着班格耍了好几次这样的把戏。

"你去巨石城那边找过了吗？"我问道。

"没有，但它一般不会去那儿，除非我们要猎鸟。"

"去看看吧，确认一下也没坏处。"

班格对我的话表示怀疑，有些闷闷不乐，但我们还是掉转方向，朝南边去了，我们身陷厚厚的积雪，一路挣扎前行，像两个掉进流沙的人。

生长在地窖洞口处的红色荆棘被下行风吹得嘎嘎作响。一场接一场的降雪将巨石城涤荡一空，积雪覆盖了散落的木板，吞没了房屋地基，抹去了巨石家生存过的最后一丝痕迹。好一股冬日洪流，若是赶上满潮，想必整座农场都会被沉入水底。

　　班格踢着地上的积雪，这里是他经常扔内脏的地方。但周围什么也没有，苍白的雪地上只有火焰烧过后留下的灰烬。

　　"随便什么动物都可能捡走那些内脏，像浣熊啊，狐狸啊，还有渔猫之类的。淑女可不吃鸟的内脏。"

　　我们在草地周围和溪水边继续搜寻。班格一直呼喊着她的名字。

　　"看见没？狐狸的足迹，还很新，今天早晨刚留下的。肯定是这只狐狸吃了那些内脏。"

　　但班格的眼睛接着看向更远处，在狐狸留下的脚印前方，被风扫过的积雪中露出些许模糊的痕迹，那是一道浅浅的压痕，几乎完全被空地上的积雪覆盖，在遮天蔽日的针叶林中更是难以察觉，这道印迹告诉我们：之前有什么东西从这儿走过。

　　"什么东西能留下这样的痕迹？"我问道，"黄鼠狼？还是渔猫？应该是动作很迟缓，拖着什么东西在走，才形成那样的凹陷。"班格望着我，眼神里带着轻蔑和痛苦。他之前肯定见过类似的痕迹。

　　压痕一直延伸到挂满黑莓果实的荆棘丛，荆条棘蔓将塌陷下去的巨石庄园围了个水泄不通，像是给房子穿上了一身带刺铠甲。班格走进这片低矮带刺的荆棘丛，像踏入草丛一般，他喃喃自语着。我跟在他后面，一路披荆斩棘，我不知道他心中确信发生的是什么事。

　　在荆棘丛中前进了差不多十五英尺，班格跪下来，淑女躺在雪地里，驼着背，蜷缩成一团，他用手掸去落在它身上的积雪。冻僵的躯体四周还有一圈狐狸的足迹。班格抬起狗的尸体，感觉有什么东西在妨碍着他,于是他又轻轻将它放回地上。狗的右前腿被一个捕兽夹死死钳住,班格顺着夹子上面的锁链摸索,发现整条锁链胡乱地绕在一起,另一头紧紧地缠在荆棘丛中。他掰开捕兽夹的钢齿,拉出已经冻僵的前爪,接着铆足全身力气,将捕兽夹狠狠地扔向荆棘丛。夹子挂到一大丛长满刺的荆条上,锁链来回抖动,在空中划出一道道弧线,一副扬扬得意的样子。

"班格!"我冲他嚷道,"你不留着那个捕兽夹吗?难道你不想知道是谁干的吗?"

他瞪着眼睛,脸已经冻得发紫。他将淑女抱在怀里,尸体很重,躯体因冻僵而变得歪歪扭扭,像极了讽刺漫画里狗的样子。听到我的话,一直沉默不语的他终于爆发了:"我知道是谁干的!是巨石家的老混蛋!他已经对我做了那么多事,难道还嫌不够吗!小时候他就想把我从这儿赶走,还用枪打我,差点没把我打死,对了,也是他放火烧死了我老婆,我的伊蒂,还有我儿子,他是在报复我将他们赶出巨石城,现在,他又杀死了我的狗,因为我拿了他那把该死的破刀!那把刀就在这儿,还给你,老头儿,拿回去吧。我不要了。"

他用一只胳膊抱着狗,动作显得有些笨拙,另外一只手伸进口袋里,取出那柄黄色的旧刀,将它扔在地上。他一脚把刀踢开,接着转身朝制糖厂的方向走去。

那个捕兽夹是布莱克与兰姆公司制作的二号产品,几乎是全新的。表层经过烟熏处理,铝制的铭牌还在闪闪发光。上面印着"小雷蒙德·派诺德",看来雷米再一次忘记检查他的"陷阱链"了。即便是私生子,但归根到底是巨石家的人,身体里流着捕食者的血液。他们无法控制自己,而班格又能好到哪里去呢?他沉浸在恐惧和不安中无法自拔,不知不觉间成了巨石家族的牺牲品。

班格关掉了五金店,将它卖给了别人。我听说他搬去了佛罗里达州,后来又去了亚利桑那州,还有加利福尼亚州,无论哪个地方,相比破浪县来说,都是尘世间的天堂。雷米也乘着公共汽车,一路奔向纽约城,丢下他的"陷阱链",任由它们慢慢生锈。

到了春天,我把自己的房子卖给了从新泽西州退休的一对夫妇。他们一无所知,对这个村子的一切都充满热情。当我们在镇上的事务所备案此次房屋买卖时,我好奇地向工作人员询问,现在谁拥有巨石城那片土地的所有权。事务员查了一下记录。

"威廉·F. 班格。他几年前就以补缴税款的方式买下了那块地。现在仍然拥有那块土地的所有权。"

她说的不对。真正拥有那块土地的人是巨石家族,以前是他们,现在也如此,未来也一样。

那只该死的狐狸迈着大步,熟练地跑下山坡,来到一座废弃的农场,嘴里小心翼翼地叼着什么东西。他将自己的老巢挪到了新地方:一处经过扩建的土拨鼠窝,这里原本是一个地窖,后面的入口被一扇褪色的蓝色大门遮住一半。

狐狸将他带来的礼物轻轻地放在几只幼崽中间。那是一只雄性松鸡,一岁大,虽然翅膀受了伤,但还是想要飞起来,不过肌肉和骨头已被碾碎,逃跑的念头也落了个空,像个羽毛风车般滚回地面。松鸡惊恐地扑棱着翅膀,那几只毛茸茸的幼崽还长着乳牙,畏缩在一旁,谁也不敢上前。松鸡开始逃命,几乎要跑到荆棘丛边时,老狐狸再次抓住了松鸡,折断一只脚,又扔回幼崽中间。

最后,一只雌性幼崽站了出来,小小的个子,灰色的皮毛,看上去比其他幼崽要强壮一些,她扑向那只鸟,接着迅速跳开,嘴里多了几根带血的羽毛。

花岗基岩

空阔的院子里，莫琳正在劈柴，树皮的碎屑散落四周。远方的地平线中，热闪电不时绽放光芒，抬头看，天蓝色的云朵呈现出大理石般的色泽与纹理。

透过客房的窗户，帕雷望向自己年轻的妻子，随着莫琳挥舞斧头的节奏，她的辫子在上下跳动，她灵活地抬起手臂，斧刃闪着寒光，像是在空气中嘲笑着某人。她拿起一块分叉的劈柴，放到木墩上，用脚蹭去上面的泥土。斧子抬起又落下，"铛"的一声，木头被劈成两截，她好像是用力过猛，斧刃一头扎进土里，碰到了底下的岩床。

隔着布满裂纹的窗玻璃，莫琳身后的草地看上去如同一张黄色画纸，种在地上的杨树幼苗好似用铅笔描绘的笔直竖线。帕雷已经落下了两个季节的割草工作。一天的时间里，他会对着这片草地看上数百次，幻想它在其他时间会是什么样子，这已经成了他的习惯。他想象着那些充满原始气息的树木，在凹凸不平的山坡上，到处都是冒着青烟的树桩，狼群将身形隐藏在这片黯淡的景色中，向更加空旷的北部迁徙。不过现在映入眼帘的，是一片黄褐色的草地，长满马利筋草和紫色的野豌豆花，这些花草爬上了内蒂的墓碑，将立在山顶的石碑遮住一半，从山下望去，仿佛一轮冉冉升起的皎洁明月。

莫琳回头瞥了一眼房子的方向，帕雷立刻从窗边躲开。她肯定又没看见自己，帕雷心想，他的身手依然敏捷。他穿上皱巴巴的皮拖鞋,拖着沉重的步伐,来到楼下厨房,准备做晚餐。身为农民的帕雷原本有一身久经日晒的黝黑皮肤,但早在几个月前便已褪色,现在的他脸色苍白,除了一些银色的胡楂,整张脸干净得像被猫舔过的茶碟。

晚餐时间,莫琳和帕雷坐在餐桌旁,一张没有人的黄色椅子将二人隔开。吃饭用的叉子都放在一个空的绝好佳牌咖啡罐里,尖头朝上。帕雷在罐子里来回摸索,想要找到自己应该用的那支。莫琳不愿意让他拿新叉子吃饭,那些叉子上面都镶着玫瑰花,花上缀着珠子,四周还装饰着华丽的藤蔓。

莫琳自顾自地吃着猪排,帕雷把手放在桌布上,不停擦拭着餐刀的木头柄。莫琳切下一片厚厚的黄油,一旁的帕雷咽下了口水。莫琳看了他一眼,示意帕雷可以开饭了,她有一双青石色的眼睛。帕雷从靠近骨头的地方锯下一片味道很淡的肉,刀柄上的铆钉反射着无罩灯泡射来的光。莫琳大口大口吞着深蓝色布鲁特马铃薯。帕雷可不吃蓝色马铃薯。连莫琳也没法让他吃这个。

晚饭过后,直到睡觉前,两个人都在盯着电视看,因为受到静电干扰,屏幕上全是波纹。帕雷躺在床边,由于上了年纪,他睡得很轻,稍有风吹草动就会惊醒,他望着只打闪不下雨的天空,看着一群又一群发光的绿色萤火虫惴惴不安地穿过草地。莫琳的呼吸声很轻,像草地上刮起的微风。河流下游的避暑别墅射来几束锥形灯光。帕雷看见几道闪电叠在一起,迸发出末日般耀眼的炫光,点亮了一侧的山坡。直到沉闷的雷声在耳边轰隆作响,这场雨才终于落了下来。

整座农场只有一层薄薄的土壤,底下是由花岗岩构成的基岩,岩石历经冰河时代和陨石撞击的洗礼,满是岁月的伤痕。这场大雨会再次将一切洗刷干净,这些形如酒杯的榆树、这些山毛榉、这些割完后剩下的残草余株,还有这些内部长满结节的植物根茎,都将被涤荡一空。帕雷心想,要是再来一场大暴雨,估计会把覆盖在岩石上的土壤全部冲走,露出下面坑坑洼洼的坚硬岩床。

花岗岩的微粒仿佛已经融入帕雷的身体。岩石坚硬顽固的品质透过薄薄的土壤传递到农作物的根部。农场的土地因日晒而龟裂,每当帕雷从中收获一份马铃薯,他的骨骼便强硬了一分,他的生命力便增强了一点。但莫琳却在这片土地上注入了某种疯狂的精神物质,这种物质是如此强大,她吹了一口气,便把花岗岩都碾成了粉末。

内蒂过世后,帕雷来到位于岩石庭院后方的岩壁处,他要从那里凿下一块石头,他一遍又一遍地敲着凿子,每当有粉尘落进狭小的凿洞里,他便拿钩子清理干净。他垫好木片和楔子,将它们用力敲进岩壁,直到听见清脆的断裂声,石块从岩壁上脱离。帕雷在石碑表面刻下内蒂的名字。

他用拖拉机将做好的石碑运上草地最高的山坡。当他的女儿丽莉看到石碑时,她说上面的文字刻得太粗糙了。早知道还不如直接买一块,那些做工精良的石头表面都经过抛光处理,上面还刻着散文诗,并雕有一圈花饰。几年前,丽莉曾从报纸上剪下一首小诗,她一直留着那张剪报,自己也不知道为什么。不过她说现在总算知道原因了。

独居生活让帕雷的日常逐渐脱离了轨道。他偶尔会在厨房里听见内蒂用低沉沙哑的声音问他晚餐想不想吃火腿。猫用爪子将花盆里的植物扔到外面,接着玩起里面的泥巴,这些盆栽都是内蒂之前养的,现在已经枯萎,地毯上被弄得到处都是泥土的碎屑,不知什么原因,眼前的这幅场景让帕雷觉得有些可怕。

重新在帕雷内心花园里播下希望之种的人,是丽莉的丈夫塞缪尔,他有一双大大的眼睛、厚厚的眼皮,像极了那些大理石半身像上的罗马君王。

"其实你可以再娶一个的。"

他们正在修整房屋的围栏,塞缪尔将木桩敲进地里,绷紧的金属线嗡嗡作响。清风扫过满目狼藉的草地。

"有不少人都再婚了。岳母已经过世一年多了。而且你还没到黄土埋身的年纪,帕雷。你这个年纪还是能再往前走一步的。"

巧的是,女人也是这么想的。她们登门拜访,送来精心烹制的炖菜和馅饼,还有熬好的梨水,梨水上面漂着丁香叶,看起来像在浑浊糖浆里被淹死的人。这一天,塞尔玛·露丝带着面包来到帕雷家,如今她正在替任性的女儿照看自己的外孙。

"要是我把自己的外孙送进州福利院,那我简直太混账了。"她说完便一瘸一拐地离开了帕雷家的门廊,帕雷摊开的手掌上捧着新鲜出炉的面包,像拿着两个糖果枕头。他想象起自己和那些孩子围坐在餐桌前的样子,孩子们将盘子的边缘当作跑道,把豌豆放在上面滚来滚去。他在想自己是会告诉他们不要再玩了,还是会等着他们自己玩腻为止。丽莉和塞缪尔没有孩子。

那一日,虽晴空万里,却寒风刺骨,也正是在这一天,帕雷开始失去了对农场的掌控权。大地的表面已经覆上一层冰霜,茎部发黑的野草僵硬地杵在土里,易碎的落叶随着不断变换的风向在空中来回盘旋。

河边公路驶来一辆卡车,帕雷认出那是鲍勃浩特·麦基的红色老式雪佛兰,汽车的前挡泥板一路颤颤悠悠,轮胎也被磨得不成样子,车身侧面翘起来的地方用绳子紧紧绑住。帕雷走下台阶,他要去看看鲍勃浩特想干什么,他可不想让那家伙下车,不想让他走进自己的农场,用热烈而又迫切的目光四处乱看,寻思之后能从这里拿走什么东西。但下车的不是鲍勃浩特,而是他的小妹妹,莫琳。

"来给你打扫扫卫生,做做饭。"

鲍勃浩特将胳膊肘搭在车窗上,冲着帕雷笑道,听上去仿佛一条哧哧窃笑的狗,女孩在一旁摆弄着长长的辫子。帕雷刚想说家里一切都好,自己应付得来,但鲍勃浩特已经驾车离去,把姑娘一个人留在原地,他按着卡车喇叭,好像一个粗嗓门的人在大声嚷嚷。

那天晚上,女孩来找帕雷,她解开辫子,散下的头发看起来更加浓密火辣。她知道接下来将发生什么,但她是如此温顺,面对帕雷轻轻的爱抚,她合拢四肢,摆出屈服的姿势。房间里弥漫着柳树花粉和春日河水的气息,这味道竟让人产生一丝罪恶感,名为过去的模糊影像突然消失不见,就好像一直遮挡在自己面前的那只手被人猛地扯掉。他似乎在自己的指甲缝里感受到了干燥的泥土。

一个月后,两个人结婚了,那天暴雪纷飞、狂风呼啸,教堂铃铛被吹得嗡嗡乱响,叫人头晕耳鸣。帕雷穿着一身白色西装。

"简直令人作呕,"丽莉说,"只有新娘子才穿白色,而不是一个糟老头子,娶的姑娘还比自己亲生女儿小四岁。"

西装的颜色给人一种过于光滑稠密的感觉,仿佛猪油那种白色,当帕雷在店里试穿时,裤子的布料贴合着早已硬化的腿部肌肉,仿佛一双爱抚的手,自然地垂下来,形成一道道褶皱。但在冰冷的教堂里,西装紧紧贴在他身上,好像一块潮湿的塑料。

帕雷再一次置身教堂,站在跟初次结婚时几乎相同的地板上。只不过那次他穿着一身黑色西装。婚礼时间也是八月的一天傍晚,啤酒色的昏黄阳光照进同样布满灰尘的玻璃窗;除了一只黄蜂撞击窗户发出阵阵声响以外,周围安静得出奇,如同毛蕊花的叶子,浓密而黏稠。炎热的温度、昏黄的日光、内蒂粗糙的手,还有那陈腐却虔诚的仪式,无不比这场寒冷的婚礼显得更加真实,从现在开始,名为莫琳的女孩,已经将人生和帕雷绑到了一起。

丽莉和塞缪尔没有参加婚礼。"看看你要结亲的人家!"丽莉冲他大声嚷着,"你做了人生中最错误的决定。"只有鲍勃浩特在现场,满面红光,一身酒气。

莫琳对度蜜月嗤之以鼻。她将农舍重新装饰一番,在卧室中摆上带有花纹装饰的格架,在厨房里放上红色茶壶。她盘上长长的辫子,将餐椅重新粉刷成黄色,把老旧的橡树餐桌涂成冷冰冰的绿色,就像是雨中草地的颜色。原本朴素的农舍窗户现在也挂上了印有绯红色芙蓉花图案的窗帘。除此之外,水槽里永远堆着一摞摞用完没洗的碟子,墙面的钉子上歪歪扭扭地挂着积满污垢的毛巾。

鲍勃浩特会过来吃晚餐,他一个接一个地将热狗送进嘴里,用能将人灼伤的眼睛在屋内四处乱瞟,射向壁纸,样子像一条苏格兰小狗的钟表,水槽边的窗台上放着的塑料蕨类植物。鲍勃浩特会在吃完他的果冻后离开,但即使过了很长时间,他们还是能听见他开着那辆红色雪佛兰卡车,一路颠簸地向河边公路驶去。

帕雷一直种的都是绿山马铃薯,柔软的黄色果肉很对他的胃口。他也试过种植其他品种,比如抵押毁灭者、赤褐色马铃薯、玫瑰王等等,不过他从来没种过布鲁特马铃薯。他可不想吃这种蓝黑色的东西,像墨水一样的颜色,看起来就有毒的样子。

"我会叫鲍勃浩特给咱们送点马铃薯的种子。"四月的时候,莫琳对帕雷说。

"没有这个必要,我有很多存货。"

"但你没有布鲁特马铃薯。"

"我吃绿山马铃薯,我一直种的都是绿山。"

"我喜欢吃布鲁特马铃薯。它们的味道最好。我一颗绿山马铃薯都不会去种。"她用强有力的声音表达着自己的意愿,这让帕雷感到很恼火,他轻蔑一笑,表示并不相信她说的话。

"在这个农场里,我们只种植绿山马铃薯。"对于接下来将要发生的一切,帕雷显然一无所知。

愤怒的火焰在莫琳眼中炸裂。她用尽全身力气,一个巴掌结结实实地打在帕雷脸上,强大的作用力把他弹到了墙边。面对突如其来的暴行,帕雷刚想起身,试图调整呼吸,莫琳紧接着又一拳捶在了他的鼻子上。她骑在帕雷身上,用拳头不断击打着身下的男人,撕扯着他的头发,用她的膝盖狠狠顶着帕雷的腰眼。她将帕雷翻了过来,让他背贴地、脸冲上,继续朝他脸上抽着巴掌。

"说,'布鲁特马铃薯'。"她气喘吁吁地说,一边猛击帕雷的肋骨,把他打得青一块紫一块。他毫无还手之力。帕雷抓住莫琳的腰,用尽全身力气想要把她推开,直到两只胳膊因用力过度而颤抖个不停。他感觉莫琳换了一个姿势,将她的膝盖顶在了自己的两腿之间。他觉得眼前这个女人是不会在乎接下来要做什么的,于是他附和道:"布鲁特马铃薯。"

那天晚上,帕雷独自一人在谷仓待到很晚,直到夜晚的寒冷将他请回屋内。他爬上后面的楼梯,来到丽莉以前居住的老房间,躺在铺开的雪呢绒垫子上。黯淡的星光渐渐融入黑夜。他听到地板发出嘎吱嘎吱的声音。莫琳爬到床上,她赤身裸体,披头散发。

"帕雷先生。"她低声耳语,呼出的滚烫气息灼烧着他疼痛的脸。她的手指在帕雷身体上来回游走,直到他再也按捺不住,一个翻身将她压在身下,他呻吟着,陷入自我厌恶的旋涡之中。在他睡觉前,他向莫琳保证会种植布鲁特马铃薯。

花季来临,帕雷搬着折梯来到果园,准备给正值六月生长期的苹果树修剪枝叶,他钻进深色树叶与带刺枝杈中,专心致志地工作起来,就在这时,莫琳走过来,一脚将梯子踹倒。

"你这个老混蛋!"她骂道,眼睁睁看着帕雷摔下梯子,"为什么不肯把除灌木的机器借给鲍勃浩特?"帕雷倒在地上,周围散落着青绿色的苹果,他回想起昨天晚上,鲍勃浩特跑到他家里,自顾自地拿走了机器,对方将卡车停在路旁,悄悄溜进放有机器的小屋,帕雷听见汽油桶被什么人踢倒的声音,当他举着手电筒来到小屋时,黑暗中鲍勃浩特的眼睛闪着光,像两颗红色的耳钉——不过即使把这些跟莫琳讲也是毫无用处,他想。

打那以后,帕雷便开始事事提防莫琳,他像一只小心谨慎的猫,时而被主人爱抚,时而被主人踢开。他没有能力反抗她,他觉得这一切都是自己的报应。

有什么事情错位了,这种想法在帕雷的心中扎了根、发了芽,他一脸茫然地翻着抽屉和橱柜里的东西。在厨房里,他找到一摞食谱卡片,纸张已经泛黄,上面的字迹是如此熟悉,这是内蒂写的。他想起内蒂之前给他做过的饼干,他想要也试着做一些,他以刀刃为尺,测量着面粉的用量,内蒂就是这样做的,他看过不下一百次。饼干烘焙散发出的香味让帕雷感到一丝安慰。

日子一天天过去,砍柴的人慢慢变成了莫琳,棚屋门上的金属锁扣坏了,也是莫琳用锤子砸开。农场上的草地已经发黄,一簇接一簇的黑色荆棘破土而出。

鲍勃浩特来家里的次数愈发频繁,用他的话说是来帮助莫琳,他一屁股坐在二人中间的黄色餐椅上,大口大口地吃起炖肉。有一次,他趴在餐桌上睡着了,嘴巴大张,牙缝里塞满肉屑。莫琳叫醒他,把他搡到客房,帕雷发现原来他对各个房间的位置早已轻车熟路。

"让他开车回家太危险了,保不齐会撞上一辆载满孩子的车。"莫琳说道。整个晚上,帕雷都能听见墙后鲍勃浩特的鼾声和呼吸声,他觉得有一双红色眼睛正透过床头木板盯着他,他想象着鲍勃浩特的脸在白色枕套上蹭来蹭去的模样,那张脸上长满了硬胡楂,脸颊的肉鼓鼓囊囊,好像一根火腿。

九月的一天早晨,鲍勃浩特早早就来到帕雷家,卡车上装载的货物碰到一起,发出杂乱的金属声响。清澈的天空仿佛一块被水冲过的石头。鲍勃浩特放下卡车后挡板,抽出一根根金属管。

"他要把这里重新粉刷一遍,"莫琳说道,"屋墙的表皮都脱落了。"

鲍勃浩特对着金属管又拧又敲,将它们连接起来,在房子后墙搭起一个脚手架。帕雷抬头望着屋檐下的鲍勃浩特,他现在已经爬到了高处的架子上。伴随着一阵吸气声,鲍勃浩特撬开了油漆罐的盖子。

帕雷转身向山上走去,途中他感到有些呼吸困难,但却并未停下脚步,反而越走越快,像是为了惩罚自己。家里的猫穿过一片潮湿的草地,想要跟上他的步伐。但同行几百英尺后,那只猫便停下了脚步,扯着尖尖的嗓子,对着他的背影发出一阵哀嚎。

内蒂墓碑后面的老旧石墙已经坍塌,碎石散落一地。周围的草地长满了各式各样的杂草:有马利筋、白玉草,还有秋麒麟。向远望去,总统山脉盘踞东方,苍茫巍峨的山峰耸入云霄,嶙峋的山体仿佛被人撕扯的薄纸。据邮递员维尔特说,现在还能从那些山上找到山猫的踪迹。帕雷想象着山猫的样子:它们的脸应该很长,表情看上去十分严肃,两边长着络腮胡,仿佛垂下的落叶松树枝,四肢的样子不太好想象,站立时几只爪子聚拢在一起,拱起的背部好似一张张弓。从山上往下看,帕雷的房子显得又矮又小,脚手架如同黑色的钢丝,而鲍勃浩特小得像只蚂蚁。房子被重新涂成了黄色,跟高速公路标志的颜色一个样,简直俗

59

不可耐。

帕雷重新垒好石墙，填上深色的石块缝隙。表面粗糙的花岗石紧紧叠压在一起，在自身重力的作用下形成了稳固的平衡。

从山上下来时已是中午，帕雷审视着鲍勃浩特的作品，发现有几处地方没有涂上颜色，看到几滴油漆落到了窗户玻璃上。起风了，上百只蜘蛛趁势而起，像一个个气球，在刺眼的黄色中乘风飞行。

粉刷房子给了鲍勃浩特一个很好的借口。现在他甚至会来家里吃早饭了，他在屋内四处乱瞧，眼睛似乎有吞噬一切的魔力。他将链锯用成了钝刀，拿着割草机直接从石头上碾过，捆好的木柴被他弄得七零八落，他也不整理，任由它们乱作一团。他总是坐在那张黄色椅子上，随意拿着他喜欢的叉子。

那天晚上，帕雷对莫琳说道："我不想让鲍勃浩特这么频繁地来咱家。"莫琳的四肢僵住了。

"他是来帮咱们的。也只有他能应付家里这些烂摊子。现在，闭上你的嘴，能有人帮忙你就偷着乐吧。他能把这儿的一切都收拾妥当，而你只会无所事事，到处闲逛。"

转天早晨，天还没亮，帕雷就起了床。他称好半蒲式耳[①]秋豆角和两蒲式耳西红柿，将篮子放到厨房，好让莫琳做成罐头。他来到棚屋，将斧子、修剪工具、伤痕累累的割草机刀片，以及所有带刃的东西全部打磨锋利。他将旋转式割草机固定在拖拉机上，开到山脚下，准备割草。锋利的刀刃将刚长出的嫩芽撕了个粉碎。

炎炎烈日，太阳像是在连续快速地打着拍子，气温节节高升。帕雷没有戴那顶印有广告的宣传帽，他觉得自己的脸在燃烧，嘴唇也已经干裂。时不时地，他会瞥一眼房子的方向，想着

---

① 蒲式耳，计量单位，在美国，1蒲式耳相当于35.238升。

莫琳会不会把帽子拿给他,再送来一大罐掺了醋的凉白开。

到了中午,莫琳上了卡车,离家而去。汽车尾气卷起阵阵尘埃,帕雷的目光沿着河边公路的方向紧紧相随,直到他看见车子拐了个弯,开向鲍勃浩特的住处。置身农场的帕雷一瞬间变成了孤家寡人,这份孤独让一切都失去了意义。他停下拖拉机,回到屋里,喝了口水。割草的痕迹顺着山体走势,刚好绕了一圈,感觉就像拿着一把梳子,顺着头骨的轮廓扫了一圈。

厨房又冷又暗,仿佛置身洞穴之中。帕雷直接对着水龙头喝起冷水,冰冷的液体顺着他的嘴巴和晒伤的脸直往下流。他坐在黄色的餐椅上,双腿颤抖个不停。豆子和番茄还是早晨摆放在那里的样子,只不过每个篮子上都多了一圈苍蝇。

他紧紧扶着栏杆,一步一步爬上楼梯,来到客房。这是他小时候住的房间,后来又成了丽莉的房间。宽大的方形地板被涂成薏米一样的闪亮的灰色。由于屋顶坡度的缘故,天花板变成了窄窄的长方形,两旁是倾斜的支撑墙。一边的床上,摊开的粉色雪呢绒被铺在上面,枕巾是绘制着荷兰女孩图案的十字绣。帕雷躺在床上,浑身上下只剩疲惫。

山上传来拖拉机的声音,帕雷睁开眼睛。炽热刺眼的白色阳光透过窗户照了进来。头部的疼痛和着发动机震动的频率,有节奏地敲打着他的脑袋。鲍勃浩特替他完成了割草工作。

楼梯下到一半,帕雷突然感到一阵眩晕。楼下的浴室里,浴缸里有水声传来。他还能闻见莫琳沐浴液的味道。过了一会儿,帕雷的头脑稍微清醒了一些,不过他感觉假牙下面有股甜味。

帕雷来到门廊处,抬头观望,只见鲍勃浩特留下一排排歪歪扭扭的痕迹,被削去一半树皮的树苗随意插在土里,就像随手投掷的长矛。他没有看到内蒂的石碑。

帕雷开着皮卡驶向山坡,车子爬到陡坡时显得有些吃力,他换到四轮驱动模式,开足马力,直接开上山头。眼前的景象正如他所料。看来鲍勃浩特是想要修剪石碑周围的草地,但是没把割草机的方向调好。如今,碎掉的石碑躺在这里,崭新的裂纹像牙齿一样洁白,刻着内蒂名字的那一面朝下,倒在地上。

帕雷马不停蹄地来到丽莉的住处。自从和莫琳结婚以来,他们已经有十个月时间没见过面。虽然两家人距离不到两英里,但丽莉就是故意躲着他,好让他知道她反对这门亲事。帕雷知道丽莉看见自己停车了,但他还是敲了敲门。

"我的天,你的脸是怎么回事?"丽莉盯着他被晒红的脸,她觉得那张脸像极了姜黄色的汤姆猫,再配上几根雪白的胡子。

"就是一点晒伤。"

"我说也是!"

他不知道如何开口。

"丽莉。"

"父亲,"她用略带嘲讽的语气回应着帕雷扭扭捏捏的开场。不过到了最后,她还是说道,"看来日子过得并不顺心。"

帕雷这才开了口:"我觉得那两个家伙想把农场占为己有。我想让你过来帮帮我,住上一两周,再跟我说说你的看法。"

丽莉眯起眼睛,脖子上血管紧绷:"你知道我是不可能丢下塞缪尔一个人的。"

帕雷知道她想说什么:路是你自己选的,一切都是自作自受。

回去时,他绕了一下远,将车子开上以前走过的林间公路,在一处能够俯瞰农场南边的地方停了下来。他在树林里徘徊,盯着远处的农舍,他觉得现在的自己就像是刚刚被这座农场主人开除的雇工。

"就是现在。"帕雷对着前挡风玻璃说道,他驾驶卡车径直冲下山,车子颠簸在崎岖不平的路面上。开到一处土拨鼠的洞穴附近,引擎的消音器撞上了堆在洞穴周围的泥土,消音器偏离原位,被车子拖行了一段距离后,进入一片草丛,复又前行几米,直到碰上一块岩石,才终于被扯掉。帕雷踩着油门,对着农舍的院子,发出推土机一般的轰鸣,做好了两个人一起冲出来的心理准备,他从乘客席抄起一根撬棍,准备好好修理修理鲍勃浩特。

然而屋内空无一人。两个人又不知所踪,兴许是去了灰色托尼商店,鲍勃浩特常去那儿喝啤酒、吃薯片,莫琳则是先把店里所有东西都看上一遍,最后再决定买一个碟子或一张塑料门垫。西红柿的颜色又深了一些,已经到了腐烂的边缘。他在房内等了半个小时,接着走出屋子,在棚屋里找到一些沙克利特牌胶水。

他取出一点胶水,掺上水,倒进一个空咖啡罐,拿到碎掉的内蒂石碑前。他用泥铲把胶水涂在裂缝处,将躺在地上的石碑移回原位。多余的胶水溢了出来,他用手抹掉。"内蒂。"帕雷低声说道,他感到有些尴尬。树上的蝉没头没脑地叫个不停,像石碑上的毛边一样令人烦躁。他能对内蒂说些什么呢?他以前又对内蒂说过什么呢?他看见一只狐狸正要在墓地边拉屎,于是上前一脚踢开。墓地周围长满野草,他用力拔起来。

修好石碑,墓地周围也收拾完毕,无事可做的帕雷下了山,回到厨房,将那些还没烂掉的番茄挑出来。他拿出加工罐头用的壶,将储存食物的罐子煮沸,接着来到楼梯口,四处翻找起密封盖。

黄昏时分,帕雷独自一人吃着晚饭。他随手拿起一把叉子当餐具。盛满西红柿酱的罐子闪闪发光,在餐边柜上排成一列,等待冷却。加工罐头用的壶已经清洗干净,收拾妥当,台面和地板也都擦拭完毕,打扫干净。直到天黑以后,帕雷才听见鲍勃浩特卡车的动静,以及重重的关门声。

鲍勃浩特走进屋内,脸黑得像烟熏火腿,眼睛跟鸟儿一样闪着橘色的光,看上去根本不是人类。他径直走向楼梯口,准备上楼。

"你他妈要上哪儿去?"帕雷质问道,"还有,莫琳人呢?"

鲍勃浩特鼓起脸,转身向帕雷走过来,就好像身上的衬衫被钉子钩住了。

"喵!"鲍勃浩特吼道,"喵!一只病猫,装什么老虎。"他张开血盆大口,唾沫星子四处乱溅。他被黄色餐椅绊了一个趔趄,回手就给椅子来了一巴掌。帕雷握紧了手里的撬棍。

鲍勃浩特抬起双臂,摆出指挥家一样的庄重姿势,好像他的管弦乐队即将上演暴风雨般华丽的乐章。但由于用力过猛,他的身子倒向左侧,鲍勃浩特一把抓住冰箱,脸紧紧贴在冰冷的白色珐琅漆面上。他闷声闷气地嘟囔着:"别他妈烦老子。"口水顺着白色的冰箱门流下。

"别他妈烦你?行,"帕雷说道,"等明儿一早你清醒了,能自己站起来了,请你滚回自己的老巢,老实在那儿待着。"

鲍勃浩特没有听见帕雷在说什么。他的身子慢慢滑了下去。他双眼紧闭,嘴巴大张,看上去像一个歪歪扭扭的漏斗。

帕雷带着撬棍和手电筒出了门,准备在谷仓里睡一晚。途中他又从卡车里取出毛毯。

谷仓阁楼里的干草已经存放了三年之久,但干燥清甜的香气仍然弥漫在整个房间。帕雷走到小窗边,关掉手电筒。他能看到河边公路上闪烁的汽车前灯,这段日子以来,车子的数量增加了不少,和三四年前的光景截然不同,那时很少有人会在日落后出门。顺着河边看过去,麦基家的农场就置身前方的黑暗之中。

南方的天空被染成淡淡的橘色,那是灰色托尼商店里水银灯发出的光,帕雷脑海里浮现出莫琳坐在酒吧的画面:一个相貌丑陋、爱惹是生非的家伙正在向她靠近,而她也期待着肢体接触。胡思乱想过后,他将干草堆拆开,给自己支起张床。

一阵令人窒息的叫喊声将帕雷惊醒。他的侧脸已经贴到了布满灰尘的地板上。他找不到手电筒,只好在黑暗中一路摸索着来到窗边,看向下面亮灯的厨房。莫琳倚在鲍勃浩特身上,摇晃着他的身体,朝着他的脸不断叫唤。过了一会儿,她爬上楼梯,打开所有的灯,楼梯井和空房间瞬间被点亮,黑暗一扫而净。

"我可没在那儿。"帕雷低声道。

莫琳复又回到厨房,搀起鲍勃浩特。两个人摇摇晃晃地爬上楼梯。帕雷看着他们走进卧室,一起倒在床上。卧室的灯熄灭了,只剩下空荡荡的厨房还亮着灯。鲍勃浩特和莫琳抱在一起,像一对相处多年的夫妻。

也许当他们还是孩子的时候,两个人就苟合在一起了,帕雷如是想道。麦基家的两个孩子,从小饱经风雨、衣不蔽体,靠着连猪都不吃的残羹剩饭过活,他们像小猴子一样依偎在一起,互相取暖,相互安慰。帕雷的思绪突然回到许多年前,他想起自己曾见过他们在地里挖土豆的模样,河边的风冰冷刺骨,在本该上学的年纪,两个瘦得皮包骨的孩子被吹得浑身通红。

两个孩子肯定也看到他了,那时的帕雷穿着一件温暖的羊绒衫,驾驶着闪闪发亮的卡车,年幼的女儿坐在他旁边,他们肯定也看到卡车后面装着鼓鼓囊囊的好几袋粮食,还有新买的冰箱。每次经过这座农场,他们都会盯着农舍看上好一会儿。内蒂会把丽莉不再合身的衣服放进箱子,送给他们。"真是两个脏兮兮的小家伙。"她感慨道。

一辆汽车沿着河边公路前行,车子的轮廓逐渐融入无尽的黑暗之中。空荡的厨房里,漏水的龙头还在滴滴答答,律动的水珠内,明亮的灯光跟着一闪一闪。

正所谓无风不起浪,无巧不成书。原来早在十几年前,他就为今日的果种下了前日的因,他回想起那一天,难挨的寒冬终于远去,人们总算迎来了温暖的日子。帕雷打开牛棚,将奶牛放到外面,这些畜生在潮湿的草地上蹦来蹦去,好像那一束束珍贵的阳光刺痛了它们已经有些发硬的皮肤。帕雷迈着大步,在农场上走来走去,踢着盖在草地上的大片积雪,不知道接下来该做些什么。汽车一辆接着一辆从公路旁驶过,刺耳的金属轰鸣搅得他心烦意乱,他觉得自己的人生是如此不完整。那年他五十九岁,身体依然结实。风灌进他的嘴里,感觉既黏稠又温暖,像是喝了一杯牛奶。

帕雷记起了当时的感受:他抄近路穿过自己的农场,来到特兰布尔家的林地,一路跌跌撞撞朝河边前进。他的鞋跟踩在潮湿的树叶堆上,留下深深的凹痕。走出林子,他踏上麦基家的农场土地。这边的积雪已经融化,他穿行在一排排腐烂的玉米秸秆中。河边飘来积雪融化后的冰冷气息。浮冰倾斜在黑色的水面之上。

一个小女孩站在河边,手里拿着一根长长的晾衣绳,绳上满是泥土,其中一头系着挂钩。她观察着水面。靠近岸边的地上摆着两三块潮湿的木板,应该是小女孩从什么地方拖拽过来的,帕雷还能看见木板上的钩痕。一个木箱顺流而下。她顺势将钩子甩了出去,动作灵活而优雅,潮湿的木箱受到冲击,变得四分五裂。帕雷大口呼吸着空气,周围的土壤和潮湿的树皮散发出浓厚的芬芳。他感受着血液在肿胀的手指中跳动的节奏。

"水挺深的,是吧?"帕雷问道。柳絮拂过女孩的脸颊。她有一双深色的眼睛,如同眼前的河水。她脚下穿着一双男士靴子,身上披着一件沾满泥点的夹克衫,已经磨得不成样子,到处都是补丁。她梳着长长的辫子,浓密的头发垂在身后。他知道女孩是谁,她是那个"脏兮兮的小家伙",但他还是问道:"我问你,你叫什么名字?"

女孩突然冲向泥泞的河岸,她手脚并用,抓着垂下来的柳树根,想要爬上去,脚下的破靴子在泥土上刨出一个个湿滑的新月形痕迹。不过,当帕雷把她拉下来的时候,女孩的身子却整个软了下来,像一根用旧的绳索,任凭摆弄。

干草棚里,帕雷双手叠在胸前,倚在窗台边上,等待清晨到来。空荡的厨房中,灯光像是飘浮在黑暗之上。他看着那张黄色餐椅,椅子歪歪扭扭地杵在那里,他又看向一边的水槽,铁质的水槽仿佛无底洞。东方的天空已经显出一丝鱼肚白,就像土壤被大雨荡空后,露出的基岩。

祸不单行

煮沸的马铃薯在锅内翻腾,升起的团团水汽触碰到冰冷的窗户,凝结成了霜。梅抄起一口大煎锅,放在烧得滚烫的灶台上,接着将一勺用培根熬出的油敲进锅内。待煎锅冒出烟来,她放进一块厚厚的咸猪肉。"那些家伙要是敢对我做的饭有意见,那就让他们出门把好食材给我猎回来。"梅对着家里的狗说道。她用脚轻轻一推,"到那边去,帕特里克。"那条狗耷拉着脑袋,往炉灶边挪了几步,又一头栽倒在餐桌下面,好像一捆木柴被扔到地上。猪肉的边缘翘了起来,肉身分泌的油脂形成一阵细小的油雾。

屋外传来卡车关门的声音。"回来得真是时候。"梅嘴里念叨着,将猪肉翻了个身。她个子很高,有点驼背,拥有一身原木色的光滑肌肤,但也正是因为这样的肤色,哈雷特说她是"印第安人"。她把长面包锯成厚厚的切片,搁到盘子里码放整齐,接着又拿出一磅提前用刀切好的黄油。

哈雷特和两个儿子走进屋内,天花板本来就很低的房间里瞬间挤满了人。他们脱下沾满泥点的登山靴,放在炉灶后面的报纸上,接着脱掉身上的羊绒衫挂到墙上,那件衣服一直紧紧箍着他们的肩膀,现在总算能活动活动胳膊了。哈雷特来到水槽边,在双手和小臂上打好肥皂,仔细冲洗起来。哈雷特揉搓着自己的脸,鼻子里哼着声音,梅从炉灶的蓄水池中舀出一锅热水,再兑上一些冷水,浇在了他的头上。

"雷今天晚上不在家吃,妈。"菲尔说道。

"那他在哪儿吃?"

"在他自己家里。他说明天一早要自己去打猎,想提前做好准备。明天他不跟阿曼度还有我们一起了。"

"他好像觉得靠自己单打独斗就能抓到一头似的。"克洛佛接过话茬。

"我想他会努力的。"哈雷特说道,他一把拽过椅子,椅子腿儿摩擦着地板,发出刺耳的声音。梅将装满肉和土豆的大浅盘摆上桌,接着又放上一碗煮好的豆子和玉米。

"看样子每个人都能休息一天了,除了我以外。"梅抱怨道。三个男人俯下身子,对准自己的盘子,将食物扒进嘴里。菲尔拿起胡椒粉,洒在所有的东西上。

"难道就没有人发现你们已经吃了三个礼拜的猪肉了吗?"梅问道,"我想你们也该注意到了。"

"等到明天就好了,"菲尔说道,"会有四头雄鹿挂在那边。"

"快闭上你的乌鸦嘴,"克洛佛骂道,"说出来就不灵了。"他缓缓抬起眼皮,瞥向旁边的架子,上面摆着用来捕鹿的诱饵:有T博士牌的雄鹿尿液、狩猎者之月牌发情母鹿诱饵,还有牛皮凝胶。

"你才给我闭嘴吧。"菲尔回敬道。哈雷特来回晃着椅子,椅子腿儿摩擦着地板,又发出刺耳的声音,他要让两个儿子安静下来。梅往他的盘子里添了一个土豆。

"阿曼度怎么这么半天还不回来?他不会又去活动板房那边了吧,难道他还想跟茱莉亚和好?"

"我倒不这么认为,"哈雷特说道,"我猜他可能是让路面损毁的事给耽搁了。他得去看看那条路怎么样了。我早就跟他说过了,地上那么湿滑,根本就不该搬运那些原木,明明等到路面干燥结实之后就好了,但阿曼度和雷就是不听,他们做事总是那么毛毛躁躁。"

"这是什么时候的事？"

"大概是两周前，下完那场大雨之后。如果我们把所有的原木都搬运完，那本该是我们在拉普木场干活的最后一天。但结果出了那档子事儿，要是我们留着冷键公路上损毁的地方不管，等我们再想回去处理时，出事的地方肯定会被围上警戒线，到时我们就得带上全部的家伙什儿，强行闯进去。但阿曼度却说：'不用担心，要是有谁抗议的话，他会去处理。让我们先把这些原木运走。'"

"呵，"梅说道，"的确像是他能说出来的话。"

"所以今天，本尼那家伙找到我们，说镇政府的官员想要找我们了解一下情况，让我们解释一下镇子上六号高速公路为什么会损坏成那个样子。我一句话也没有说，把他打发去找阿曼度。阿曼度自有一套说辞，谁让他这么能说会道。"

"路面被车轧得严不严重？"

菲尔大笑起来，他乐得前仰后合，喉咙里发出鸟叫一样的声音："轧得严不严重？都快变成湖了，到处都是褐色的积水，里面都能养鱼了。你还能游泳呢。"他猛地抬起胳膊，比画着路面塌陷的深度，食物的碎屑从叉子上掉落，崩到了头发里。

"好吧，但他们也不能把阿曼度怎么样，不是吗？为什么他们就不能直接把路面修好，别老缠着他了？"梅抱怨道。她拿起一个盘子，帮阿曼度盛出一份饭，给他多切了一片肉，又用叉子细心地将土豆捣成泥，放在肉上，摆出杯子的形状，好锁住肉汁的美味。她将盘子放进保温箱，又给哈雷特沏了一杯咖啡。

狩猎季一开始，男孩们便要外出打猎。梅觉得他们肯定会从早到晚都念叨着打猎的事情，他们会决定去哪儿狩猎，讨论是循着猎物的踪迹而上，还是埋伏起来守株待兔，抑或是开着车一路打过去，他们会总结前几个狩猎季的经验教训，研究几周前看到的野鹿踪迹。

"妈,你有没有做棕面包?"克洛佛问道。

"你知道我没做。如果你注意到了的话,我可是从七月一直忙到现在,能及时赶回来做晚饭,你们就知足吧。这里有现成的馅饼。要不你就吃馅饼吧,苹果还是樱桃味的?"

"妈,我就是想吃棕面包。当你整个人都被冻僵,还饿个半死的时候,你无法想象棕面包的味道有多么诱人。而且这种面包也不会像三明治或者馅饼那样发出白色的光。"

"要做棕面包的话,你得花上三个小时的时间慢慢去蒸,而我现在就要去睡觉了。"

"我可以熬夜盯着,"克洛佛说道,"白色三明治可能会被平原地区来的狩猎者误当成雄鹿的屁股,我可不想因为这个就挨上一枪,之前老鹰山有个人就因为这个被人射死了。棕面包能给我带来好运。"

"知道你自己在干什么才能给你带来好运,我的小男子汉。"哈雷特说道。

"老鹰山上的那个家伙,"菲尔说道,"死的时候是这个样子。"他身子后倾,一只脚放在椅子上,漫不经心地吹着口哨,手里拿着一个假想的三明治,做出在吃的样子。他咬了几口,假想的三明治突然消失不见,取而代之的是一副龇牙咧嘴的模样,他猛地抬手捂住自己的嘴巴,好像要阻止即将喷出喉咙的血液。

他们听见屋外传来阿曼度卡车引擎的声音,棚屋的门"砰"地被人打开又关上。阿曼度走进厨房,一股寒流被带入屋内,他跺了跺脚。屋里的人注视着他,阿曼度摘下头戴的针织帽,露出沙土般的黄色头发,浓密弯曲的卷发好似画中的人物;他有着厚厚的双眼皮,一双琥珀色的瞳孔淡如沼泽秋水,亦像画中人一般。一张瘦削俊朗的脸庞棱角分明。梅帮他脱掉沉重的外套,和其他人的衣服一起挂在炉灶后面。

"外面是不是变得更冷了？"哈雷特问道。厨房里弥漫着一股不安的氛围，混杂着刺骨的空气，让人觉得有什么不好的事情即将发生，每个人都需要做好心理准备。菲尔低下头，吃起馅饼。

"要下雪了。闻上去就知道是雪的气味。来这里的一路我都在盯着挡风玻璃，看看有没有雪花飘到上面。卡车的加热器又他妈坏了。"阿曼度一把拽过椅子，坐到餐桌前。

"下雪好，下雪就能追踪到猎物的痕迹。"克洛佛说道，"我希望雪能下个三四英寸，这种厚度最合适。"

菲尔拿着叉子在盘子上划来划去："阿曼度，镇政府的人怎么说？那个既矮小又有罗圈腿的本尼，还有镇政府的官员都说了什么？"

梅把盛好晚饭的盘子端到阿曼度面前。阿曼度抬头望着自己的母亲，这是其他儿子几乎不会做的事情。而哈雷特更是从来没这样注视过梅。阿曼度安静地吃着晚饭，没有回答菲尔的问题。

"克洛佛，"梅说道，"既然你这么想吃棕面包，那么趁我和面的时候，你先把盘子刷了怎么样？"阿曼度抬头看了一眼梅。

"你不会现在才要开始做棕面包吧？"

"不会，除非克洛佛特别想吃，而且会在蒸面包的时候一直守着。我把和好的面放进烤箱后就去睡觉。"她拿出一个沉沉的黄色大碗，将糖浆和鸡蛋搅拌在一起。克洛佛把盘子丢进油腻的水槽里，菲尔则哼起了歌，唱的都是自己瞎编的歌词，没人听得懂。

外面好像有什么要来了，哈雷特抬起头。他正在袖珍笔记本上写着天气日志：早晨，晴天，空气潮湿，西南寒风凛冽；下午四时，天气转阴，伴有阵雨；下午五时，日落天黑。他停下笔。"外面是在下冰雹还是在下雪？"他听见窗户上传来啪嗒啪嗒的声音。菲尔把热脸贴在窗户上往外看。"是冰雹。"他说道,看着一个个针刺状的冰碴顺着窗玻璃不断向下坠落。哈雷特往日志里又添上几笔。

凌晨三点半,哈雷特起身下楼,重新点燃火炉。他最喜欢黑暗与寒冷被驱散的这一刻,他享受着短暂的独处时光,以及引火物散发的树脂气味。他将炉灰清理干净,铲子吱吱作响。

梅走进厨房,嘴里打着哈欠,身上裹着一条用旧的粉色雪呢绒毛毯,毯子后面经常坐的地方已经磨得发亮。和平常一样,她把双手靠向噼啪直响的火炉,抓住火焰带给她的第一股舒适与温暖。哈雷特手里拿着几块木柴,调整着集成式风控阀,好让温度快些升上去。

烤箱里的棕面包还尚有余温。梅将面包切片,用箔纸包好,接着又拿出剩下的烤肉,连同肉边上的白色脂肪一起切下,她三十年如一日地为他们准备着猎鹿专用午餐,装满那些他们最爱的口味甜腻、富含脂肪的食物。克洛佛不会吃灰色或白色的食物,也不会吃咬一口就掉渣的东西,更不会吃那些汁水过多的玩意儿。"竟然没人发明出黑色芝士,简直太糟糕了。"她喃喃自语道。

哈雷特打开电热咖啡壶的开关,这是一年前阿曼度和茱莉亚送给他们的圣诞节礼物。这东西对他们来说仍然算是新奇的玩意儿;当烧着木柴的厨房炉灶上还煮着咖啡豆时,他们就已经喝上了新鲜出炉的热咖啡,这简直太奢侈了。梅将大煎锅放在烧热的灶台上,往里敲了一勺用培根熬出的猪油。她把咖啡壶的包装纸收藏了起来,那是一张深绿色的纸,上面还有银色的铃铛。是茱莉亚挑选的样式。

克洛佛一路飞奔穿过厨房,光着脚跑到漆黑一片的屋外,双手挡在腹股沟处,睡眼惺忪。等他回屋时,身上挂满了形状完好、冰冷坚硬的雪花，像是被撒了一层盐。"外面还在下。要是一会儿能停的话咱们还能出去。爸，把收音机打开，看看有没有天气预报。"他给自己倒了杯咖啡，端着走上楼梯。哈特雷和梅听见他踹着菲尔的房门，对着里面嚷嚷："赶紧起床，要不然就把你扔下！"收音机里吱啦乱响，根本听不清声音，哈雷特调节着旋钮，里面传出一些音乐片段。

"行了，让我来吧。你总是拧过头，就跟按钮烫手似的。"梅搜索到了学院频道，一个播报学校通知的电台，在孩子们还上学的那些年，她经常会调到这个频道，听听哪天学校放假，孩子们就可以待在家里，而不必在恶劣天气里跑到一英里外的山下。电台里传出那熟悉的活泼声音："……到今晚。积雪厚度会在六到八英寸左右。山上的积雪最厚可达十二英寸。华盛顿山的气温是零下三十七度，风力七十……"

"妈的，老子最烦在下雪天出去打猎了。猎物的踪迹会被新雪覆盖，什么都看不出来，那些鹿全都躺在雪松下面，在它们还来不及起身移动前，你一个不小心就会踩到一头，你的衣服会湿透，看不见自己的儿子们在哪儿，那些新泽西州来的好战分子也不知道什么时候就会开枪，他们一听到动静，就会胡乱扣动扳机。"

"那就待在家里吧。现在就回床上睡觉。"她将咖啡灌进四个旧暖水瓶中，"没了，还得再煮一壶。"

"你今天晚上怎么回家？"哈特雷问道。

"苔丝会来接我，而且会把我送回家。你今天不用管我。"

水槽上方的灯泡散发着微弱的光。伴着屋外的初雪，厨房里安静得让人不知所措。梅突然朝楼上喊道："菲尔，记得穿上秋衣秋裤！"说完便安静地等在那里，楼上的衣柜抽屉被拉得砰砰乱响，菲尔的嘴里在嘟囔着什么，听见这些动静，梅这才走回炉灶旁。她往锅里打了几个鸡蛋，对准微光闪闪的蛋黄，撒上一些胡椒粉。

哈雷特站在炉灶旁吃完早餐,紧接着便走到屋外发动卡车引擎。他喜欢坐在温暖的车子里,有时甚至会花上四十五分钟的时间来热车。梅很感激他这一点,他从来不会让人坐进冰冷的车里,更不会在发动机"咩咩"乱叫、无法发动的时候,让一家人坐在车里瑟瑟发抖。"这样一想,我做的这些事情还是值得的,不是吗?"她对着老帕特里克说道,那条狗此刻又躺在了炉灶前,"要是有热油滴到你的后背,可别冲我叫唤。"

阿曼度走下楼,卷发向外蓬着,他面容憔悴,一脸沮丧,可能是还没睡醒。他穿着一件厚实的格子衬衣,脖子那儿还能看到内衣上的方格纹路。他低下头,向前耸着肩,安静地喝起咖啡。

"一大早的,你这是怎么了?"梅问道。他摇了摇头,摆了摆手。

"看起来垂头丧气的。你是不是还想着和茱莉亚和好?"

"不是,妈。我跟你说了无数次,她现在正在跟我闹离婚。"他的声音很柔和,又有一丝冷淡。

"但不是还没离吗?"梅说道,"阿曼度,她还没和你离婚。你还有挽回局面的可能。我一直很喜欢茱莉亚。"

透过窗户,他们看见车子排出的废气在尾灯照射下变成了红色,哈雷特从卡车后面绕了一圈,向门边走来,灯光照在他的腿上,好像樱桃色的霓虹灯。哈雷特回到厨房,块头儿看上去比出门前更壮了一些,可能是身体为了御寒而作出的反应,声音听上去也变得更加低沉。头发上落满雪花。"起风了,"他说道,"外面他妈的什么都看不见,不过我觉得咱们可以出去碰碰运气。"

菲尔和克洛佛把鸡蛋夹到面包片里。一阵狂风袭来,屋子被吹得有些晃动,雪花借着风势拍打着护墙板,好像一枚枚大头针被用力摁进墙里。外面不知道什么东西在响,可能是垃圾桶

75

的盖子,像是被风卷起又重重摔在地上,发出风吹百叶窗一样的金属声。积雪从屋顶跌落,好像瀑布坠入峡谷的声音。哈雷特对阿曼度说道:

"别忘了把梅洛开的支票留给你妈,好让她把咱们运木材赚的钱兑出来,算出每个人能分多少。雷今天晚上就想拿到他那份。"

菲尔学着雷拿到报酬后的高兴样子,他举起一个假想的酒瓶,往嘴里倒着酒,嗓子眼发出咯咯声,像是吞进了什么东西。

"你他妈的能不能安静吃饭,别再胡闹了!"阿曼度冲菲尔嚷道。他看了一眼梅,她知道阿曼度是在指桑骂槐,他是在冲自己的父亲发火,"梅洛的支票在镇政府了。顺便还告诉你们一件事,那群满身肥肉的镇政府官员昨天还给了我一份账单,上面写着修补损毁路面所需的费用。"哈雷特正给自己倒着最后一杯咖啡,听到阿曼度这番话,他的心头一紧。

"多少钱?"

"你不会想知道的。"

"到底多少钱?"

"一千二。"阿曼度向下撇着嘴,看上去像一个金属挂钩,充满怒火的一双眼睛死死盯着墙上的某个地方。

"我的老天爷,这可是那趟活儿的全部报酬!"哈雷特把咖啡倒进水槽。听到叫声,帕特里克"刺溜"一声钻到桌子底下,好像自己做错了什么事情。

"这我能不知道吗?"阿曼度嚷道,"那帮人简直就是疯子。修补那点破损的道路,最多也就需要三卡车的碎石,然后再用压路机把路面碾平。如果是我从加农的店里买,一卡车碎石需要五十五美元,若是换作镇政府的人采购只需要十二美元。整个维修费用不会超过两百美元。我跟他们说了,我会赔偿修补塌陷道路的费用,但是想让我交一千二,门儿都没有。"

"镇政府的人怎么回应？桑尼又是怎么说的？"

"你算是说到点子上了。其他人一句话没说。倒是桑尼告诉我：如果我不支付相应的赔偿款，他们就会把我告上法庭。"

所有人都沉默了。外面还在下着大雪，狂风呼啸而过，屋外风雪的动静让他们慢慢回过神来。克洛佛和菲尔弯下腰，穿上自己的靴子。梅没好气地刷着盘子。

"咱们该出发了，"哈雷特说道，"你跟我们一起走吗？"阿曼度动了动下巴，答道：

"不了。我开自己的车，在后面跟着你们。外面天气这么差，开两辆车比较好。"

菲尔和克洛佛爬上楼梯，从枪柜里取出来复枪、牵引绳，还有刀子。

"他最近是不是骂我的次数太多了。"菲尔在楼梯上对克洛佛抱怨道。

"他是在生桑尼的气，跟你没关系。"

"是吗？难道他不是在生每个人的气吗？"菲尔大声嚷嚷着，好让厨房里的人也能听到。

"你不能老是对菲尔那么凶。"梅说道，"他做那些没有恶意的。他现在就是处在那个年龄段，所有的事情都能拿来开玩笑。"

阿曼度用力把脚踩进靴子里："谁让他总是惹我生气。老爸也是没事就惹我发火。周围的一切都搅得我心烦意乱，最近真是倒霉透顶。这一年来我就没遇到好事。媳妇离我而去。牙痛一直反反复复。卡车加热器就没管用过，现在又碰上这档子破事儿。感谢老天，我现在终于能享受一整天的打猎时光了，管他下不下雪。成天净遇到这些烦心事，我要是有个鞋拔子就好了。"

阿曼度收藏了许多鹿角，外州的客人经常慕名前来参观他的收藏品。打十二岁开始,阿曼度每年都会猎到一头雄鹿。鹿角的分叉没有少于八个的。他和雷一起在自己的活动板房旁边建了个车库,这些鹿角都用钉子挂在了车库的墙上,而如今的活动板房里只剩下莱利业一人。小时候的克洛佛曾希望阿曼度能在死后把这些收藏品送给自己。

"我死了之后?"阿曼度说道,他盯着克洛佛,不敢相信自己的耳朵,"我永远都不会死。"他说道,"但万一我死了,我也要带着这些鹿角一起下葬。我只是还没想好是将这些东西放在身子底下,还是堆在上面。你想要的话,就得靠自己去猎了。"

听完阿曼度的话,克洛佛发挥了一下想象力,他看到一个个闪光的鹿角,尖端和分叉的地方都用象牙白色的大球固定好,这些鹿角堆在他哥哥的尸体上面,维持着微妙的平衡。阿曼度平躺在土里,浑身苍白,如同一张薄纸,鹿角的重量不断将他压进蓬松的土中,直到这位猎人和他的战利品全部化作尘埃,变成土壤的一部分,多年以后,这里会长出红松,茂密的针叶将抹去他们曾经存在的痕迹。

哈雷特、克洛佛和菲尔挤进温暖的卡车,他们腿碰着腿、肩挨着肩。挡风玻璃前的雨刷器来回摇摆,克洛佛觉得这是世界上最动听的声音之一。菲尔在车里动弹不得,像根篱笆桩一样,他望向窗外,似乎想要从黑暗中看见什么东西。

"我希望他能跟茱莉亚和好,然后搬出这个家。"

在汽车暖风的吹拂下,克洛佛的心沉静了下来,他感觉自己的身体飘了起来,他的腿靠在父亲腿上,胳膊和兄弟挤在一起。黎明的曙光还在路上,仍需要一些时间才能抵达。看来他们要伴着一路黑暗,向狩猎的地方行进。

"他最近太倒霉了,才会变成那个样子。"

"那不过是他的想法,以为造成这一切的原因是坏运气。"哈雷特说道,他将车子拐进狗腿路,路面新积了雪,轮胎发生了侧滑。

"那还能因为什么?"菲尔问道,"难不成还是因为自己走运?"

"别耍贫嘴,"哈雷特说道,"那是他自己的生活。只不过现在进入了人生低谷,他还没意识到这一点罢了。"

车子一路驶上高地,猎物留下的痕迹越来越多,只有老练的猎人才能发现,猎物的踪迹分成两路,顺着山脊向前延伸。下面是长满雪松的湿地,放眼望去是绵延数英里的灌木丛和小山丘,还有含盐量很高的苦咸水,以及被风刮倒的树木。若是将车子开到这片低地,便可将那些鹿都驱赶到山脊之上。山脊是猎鹿的好地方,在那个高度,阿曼度猎到过八头雄鹿,克洛佛打到的第一头也是在那儿。

"咱们是不是会路过那间活动板房啊,爸爸?"

"那也没有别的办法,除非你能飞过去。你懂的。"

卡车平稳地行驶在路上,前灯射出的光束中挤满了极速飘落的雪花。这片土地尚未被人开垦,周围也没有他人来过的痕迹,厚厚的积雪铺在地上,色泽饱满,曲线动人,好一派撩人风光。哈雷特一直悬着的心这才放松下来。每年他都害怕会在湿地中发现其他人的踪迹,担心这里会被人捷足先登。

卡车经过活动板房,三个人同时望向车库墙上的鹿角,他们观察着活动板房有没有哪里发生了变化,几周前,茱莉亚命令阿曼度从这里搬走,而原因谁也不清楚。

"那个女人该不会想把这些鹿角占为己有吧,你说呢,爸爸?"克洛佛问道。

"我的天,那是什么?"哈雷特惊讶道,他放慢了车速。

他们看见私人车道上停着茱莉亚的达特桑牌汽车,而在那辆车子后面,还有一辆脏兮兮的蓝色皮卡,那是雷的车子。两辆车上都落满了厚厚的积雪。哈雷特将车子开了过去,活动板房

79

渐渐消失在他们身后。在下一个坡路前,哈雷特停下了车。他们呆坐在车里,引擎还在隆隆作响,挡风玻璃上的雨刷器啪嗒、啪嗒响个不停。

"也许他就是路过,进去喝杯咖啡。"菲尔开口道。

"是啊,一杯咖啡喝了一整晚。看看他卡车上积了多少雪吧。"克洛佛应道。

哈雷特将卡车倒回去一些,接着缓缓地来了个大掉头,车子的转向联动装置发出急促的尖锐声响。

"你想干什么?"菲尔问道。

"趁阿曼度还没看见那辆皮卡停在自家院子之前,掉头回去。告诉他这片湿地已经被平原地区的猎人占领了。咱们去山上的亚森地区,到原来那些果园里去打猎。咱们以前不也经常说,什么时候有机会,就到那里去一趟。"菲尔和克洛佛听见他的声音在颤抖。车子经过一处被雪盖住的深沟,后轮陷进坑里,动弹不得。哈雷特猛踩油门,车轮急速旋转,但车身却纹丝不动,好像开在了满是油渍的路上。

"下去推车!往坑里垫些东西!"哈雷特嚷道。克洛佛和菲尔跑到车子后面,用全身力气撑起后挡板。车轮继续旋转,转动的声音好像一个人用鼻子发出的哀鸣。他们抬起车子,泥土和积雪混在一起,溅到两个人腿上。哈雷特摇晃着车身,但车轮仍旧在那里空转。他跳下车来,沿着路边用力扯下几根枯树枝,将树皮和树枝塞到轮胎底下。他找到一块烂掉的篱笆桩,上面还缠了一截生锈的铁丝,哈雷特一脚把它踢到轮胎下面。

"这回应该管用了,"他说道,"别推了,爬进后面的车斗,把你们全身的重量都压在轮胎上。"

"走你!"菲尔喊道。木头碎屑从卡车后面喷溅而出,轮胎在深坑旁边又刨出几道沟,他们重新回到了平坦的路面上。

克洛佛和菲尔爬进后面的车斗,寒冷刺骨的雪花打得两个人脸生疼。谢天谢地,我们终于回到车上了,克洛佛心想。车子再次经过活动板房,他们顺着来时留下的车辙,朝阿曼度而去,阿曼度的车前灯闪着黄光,正往山上开来。

相向而行的两辆卡车并排停下,他们将车子挂到空挡,引擎发出轻微的震动声,好像行驶在白色海峡上的两艘航船。哈雷特和阿曼度呼出的哈气从驾驶员一侧的窗户升起,两股气流交汇在二人中间,最终又融入周围的空气之中。

"出了什么事?"在灯光的反射下,阿曼度好像长了一双透明的眼睛。

"平原地区来了一帮猎人,把湿地那边占领了。我觉得咱们今天最好还是去亚森打猎吧,到那些果园里看看,咱们之前不就总说要去那里吗?"

阿曼度看了看坐在后面车斗上的菲尔和克洛佛:"他们怎么坐在后面,是在沿路狩猎,还是只为了呼吸新鲜空气?"

"掉头的时候车子陷到坑里了,坐到前面来吧,孩子们,"哈雷特叫道,"你们也能暖和暖和。"

"既然如此,那好吧。"阿曼度说道。他有些警觉,应该是察觉了什么。两辆车子还在上下震动,"我先把车往前开,在原来的私人车道那儿掉个头。"

"就在这儿掉头吧,别把茱莉亚吵醒了。咱们现在就下山。"

阿曼度盯着自己的父亲。大事不好,克洛佛心想,要出事了。他觉得自己脖子后面的汗毛都竖了起来,好像驾驶室的地板上盘着一条蛇。他感觉哈雷特的腿在快速地抖动。阿曼度猛地踩上一脚油门,引擎发出低沉洪亮的轰鸣,好像一个人在骂着脏话。他挂上一挡,渐行渐远的汽车尾灯在哈雷特脸上留下一圈红光。似乎所有的事情都发生在卡车上,克洛佛心想,他记起几年前,他们的邻居开着一辆皮卡,一路颠簸地穿过满是残株的干草堆,像疯子一样向他们冲过来,开车的女人朝他们大吼大叫,在她旁边的座位上,是被蜜蜂蜇中、已经死掉的孩子。

"他会把两个人都打死的。"菲尔哭着说道。

"闭嘴!"哈雷特关掉了引擎。他们坐在车里,打开窗户,用力听着外面的动静。雨刷器无力地趴在挡风玻璃上。他们听着道路两旁灌木丛中风雪的嘘声,听着阿曼度卡车模糊不清的动静,听着自己紊乱的呼吸声。车身金属逐渐变得冰冷,前盖传来滴滴答答的声音。

现在正在发生的事情,克洛佛心想,其实在今天早晨就已经有了预兆,只不过当时的自己没有发觉罢了。哈雷特抖腿的样子像极了老帕特里克,那条狗在被人大声呵斥后,总是会像做错事一样颤抖个不停。他觉得是哈雷特亲手炮制了这一出好戏,作为阿曼度的父亲,他让三个人在安静的卡车里度过了一个风雪交加的清晨。遗传的力量还真是有够神秘,这种感觉突然涌上他的心头。

身后的树林被点亮,汽车的后窗玻璃上闪烁着黄色的光。

"他回来了。"菲尔说道。阿曼度的车子缓缓驶来,再次并排停在他们旁边。克洛佛似乎听见了活塞敲击的声音。阿曼度走下车,来到哈雷特的窗边。他倚着车门,雪天空气独有的新鲜味道仿佛烟雾般缠绕在他身上。

"你们以为我不知道吗?"阿曼度问道。

哈雷特浑身哆嗦,像一道绷紧了线的篱笆墙,只能靠一根树枝粗细的木桩固定。他点了点头,低下还在颤抖的脑袋,继续不停地点着。

"唉,其实我早就知道了。"说罢,阿曼度便离开车窗,只留下漆黑的清晨,还有他脚下满地杂乱的积雪。

心灵之歌

  斯奈普驾车行驶在峡谷之间，铁杉树耸立于道路两旁，周遭的环境让人倍感凄凉，碎石与砂砾被车轮碾过，弹到标致车的底盘，弄出噼里啪啦的声响。他已经在乡间小路上开了一个小时，途经无数的活动板房与小棚屋，道路两边堆满了各式各样的垃圾：有生锈的油桶、一捆捆散架的腐烂木板、布满泥点的塑料玩具，以及被切成花瓣形状的旧轮胎，里面还长满了杂草。周围的一切都在向人们诉说着，这里的居民过着怎样贫苦的日子。斯奈普放慢车速，看向路旁的垃圾堆，仿佛在盯着高速公路上发生的交通事故，他回忆起几年前有一次，自己也曾像现在这样，透过火车车窗，望着建在铁轨边上的小屋，屋里灯火通明，一个人赤身裸体地躺在床垫上，伸手摸向旁边的酒瓶，瓶身看上去就是廉价货。

  他舔了舔薄薄的下嘴唇，留意着路面情况，准备向左转弯。斯奈普身材瘦削，深色脸庞，浅浅的眼窝里是一双醋栗般的眼睛，眼球总是布满血丝，视力也不太好。他有着浅红色的头发，脑门处的发量稀少，耳根后的头发却很长，发际线似乎在逐年向后推移。时不时地，总会有女人被他吸引，他的肩膀已经佝偻，但她们从不嫌弃，他会用神经兮兮、满是咬痕的手指抓弄自己的脸，她们也不在乎，他还会用烦人的节奏敲打两只手的指尖，她们更不在意。他的身体里似乎蕴含着某种危险的高温能量，好比放射性物质衰变，举个例子来说，就像是一棵被闪电击中的树,树干的核心在焖烧,这股负面能量只是暂时被压制住,它随时可能爆发,将自身燃烧殆尽。

两年前,斯奈普离开自己的妻子,和凯瑟琳生活在一起,他远离城市,来到乡下,抛下前妻那件经营得一帆风顺的服装店,到陌生的地方独自寻找不怎么体面的工作。三周前,他辞去了最后一份工作,他不想再干那份差事了,每天要做的就是将旧家具浸泡在一个大水槽里,里面盛满了散发着恶臭的油漆去除剂。现在他有了一个好主意,他准备去乡下的夜场酒吧里弹吉他,在城镇郊区那些煤灰色的建筑里,每到周六晚上,到处都是喝着啤酒的醉汉,还有那些恶俗的"坏音乐"。他会把脚后跟搭在酒吧高脚凳的横杆上,听着人们的污言秽语,演奏上一个通宵,然后和那些流浪汉一起,趁着清晨的短暂时光,转身离开。斯奈普突然意识到,深埋于自己内心的,其实是对这种生活的渴望,他想一脚踏入充满恶俗与堕落的深渊,而破浪县于他,正是这样一个合适的地方,他能找到自己追寻的东西。

他驶出铁杉林,来到田地间,周围尽是乱糟糟的灌木,原本隐匿在左侧杂草丛中的狭窄行车道没了踪影。他跟丢了路,只好掉转车头,回到刚才转弯的地方,那里长满了雀麦草,一个生锈的信箱斜杵在那儿,好像一条寂寞的老狗,等待有谁能过来拍拍它的头。斯奈普开着凯瑟琳的车子奋力爬坡,吉他在箱子里发出阵阵声响,桤木和柳枝不断剐蹭着车身乳白色的漆面。路面坑洼的地方变得越来越深,有地方被雨水冲塌,留下一个大洞,有的地方堆满了圆形的褐色石块,一开上去就会四处乱动。他开车经过一辆破旧的皮卡,车子被人遗弃在路边,车身陷在深坑里,挡风玻璃上布满弹孔,好像满天繁星,粗壮的牛蒡刺破底盘,向上肆意生长。斯奈普突然感到一阵兴奋,那是一种略带下流的感觉,仿佛他又回到了火车上,再一次看到了车窗外的风景。开到一处陡坡,标致车实在爬不上去了,他不得不把车子停在路中间,下了车,这意味着等他回来时,只好摸着黑走下山了。

斯纳普穿着一双旧蛇皮靴,透过薄薄的靴底,脚下传来沙砾的触感,吉他撞到他的腿,奏出一声低沉的弦音。又往前走了四分之一英里,斯奈普停下脚步,再次掏出那张叠了好几折的信纸。

尊敬的先生,我看见过你的启事,你想要在乐队里演奏。我有个乐队,大部分都是我的家人,我们演奏乡寸(村)音乐。每周三旁(傍)晚七点我们都会演奏,如果你想来,欢迎。

——埃诺·吐温莱特

随信还附了一张地图,画着粗粗的铅笔线条,告诉斯奈普只需沿着沙砾小路一直往前走,拐个弯就能到达目的地。斯奈普顺着原来的折痕将信纸重新叠好,放回衬衣口袋,好让它保持平整。既然自己都已经走到这儿了,索性继续前进吧。

坡道渐渐平缓,麦田出现在道路两旁。这是一处藏在山顶的农场。什么人会住在这种鬼地方,斯奈普想着,他一边喘着粗气,一边又咧嘴笑起来。他闻到了牛粪肥的味道,还有成熟绿植散发的热气。每走一步,灰白色的尘埃便四处飞溅。他感觉自己的牙齿里都是这些颗粒,他用手抓着自己的脸,映着落日的橙色余晖,细小的尘埃漫天飞舞。远方的麦田露出一道闪闪发光的坚硬金属线条,那是农舍的屋顶,远处一只画眉在扯着嗓子鸣叫,本来寂静的空气被插入了一段生硬的滑奏表演。

农舍年久失修,布满裂痕的灰色护墙板悬在龙骨上,摇摇欲坠,窗玻璃已经有些晃动,被人用胶带和硬纸板做了简单处理。屋门上手绘着几个大字:"上帝保佑。"斯奈普看见一个小孩站在窗边,他眯着眼睛,嘴角微微上扬,像在嘲笑着他,不过这些表情很快便消失不见。"呜汪!呜汪!"耳边传来凶猛的犬吠声,农舍旁边盖了几间狭窄的单坡顶棚屋,屋内用链子拴着几条狗。这些狗已经跑到了它们能够自由活动的土圈边缘,身后的锁链紧绷,它们抻着脖子,冲着眼前的陌生人大声吼叫。一块碎掉的磨石被当成了门廊前梯,斯奈普一脚踏了上去。周围的花岗岩上散落着些许玉米须。他被让进厨房,屋内的空气令人窒息,给他开门的小孩正是之前那个表情不受控制的小子。

天花板是一块带有图案的锡板,被烟熏得已经发黑,一张大餐桌被推到墙边,好留出更多空间。餐桌边的墙上挂着一幅日历,上面还粘着飞虫留下的污渍,日历上画着一头驼鹿,在满月下正与群狼交战。厨房的餐椅摆成了U形,吐温莱特一家人安静地坐在椅子上,正中间就是老埃诺。用来演奏的乐器放在他们的膝盖上,时值八月,夕阳落下,最后一束光线照射进来,每个人脸上都油光发亮,他们的眼睛里闪烁着落日的余晖。没有人说话。老埃诺拿起琴弓,指了指旁边的空椅子,椅腿是用铬金属制成,塑料坐垫的边缘已经有些破烂。斯奈普坐了下来,从箱子里取出吉他。

埃诺·吐温莱特顶着一头浓密的黄白色头发,乱蓬蓬的模样好似十一月田地里长出的野草,脸部的轮廓深邃而均匀。手中的小提琴因岁月之故已经褪成黑色,上面还点缀着树脂粉末,活像一块蛋糕。他突然用琴弓指向一旁身穿工作服的农民,那个家伙正呼哧呼哧地拉着手风琴,乐器发出的叹息仿佛将死之人费力的呼吸声音。"A和弦,鲁比。"大三和弦音从手风琴中倾泻而出,老埃诺优雅地拧紧调音器的螺帽。斯奈普没有听见他们之间有任何言语的交流,也没有看到他们做了什么动作,演奏就这样开始了。这对斯奈普来说还挺新鲜,但想要跟上也并非难事。他在演奏过程中加入了一些蓝调元素,老埃诺向他投来冰冷的目光。

"放在我枕头下面的,原来只是一块结婚蛋糕……"女孩用浑厚而悲伤的嗓音吟唱道。太阳已经落山,薄暮笼罩着整间屋子。女孩很胖,身子圆滚滚的,穿着一身黑衣服。她的脸很漂亮,颧骨又宽又高,一双黑色的眼睛闪闪发光。如果成吉思汗遇到她,想必会爱上她,斯奈普心想,而他自己也被女孩略带阴郁凄凉的声音所吸引。那个叫鲁比的家伙应该是她哥哥,他们有着同样的宽脸庞和胖身子。他的手风琴发出鼻腔嗡鸣般的低音,仿佛风笛的声音,每演奏几小节,中间就会插入一些马戏团的音乐元素,像是大象的吼叫声,突然爆发,有些刺耳。整体的音乐效果听上去有些古怪,但又并不显得突兀。它给整段乐曲增添了一些戏谑喧嚣的氛围,就像独脚大盗朗·约翰·西尔弗[①]在跳着角笛舞,那条木头腿把俘虏船甲板上的血弄得到处都是。

歌曲演奏完毕的间隙,斯奈普做了自我介绍,脸上露出大大的微笑,以表达自己的善意。但他们并不关心他是谁,只是看着他,斯奈普感到气氛有些尴尬,他的情绪有些失落。紧接着,又是毫无预兆地,他们开始演奏下一曲,"规矩生来就是要被打破的。"胖胖的内尔吟唱道,老埃诺将他那张冷冰冰的脸贴在小提琴上,和内尔纯净的嗓音相比,他的伴奏总是给人一种甜得发腻的感觉。

几首曲子过后,斯奈普开始兴奋起来。这是一群优秀的乐手。老埃诺的演奏技巧精妙绝伦,无论是复杂的旋律结构,还是高难度的运弓手法,他都能轻松驾驭,他的左手优美流畅地在指板上来回移动,和那些同样在穷乡僻壤演奏的家伙完全不同,他们只会把手指固定在同一个地方。雪莉达,应该是他的妻子,瘦得像一根线,灰色的头发上面还插着同样灰色的塑料卷发夹,小小的嘴唇不时抽搐着,敲击着手中的曼陀林琴,发出如同晚餐开

---

① 英国小说家罗伯特·史蒂文森创作的长篇小说《金银岛》中的人物。

饭铃一样的声音。

乐曲一首接着一首在他耳边流淌,每首歌中间只有几秒的空隙。斯奈普一曲都没有听过。"这首歌叫什么名字?"每当一段旋律结束,他便向众人发问,而吐温莱特一家人则会盯着他看。有时会有人含含糊糊地说着:"再见鳟鱼""潮湿干草""果园中的墓碑",以及"谷仓之火",到了最后一首歌,伴随着逐渐升温的喧嚣乐曲,吐温莱特一家人齐上阵,用约德尔唱法演绎着这首歌,演奏的速度实在太快,斯奈普只能勉强跟上,整整六分钟内,他只是在重复同一个和弦。"为什么我从来没听过这首歌?"他在一旁大呼小叫,"谁写的这首歌?"然而没有人回答他。

时针指向九点,老埃诺环顾四周,宣布道:"好了,今天到此结束。"吐温莱特家族的人听话地将手里的乐器放到一边。经历了几个小时毫无间断的演奏,斯奈普的手指有些抽动。燥热的厨房空气让他感到口渴,不过埃诺却说:"晚安,下周三同一时间,如果你还想来。你弹得还不赖,不过我们不太喜欢花哨的东西。"斯奈普知道他指的是那些蓝调元素。

"听我说,你们在哪里演出?"斯奈普问道。

"就在这儿。"上了年岁的小提琴手答道,他盯着斯奈普,目光冷硬,如同长在苹果木里的硬疙瘩。

"不,我的意思是,你们有没有给舞会当过伴奏?你们去不去外面演奏?比如举办个小型音乐会,你懂的。"

"我们不在外面演奏。"

"你们不在外面演奏?只在家里?不去别的地方?"

"不去别的地方。我们只为上帝奏响欢乐的旋律。"伴着昏暗的灯光,埃诺转身走向里屋,胖内尔也站在那边。斯奈普觉得自己似乎从老男人的语气中听出了一丝嘲讽。

山路一片漆黑,只有手电筒射出一圈微弱光线,要不是害怕会摔断腿,斯奈普估计会连蹦带跳地跑下山。他现在浑身充满了能量。这些人住在穷乡僻壤,是真正的乡巴佬,但他刚刚就是和这帮家伙一起演奏。他们是你能接触到的最底层、最肮脏的人,斯奈普心里想着。在他摸黑爬下山之前,他用嘴叼着手电筒,趁记忆还没消失,在埃诺的信纸背面用潦草的字迹写下歌名:《交通事故》《败下阵来》《银色马蹄》。不错,这些都是名副其实的乡村歌曲,真材实料。吐温莱特一家是从哪里听来的这些歌呢?是从那些保存了七十多年、跟馅饼一样厚的老唱片那里听来的?还是老埃诺童年时收音机里的回忆?抑或是当地的舞曲?伴着浓浓的夜色,车轮碾过路面上的石子。斯奈普开口道:"放在我枕头下面的,原来只是一块结婚蛋糕……"他慢条斯理地唱着,声音好像处在发情期的动物。车前灯照过路旁的排水沟,里面藏着几只猫,绿色的眼睛反射着灯光,斯奈普将车子开回了出租房。

出租房位于湖边,两岸种满了蓝色的亚特拉斯雪松,树龄有六十年之久,在这一带十分出名,斯奈普沿着湖岸行驶,他看到卧室窗户透出的光洒在湖面上,好像溢出的油一般。他停下车,车子引擎在黑暗中剧烈抖动,嘀嗒作响。浪花拍打着码头,屋里传来电视发出的机械声音,斯奈普走进门。

凯瑟琳正坐在一张褐色的活动躺椅上。她双眼紧闭,阴郁的蓝色灯光来回摇曳,斑驳了她疲惫的面容,她穿着一件白色衬衣,衣服的图案是一条正在跳舞的狗,旁边还印着"普奇烧烤店"几个大字。电视机的画面抖动着,斯奈普关上机器,凯瑟琳睁开双眼,目光黯淡。她很瘦,有着如同蛋黄酱一般的金色头发,一双浅蓝色的眼睛,好似透明的大理石。她的臀部扁平,一双美腿强健有力,小腿部分肌肉发达,她的情绪有些暴躁,脸色也很难看。她已经厌倦了三番五次被人从睡梦中吵醒,更厌倦了从斯奈普身上嗅到他对贫民区的憧憬与渴望。

"希望你找到工作了。"她说道。

"这个嘛……"斯奈普咧着嘴笑起来,整张脸好像一个盘子,只不过上面放了一副牙,"那边压根就没提供什么工作。我们只是在演奏。不过那群乡巴佬真的很厉害。"斯奈普努力让自己的声音听起来带着那种曾经年少、踌躇满志的激情,他模仿着两年前和凯瑟琳交谈时的自信腔调,曾经两个人能对坐相谈至凌晨三点,他们喝着凯瑟琳从家里带来的昂贵红酒,规划着未来如何赚钱养家:他们打算给桦木条绑上红色丝带,然后一捆捆卖给纽约城中家有壁炉的老爷们,或者托关系贩卖高丽参根茎,他们朋友的哥哥认识一位新加坡药剂师。"琳,那是被埋没的一群人,这里面大有赚头,他们的唱片绝对会大卖,随之而来的还有各种宣传活动,以及巡回演出。他们的歌曲都是杰作。我终于等到了这一刻,宝贝儿,咱们终于能大赚一笔了!"斯奈普藏不住内心对成功的反感,在语气中带了出来。凯瑟琳勃然大怒,冲着他嚷嚷起来:

"我的老天,竟然又没有工作!白白浪费了汽油还有钱。老娘在烧烤店的厨房里忙得屁股朝天——"凯瑟琳一脸嫌弃地扯着身上那件"普奇烧烤店"衬衣,"——结果你却在外面闲逛,还玩上免费音乐了。看看咱们住的这个破地方,外面到处都是沉闷的烂树,下周就要交房租了,但我还没筹到钱,这次我不会再跟父母借钱了。这回该你了,伙计。如果有必要的话,你可以去抢银行,但不管怎样,你都要把房租给老娘付了!"

斯奈普知道,她最后还是会向父母要钱。"为了让船浮在水面上,先要靠做一些汉堡来填饱我们的肚子,这么浅显易懂的道理你怎么就不明白呢?"他说道,"在真正赚到钱之前,我必须在这儿建立自己的音乐人脉。做这些事很花费时间,特别是在这种乡下地方。更重要的是,我现在做的,是我真心喜欢的事情,你知道的。"然而斯奈普真心喜欢的,是那些破旧的厨房餐椅,是搁浅在野草丛中的那辆皮卡,当然,这些真心话可不能对凯瑟琳说。

"还有能让你真心喜欢的事情。"凯瑟琳冷笑道。

斯奈普一直在努力讲些花言巧语,以哄凯瑟琳开心,但现在他失去了耐心:"听着,婊子,你的记性还真是够差,你忘了那几个月,老子一直在肉铺里辛苦工作,在那儿干活的人手指头没有超过两根的,都是拜我所赐,你才能安心学习那些秘鲁人的编织技术。但到头来又怎样?学习手艺的事还不是成了一场空?你跟我说过,你会赚一大笔钱,布卢明代尔百货公司让你给他们织毛毯,那东西叫什么来着?塞拉普?波祖?还是什么玩意儿,总而言之,别跟我说你忘了。"

凯瑟琳并没有凭借编织手艺赚到钱,她失败了,这是一个危险的话题。听到斯奈普旧事重提,她再一次咆哮起来:"他们要的是那些土著织出来的东西。你难道不知道吗?我能有什么办法,除非我像他们一样,也生活在安第斯山上,住在一间脏兮兮的破屋子里。他们要的可不是来自佛蒙特州的'秘鲁人'!"她瞪着斯奈普,表情十分可怕,斯奈普想起之前曾看过的一本心理学著作,书上有一些照片,直观地展现了人类的不同情绪,凯瑟琳现在内心充满了**仇恨**。

斯奈普摇了摇装着苏格兰威士忌的酒瓶,瓶子是空的,他猛地从冰箱里抽出一罐啤酒,走出房门,来到码头。湖岸边种着更多的亚特拉斯雪松,长长的树枝伸向湖面,看上去孤独而绝望。斯奈普的眼睛越过湖水,望着对面公路闪烁的灯光,他喝下一口啤酒,心头涌起一丝顾影自怜的愉悦感。他在想自己和凯瑟琳这段感情还能走多远。她已经被父母宠坏了,那两个超级有钱的家伙,鼓动着柔软的嘴唇,用细嫩的双手将一个个信封塞进她的钱包,他们从不正眼瞧他,他们给凯瑟琳写的信都被她藏在了面包盒下面,信上充斥着晦涩难懂的语言,有的信为她安排好了行程,让她能到南美学习当地的编织技术,有的信给她备足了一年的商店租金,那家店位于旧格林布莱尔,让她可以销售自己编织的东西——那些既重又厚的土灰色斗篷和绑腿,还有的信邀请她与父母一同到加勒比海度假,而无论哪封信,都没有提到斯奈普的名字。总有一天,凯瑟琳会离他而去。斯奈普想起吐温莱特一家,回忆起他们位丁崎岖山路尽头的农场,想象着他们翻土播种的模样,一到夜晚,他们就会聚在破旧的厨房里,发自内心地吟唱那些质朴的歌曲,他们很穷,穷到没人在意他们会做什么。他的脑海里突然闪过一个念头:那些描绘着艰苦生活的悲伤歌曲,肯定是他们自己原创的东西,没有人曾听过那样的曲子。

他们没准还真能出一张专辑,斯奈普想,至于他自己,也许真的可以带领他们,遨游在危机四伏的音乐海洋里,成为乡村音乐的弄潮儿。他们会穿上一身黑色服装,除了袖口带有一些金属装饰之外,浑身上下都是纯黑,黑色能够衬托出他们质朴纯真的脸。专辑封面使用真人照片,他们站在自己破烂不堪的房子前,整体色调定为黑棕色,再加上一点失焦的感觉,营造出乡下特有的朴素质感,这种感觉正是当初斯奈普和凯瑟琳来到农村时,他对她许下的乡村生活应有的模样:两个人会住在一间旧农舍,过着简单的日子,火炉旁边,椅子晃来晃去,小庭院里,草丛沾满露水的湿气,这里与世隔绝,这里无限私密,哪怕你喝醉倒在路中央,也没有人会看见。

但几乎所有的旧农舍都被改造成了医生的度假屋,门前挂着鹰头,院子周围立着一圈铁栅栏。这里压根就没有能租到的农舍,直到有一天,凯瑟琳的母亲发现了"雪松崖":一幢充斥着现代主义玻璃装饰风格的恐怖房屋,一个散发着金钱铜臭味的地方,周围密密麻麻排列着四十株参天的蓝色亚特拉斯雪松,栽种的时间可以追溯到世纪之交。房屋的主人是凯瑟琳父母的朋友,在斯奈普还没有见过房子的模样、在他还对这片抑郁的植物园一无所知的时候,交易就已经完成了。每月的租金可以减免三百美元,但达成这一优惠条件的基础是斯奈普要去照料那些巨大而粗糙的树枝,在雨季来临时,他还要负责将掉落在地上的小断枝和松果清理干净。

每周三,斯奈普都会去吐温莱特家。关于发专辑的事情,他只字未提。每次到访都像第一次那样,同样的椅子,同样急速转向未知的曲调,还有同样的沉默,没有人就音乐本身或他们的演奏方式发表言论,伴着黄昏的暮色,他们一首接着一首演奏。斯奈普一路上都被音乐牵着鼻子走,他能弹对调子,也能跟上节奏,但他就像是一艘处在风口浪尖的小船,每次演奏时都胆战心惊,因为老埃诺不会给他喘息的机会,任何人都不能打乱乐曲的固定模式,没有人会给他留出一丝缝隙,斯奈普无法演奏即兴重复的段落,也得不到片刻的休息,更没法游离在歌曲之外自由发挥。作为一个局外人,他被抛弃在了一个阴暗的角落,只配作为背景存在,就好像一个外国游客,不会当地的语言,他无法留在这里,他只是一个过客。

斯奈普尝试融入他们的世界,每当一曲演奏完毕,他便会像乌鸦一样呱呱乱叫,表现得激情澎湃。"嘿!对了,就是这种感觉!棒极了!就是这个调调!"他想靠语言来软化埃诺坚硬的内心,他一遍又一遍地问着关于弓法和技巧的问题,但老埃诺每次都轻蔑地不予回答。一天晚上,斯奈普又问道:"你弹过吉他吗?"

老埃诺面无表情地盯着斯奈普,嘴唇来回嚅动,过了一会儿,他站起身来,将小提琴放到椅子上。他离开厨房,走进里屋,他们听到门闩被打开的金属声。埃诺回来的时候,手里多了一把金属吉他,上面涂满了彩漆,吉他背面画着一个夏威夷草裙舞娘,在椰子树下尽情舞蹈。"这个,"老埃诺说道,"是一把共鸣器吉他,我叔叔贝尔一九四二年的时候送给我的。我们就是用这把吉他来写新歌。"他看了一眼内尔,用手敲打着犹如女人身体的吉他,摆弄着一双老男人的手,用指头拨动琴弦,爱抚着音孔边缘。斯奈普感觉房间的空气中似乎飘荡着些许晦涩难懂又无法言语的词句。他刚想伸手摸一摸吉他,还没等碰到乐器,埃诺便急忙将吉他拿回里屋,好像嫉妒别人会抢走似的。"即使拿这个世界上所有东西跟我交换,我也不会交出这把吉他。"他说道。当他回到座位,重新拿起小提琴后,所有人便开始演奏起《油炸土豆》,胖内尔大声唱道:"法式薯条,家常薯条,土豆蛋糕,土豆馅饼。"她用余光看向斯奈普,他觉得那是"共犯"之间才有的眼神,似乎她也想和自己一样,对着老埃诺那把金属罐头吉他放声大笑。

正是在那个夜晚,斯奈普看穿了吐温莱特一家的小把戏。指挥所有人弹奏哪首曲目的人不是埃诺,而是内尔,至于那些曲调,则是事先就已经编好次序,由固定的六七首歌组成。如果内尔开口唱的是《今晚屋内有位陌生人》,那么接下来一定是《冰冻玫瑰》,再接下来就是《屋顶的雨让我寂寞》。如果她开口唱的是《迷失女孩》或《草地大火》,后面就会接上完全不同的一组歌曲。斯奈普第一次注意到,每首起始歌曲开始前,内尔都会低声哼唱一些音符,以此为号,告诉其他人接下来要演奏哪些曲目。倘若他一直待在阴暗的角落,那么他是永远不可能发现这个秘密的。操控整支乐队的人不是埃诺,而是内尔。

斯奈普开始对着内尔演奏起来,他拨动琴弦,弹出的琶音仿佛金银细丝在震动,却被雪莉达的钢铁颤音轻易糟蹋,他又采用扩展和弦,弹出如丝般轻柔的美妙和声,然而又淹没在鲁比的琴声中。但斯奈普确信,内尔听到了他弹奏给她的每一个音符。写出这些歌曲和旋律的人是内尔,她从自己的生活中取材,词曲创作信手拈来,仿佛从抹布中拧出水来一样简单。此时此刻,在斯奈普的脑袋里,那张黑棕色的专辑封面上,只剩下内尔一个人站在那里。

斯奈普开始创作自己的歌曲,他写了一首关于雪松的歌——《我是困在这片绿荫下的囚徒》,然后反复练习。歌曲的调子有点像《小柑橘》。凯瑟琳每次回到家,都能闻到汉堡包的味道,她看见斯奈普弯着腰,驼着背,拨弄着手中的吉他,用已经僵硬的手指反复修改某一乐句,地上放着苏格兰威士忌的瓶子,他的脊背因专注而弯曲,但这一切在凯瑟琳看来都是徒劳的。显而易见的一点就是,斯奈普已经陷入了创作的瓶颈期,无论他练习得多么起劲(用凯瑟琳的话来说,这是他用来逃避找工作的借口),他的演奏也成不了杰作,他的乐句和声调中透露着犹豫与迟疑。然而他还是没有放弃,一直在唱着,像一条狗在那里狂吠。每周三,他会在吐温莱特家的厨房里,花上两个小时的时间,向一个从未对话过的胖女人传递着音乐信息,只有在这段时间里,他才觉得自己是在接近着某种形式的快乐。

一天晚上,斯奈普把自己创作的歌曲展示给了吐温莱特一家人。"我写的这首歌是关于树木的;歌词的大意就是我很喜欢这些树,但这些树却成了我追求自己人生理想的障碍。"他向其他人介绍,没有看向埃诺,而是直接唱给了内尔听。吐温莱特一家很快就掌握了歌曲的旋律,一个接着一个演奏起来,当内尔跟着他和声唱道"高高的树干,是监狱的栏杆"这一句时,斯奈普觉得这是他人生中最幸福的时刻之一。他想再一次演奏这首歌,埃诺却突然用琴弓指向内尔,内尔随即带领他们唱起《倒下的小鹿》。

九月末,霜冻降临,孔雀草渐渐枯萎,大地只余下最后一株虎纹百合。夏季粗糙的翡翠绿色即将褪去,地上的小草被秋雨压弯了腰。一天晚上,凯瑟琳没有回家,普奇烧烤店来了位新东家,斯奈普知道她肯定和他混在一起,那是一个永远露齿而笑的男人,名字叫奥马尔,他把店名改成了"奥马尔绿洲",在店里摆上四株棕榈植物,在天花板上安装了一个吊扇,还在墙上挂了一些凯瑟琳的棕色编织品,仿佛它们是一幅幅画作。

望着纹理突出的叶脉,看着岩石中的云母碎片,观察着生长在植物基下的精致苔丝,斯奈普心中泛起一阵忧伤。空气中飘来木材烟雾和潮湿泥土的气味,他的眼中流下了莫名的泪水。一天下午,临近黄昏,斯奈普站在码头,喝着苏格兰威士忌,盛酒的容器是凯瑟琳从阿卡普尔科度假带回来的墨西哥玻璃杯。他望着天边一朵形状奇特的荚状云。他似乎能听到湖对岸公路上卡车发出的沉闷声音。卡车的嗡鸣,还有远处劣质金属链锯发出的声响,让斯奈普瞬间又沉浸在苦闷之中,他觉得自己从来没有享受过一刻真正的快乐。他本来有过机会,但当他对着那些仿制的秘鲁编织物,假意迎合凯瑟琳的时候,机会就已经溜走了。他想见胖内尔,想自由地睡在脏床单上,他想坐在一把旧椅子里,随意玩着音乐,不去想能否出人头地。深夜,他躺在床上,无法入睡,听着凯瑟琳的鼾声,还有窗外的垂死蝉鸣。

翌日清晨,听到凯瑟琳摔门而出,和奥马尔开车离去后,斯奈普这才起了床。他洗了洗头和身子,换上一身干净衣服,第一次穿上那件黑色丝质衬衣,那是凯瑟琳送给他的生日礼物。他开车穿行在铁杉林间的碎石路上,将车子拐进吐温莱特家的废弃小路。

内尔正独自一人在厨房里做着果冻。听她说,雪莉达好像是跟着自己的外甥女到镇子上去了,她们要给孩子买上学穿的衣服。鲁比和埃诺在屋后砍柴。麦田远处的糖枫林里,斯奈普能听到链锯的声音。厨房的空气里弥漫着浓郁的黑莓果冻味道,令人大倒胃口。内尔将肚子倚在水槽边,嘴里哼着什么。盛有果冻的袋子松软无力地摊在碗里,像刚屠宰的动物内脏。水槽里凝结了许多深红色的浮垢,这是她从煮着果冻的锅里撇出的飞沫。内尔的双手沾满了紫色的污渍,圆滚滚的结实手臂和脖颈后面染上了一层玫瑰色的红晕。她梳着粗粗的辫子,在阳光的照射下熠熠生辉。盛满果冻的广口瓶放在桌上冷却,闪闪发光的样子好似一粒粒石榴籽,果冻的表面逐渐变得坚硬,像是涂上了一层晶莹剔透的蜡。链锯的声音毫无起伏变化,单调得仿佛夜晚的雪松,同样令人讨厌。

　　斯奈普来到内尔身后,伸出双臂搂住她的腰,将蜡黄的脸紧贴在她温暖的后背上。内尔身上混杂着路边尘土的味道、秋麒麟草的芳香,还有被压碎的黑莓甜味;她低声哼唱的声音此刻震动着他的耳膜。远处的树林传来一阵富有节奏的叫喊声,紧随其后的,是一棵枝繁叶茂的树木倒下的声音。链锯声已经听不到了。一只黄蜂没头没脑地在厨房里乱撞,似乎沉醉在这甜蜜的麝香气味中。内尔穿着一件带有花纹的连衣裙,斯奈普小心翼翼地拢起裙边,仿佛在拾起一个玻璃做的稻草人。

　　就这样待了一会儿,当斯奈普仍将脸贴在内尔身上时,她开口道:"他们从树林那边回来了。"两个人一起望向田野边,埃诺和鲁比一路跌跌撞撞地穿过未经切割的干草堆,那模样好像一个杂耍班子,在嘲笑着街边的醉汉。"鲁比受伤了。"内尔说道,她推开斯奈普,把脸转向门口。斯奈普整了整衣服,站在烧得滚烫的火炉旁,炉子上还在煮着果冻。

　　两人走进屋内,鲁比的脸上还是一如既往地挂着微笑,就好像他的嘴巴被虎口钳夹住了一样。左边的胳膊包裹在埃诺的衬衣里,衣服已被鲜血染红。他的脸上也沾了几滴血渍,鲁比小心翼翼地将胳膊抬在胸前。老埃诺裸露着上身,隆起的腹部和前胸长满了浓密的白色毛发,没精打采,乱作一团,好像一头正在果园休憩的野鹿身上的皮毛,两边突出的深色乳头,像是在胸前长了一对紫红色的眼睛。三个人向水槽走去,埃诺站在边上,鲁比摇摇晃晃地站在中间,内尔则在另一边,将双手摆成杯子形状,托着鲁比受伤胳膊的肘部。

内尔打开裹着鲁比手臂的衬衣,露出里面的伤口,看着眼前的景象,斯奈普感到喉咙一紧,说不出话。大量的血滴落在水槽里,和果冻混作一团。斯奈普似乎闻到了埃诺腋下的味道,那是股强烈的臭酸味,混杂着硫磺的臭味和水果的甜味。"把上次他们给咱留下的绷带拿来。"老埃诺说道,内尔随即走进食物储藏室。他们听见她撕开包装纸的声音。内尔和埃诺倚靠在一起,将外科医用橡皮膏固定在鲁比的伤口处,接着在外面又缠上好几圈纱布。但鲜血立刻透过了雪白的绷带,像一朵绽放的血红色小花。"把胳膊抬起来,坚持住。"埃诺说道,又将鲁比的肘部抬高了几分。

斯奈普后来后悔自己为什么没有趁机离开这里,他本可以悄悄溜出门外,静静发动车子,一路前行,回到雪松的庇护之下。然而他并没有这么做,而是开口道:"是不是应该给他的胳膊绑上止血带?"埃诺转过头盯着他,迟疑了几秒钟,接着又回头看向内尔。内尔低下头,垂着眼睛,一圈接一圈地缠着纱布。

"废他妈的话,老子还想留着自己的胳膊呢!"鲁比粗暴地回应道,不过此刻的危机已经从鲁比的伤口转向了斯奈普的存在,以及内尔低头埋住的脸。刚刚在厨房里发生了什么?答案似乎显而易见,从最初的怀疑,一点点积累,如同洪水涨潮,最终变为了确信。鲁比在一旁冷笑着,而老埃诺双手颤抖,他喘着粗气,好像自己才是受伤的那个人。

"埃诺!"斯奈普惊慌地叫道,"我爱你女儿!"虽然他知道自己并不爱她。他最爱的一直是杂草丛中的那辆卡车。

"你个白痴,"鲁比从牙缝里挤出一句话,"内尔是他老婆。"

斯奈普似乎听见锅里烧焦的果冻发出一阵炸裂声。他偷偷望向门口,而埃诺已经飞身向他扑来,粗壮有力的农夫之手,好像一对老虎钳子。"看老子怎么收拾你!"他怒吼道,眼中充满愤怒的火焰,咬牙切齿的模样仿佛一条凶犬,"看老子怎么收拾你!"

斯奈普夺路而逃,他被沾满血渍的衬衣绊了一下,在跑下石头台阶时滑了一跤,在抓车门把手时弄伤了自己的指甲,在发动车子时一脚踏进油门和刹车之间的空当里,痛苦万分,他将车子开上满是碎石的小路,嘴里不停骂着脏话,身体随车子颠簸来回晃动。"这帮该死的乡巴佬!"他冲着车子的后视镜骂道。

他驱车五十英里,来到隔壁县一处较大的镇子里,走进鲍勃酒吧,点上一杯苏格兰威士忌,说是酒吧,其实更像是由木质胶合板搭建而成的洞穴,周围还装饰着塑料材质的山寨蒂芙尼灯罩。刚刚才目睹了鲜血的红色,现在又置身于一片蓝色之中,斯奈普的眼睛备受煎熬,他感到一阵头痛。古董风格的自动点唱机里,有人点了一首威利·内尔森的歌,斯奈普起身离开酒吧。他想听海顿的音乐。海顿的曲子让人更有安全感、更具吸引力,就像一张刚刚做好的新床,上面放着丰满洁白的枕头,铺着柔软的丝质被子。海顿的音乐总能让他沉浸其中。

他先在一家折扣店里买了一盘交响乐录音带,接着来到大商场,采购起凯瑟琳喜欢的各种东西:有香槟、龙虾肉、莴苣菜心、黑森林蛋糕,还有越南产的肉桂咖啡。这些东西花了他一百多美元,他开了一张空头支票,因为确信自己能够和凯瑟琳重归于好。他和吐温莱特一家已经彻底结束了。当凯瑟琳回到家,她会看到一切都准备妥当:壁炉已经生好了火,床单也焕然一新,香槟酒杯提前放入冰箱冷藏好。斯奈普的内心充满不安,并且随着时间的流逝变得愈发严重,好像暴风雨来临前的鸟,下午是如此漫长,他不停在码头徘徊,不时望向湖对面,期盼能看见凯瑟琳的身影——那副由两百块易碎骨头和瘦弱肉体组成的躯干。每当有枯树枝从雪松上掉落,斯奈普就会赶紧把它拖到车库后面,放到收拾好的枯木堆中。

事情的发展比想象中还要简单。凯瑟琳心甘情愿地回到了斯奈普身边，两个人又开始玩起了过去的老游戏。他们嘲笑起奥马尔因为开餐馆而变得粗糙的手，斯奈普说着乡村音乐没有市场之类的话。他们还有好多事情可以做，比如到西部去，到新墨西哥州或亚利桑那州去。斯奈普认识一个人，可以给他提供一份采集野生曼陀罗花种子的工作，报酬还不错。

两个人躺在沙发拐角的枕头上，斯奈普的手指不由自主地顺着凯瑟琳的胳膊上下滑动，粗糙的老茧碰到丝质的衣服，发出锉刀般的声音。时间慢慢流逝，海顿精妙的音乐结构也渐渐失去了吸引力，就好像薄纸上的铅笔画，慢慢变得模糊不清。瓶中的香槟已空。凯瑟琳贴在斯奈普身上，两个人激情地滚在一起，斯奈普觉得口干舌燥，好像自己刚刚完成一系列教义问答，他将嘴唇贴在凯瑟琳胸前，感受着她的心跳。斯奈普幻想着西部世界的生活，那是一片平坦乌黑的土地，广阔无垠的天空闪耀着冰冷孤独的蓝色。道路一直延伸至地平线，仿佛永远没有尽头。斯奈普看见自己孤身一人，驾驶着一辆满身伤痕的旧卡车，穿梭在金光闪闪的高温地带，两边的车窗已经摇下，呼啸而过的风声在耳边炸裂。挡风玻璃上布满弹孔，好像满天繁星。他脚下穿着一双磨损的牛仔靴，下身是一条褪色的牛仔裤，上身披着被撕烂的黑色衬衣，衬衣背面还绣着仙人掌图案，方向盘上已经出现裂纹，他用手掌跟打着拍子，那是混搭了美国得州和墨西哥两种风格的节奏。

晴朗一天

　　说来也怪,原本还是干燥温暖的春季气候,一下子就转为了夏天,空气中弥漫着成熟的味道,闪闪发光的种子破土而出,将杂草压在身下,和往常相比提前了足足一个月;对松鸡来说,今年将会是美好的一年。即使进入九月中旬,夏日的热气也仍未消退,公路上落满灰尘,像铺了一层黄金面粉,荆棘丛生,宛若迷宫,黑莓果实落在地上,散发出一股腐败气息。河道两旁,石楠木下,松鸡藏身于此,它们沉醉在秋日果实发酵的味道中,不顾一切地四处乱飞,张开的翅膀在热浪中一路披荆斩棘。

　　天气如此炎热,桑迪压根就没有心思考虑猎鸟的事情。咸咸的汗水浸透了他的衣服,领口和胳膊处的贴边粘在身上,刺痛着他的肌肤,自己的猎狗也发挥失常,捕到的鸟用不了一个小时就会烂掉。从它们酸热的体腔里,桑迪闻到什么东西即将腐败的臭味。鸟的羽毛都黏在了他的手上,因为一旁的厄尔从不帮忙清理内脏。那条猎狗现在正躺在树荫下,大口大口地喘着粗气,桑迪给它起名叫诺亚。

　　高温丝毫没有衰退的迹象。桑迪期盼冷空气赶快降临,他渴望在地平线某处,会有秋高气爽的好日子等着他,他想要感受云杉树荫中的刺骨寒意,想要看见柳树枝上结满的厚厚冰霜,他想要置身晴朗的秋日,看那一群群鸟飞过,在天空中划出一道道弧线,就像滑冰选手,在池塘的冰面上留下一条条抛物线。真他妈倒霉,桑迪在心里骂道,自己干点什么事情不好,为什么偏要在这炎炎烈日中,陪着一个傻子狩猎鹧鸪。

厄尔在一年前来到桑迪家中,恳求他教授自己如何猎鸟。据他所言,他有一杆质量上乘的猎枪,托比亚斯·休谟公司出品。桑迪一直认为这个牌子的猎枪品质被人高估了,价格也有些虚高,不过确实比自己手里那杆强上一些,他的猎枪是约肯公司出品的田野级产品,枪托已经开裂,他好几年前就想更换了(谷仓的工作台上放着未经加工的胡桃木料,木头上面堆满一罐罐车用机油和油漆;雕花用的锉刀之前被孩子们用来挑白胡桃木的肉,现在已经报废了)。桑迪的猎枪和它的主人一样,粗野俗气,饱经沧桑,但用起来仍十分顺手。

厄尔需要开车穿过一片树林,才能来到桑迪的住处,他越过堆在院子里的垃圾,朝弗娜点头致意,他拍着桑迪的马屁,把桑迪哄得失去了理智。

"桑迪,"厄尔说道,他将视线集中在对方身上,观察着桑迪的一举一动,"经我多方打听,人们都说您是一位优秀的猎人。我想学习如何猎鸟,想让您当我的老师。我会支付相应的报酬,希望您能将全部技巧传授给我。"

厄尔是个有钱人,这一点桑迪看得出来。他穿着一双漂亮的靴子,下身是气派的灯芯绒裤子,金色糖浆一样的颜色,双手的形状好似两只鸽子,喉咙发出的声音香甜悦耳,听他说话就像是喝了一碗鸡蛋和牛奶调制而成的面糊。桑迪看着厄尔结实的颧骨和浓密的黄色头发,心想他的年纪应该不会超过三十岁。

"我一般都是独自猎鸟,或者带着孩子们一起去。"桑迪一字一顿地说道,"我,还有那条狗。"诺亚正躺在生锈的门廊秋千椅下,听到"鸟"这个字,马上抬起头,望向桑迪和厄尔。

"真是一条漂亮的狗。"厄尔的嗓音仿佛涂了蜜。桑迪将双臂叠在胸前,没有像往常一样垂在身体两侧。他盯着厄尔,觉得把手插进裤袋更不雅观,那是败家子才会摆出的姿势。

厄尔继续用言语软化桑迪："桑迪,我只是想求您教我一两次,如果您不想继续了,那咱们的师徒情分也只能到此为止,我仍然会按次支付相应的报酬。"他给了桑迪一个微笑,眨了眨绿色的眼睛,视线从桑迪身上转向一旁弯曲的纱门,护墙板的油漆已经斑驳,院子里一片荒芜。桑迪也调转视线看向一边,假装自己眼部的肌肉有些松弛。

"也许可以试一试。不过最好能在平日里出去,周末就算了。你周一能出来吗?"

对厄尔来说,哪天出来都没问题,一切全凭桑迪决定。他在家里工作。

"你是做什么工作的?"桑迪问道,他将双手垂了下来。

"顾问之类的工作。我分析股票和经济走势。"桑迪发现厄尔比自己的大儿子德尔温还要年轻,而德尔温的牙齿几乎快要掉光了,他在一家生产胶合板的工厂上班,波图米斯克·福尔斯工厂,成天呼吸着废气,与装载有旋转弯刀的机器为伍。桑迪说自己可以在周一和厄尔出去打猎。事已至此,他不知道还能怎样拒绝。

好在天公作美,二人的清晨首秀遇上了不错的天气,那一日,天空晴朗,空气中弥漫着一股辛香的味道。诺亚精力充沛,急切地想要快些发现鸟的影子,好在这位陌生人面前炫耀一番。桑迪让厄尔走在他的右手边,和自己保持一段距离,以便观察厄尔开枪的姿势。

诺亚在附近努力搜寻着猎物的踪迹。它嗅到前方两码处有鸟的气味,它抬起爪子,先是指了指左边,接着又指了指右边。不知是桑迪还是厄尔向前迈了一步,惊动了藏身于此的鹧鸪,鸟扑棱着翅膀,径直飞向天空。诺亚纵身跃起,将这些鸟扑倒在树林和灌木丛中,它捕捉到了猎物身上的气息:其中一些鸟以掉落

103

在地上的水果为食,另一些则浑身沾满了细小的泥土粉末,还有几只拍打着翅膀,仓皇逃进一片酢浆草丛,诺亚标记着它们的方位。捕猎时的它以一当二,白色的侧身在草地中飞速穿行,但四肢却僵硬得像被惯做的。松鸡撕裂了宁静的天空,霰弹枪声在空气中咆哮。桑迪观察着厄尔的反应,看来他并不懂得在这种时候,应该对着诺亚夸上一句:"干得漂亮!"

桑迪抑制住了想要开枪的冲动,好让自己教导的小学生能有更多学习的机会,但厄尔的枪法又慢又差。等他慢吞吞地摆好姿势,扣动扳机,鸟儿早已飞到五十码开外,一头冲进安全的洞穴之中。甚至有些时候,当他还在打着第一枪时,第二只鸟早就战战兢兢地飞向了天空。他似乎就是没办法掌握开枪的节奏,而且针对每一次失误,他总有理由推托。

"枪托被上衣口袋挂住了。"厄尔解释道,他一笑了之,有时他还会说,"拿着枪的时间太长了,我的手指头都僵硬了,"或者,"哎呀,那只鸟飞得太快了,即使我开枪也打不着。"

桑迪一次又一次地教导厄尔:不要用眼睛去瞄准,你只需抬起猎枪,朝正确的方向开火。

"你要预判鸟飞行的轨迹,对着它们要去的地方射击,而不是瞄准它们现在的位置。"他让厄尔看好自己接下来的示范动作,看着他怎样用肩膀架起猎枪,怎样平稳地抬起右臂,怎样用眼睛瞄准一只鸟即将飞去的地方,虽然那里现在只有一团空气。"砰"的一声,子弹喷射而出,鸟儿应声落地,像一颗坚果掉到地上。

"现在你试一下。"桑迪说道。

前方的野生玫瑰丛中,一只松鸡来势汹汹,它腾空而起,这本来是个好机会,但厄尔却将猎枪放在了臀部位置,扭着身子,摆出向后倾斜的奇怪姿势,就这样开了枪。子弹击中了旁边的美洲落叶松,在树上留下一个弹孔,松鸡随即消失在树林之中。

"我算是看出来了,你需要很多次练习。"桑迪说道。

"没错,我现在需要的就是练习,"厄尔对桑迪的话表示赞同,"这也是我花钱要买的东西。"

"试着把枪托架在肩膀上。"桑迪说道,他觉得厄尔的射击技术还不如自己的孩子,他们在八岁时就比他强了。

两个人就这样反复练习了一早上,桑迪为厄尔演示了如何能让自己迅速反应,以及怎样快速射击,厄尔练习得满头大汗,他费力地举起猎枪,努力想让枪身和猎物连成一线,身体抖动得好像维塔格拉夫制片厂出品的胶片电影。桑迪射中了七只松鸡,把其中四只送给了一无所获的厄尔。厄尔支付了桑迪一百美元的报酬,并表示自己还想继续练习。

"这周接下来的时间我都可以用来练习。"厄尔说道,听上去他好像是在上钢琴课。

接下来的三周时间里,他们重复着同样的事情。每到周一,两个人便外出猎鸟。厄尔射击的时候还是把枪挂在臀部。他叉开双腿站立,看上去像极了古典时代的帮会成员,面对着围攻上来的敌人,用铅弹向他们扫射。

"你听好了,"桑迪说道,"今年的狩猎季只剩下六周时间了,这意味着我们最多也就只能再出来六次。我想你可能需要更多练习时间,当然,我说这话并不是为了找你要更多的钱。"厄尔似乎对猎鸟的事情特别上心,他同意了桑迪的建议,并且表示自己会支付报酬。

"一周练习三次,每周一、三、五我都有时间。"两个人按照这样的频次安排练习。后来,为了确保练习的延续性,他们又将时间改为每周一、二、三。厄尔每周会支付桑迪三百美元的报酬,然而他还是一只鸟都没有打中。

"要不这样吧,"桑迪提议道,他觉得自己就像是一个骗人钱财的老妓女,他们出去的次数越多,这种感觉就越强烈,"周末的时候,我会带上一箱黏土鸽子,到你家里去,让你练习射击,如何?不过话可说在前头,这项服务是免费的!只是让你练习瞄准,还有,射击的时候要把猎枪架在肩膀上。"

"好吧,不过你也不用担心,我不会因为射不中鸟就垂头丧气,你知道的。"厄尔应道,他的眼睛一直看向树林的方向,"我曾经读过狩猎方面的书,我知道要花上几年的时间,才能掌握那样娴熟的狩猎技巧,培养出针对松鸡迅雷般飞翔速度的本能反应。其中的难处我都懂,相信我,我知道这些鸟飞得多快,要打中它们是多么难的一件事情,但是我会一直坚持下去,即使需要花上几年的时间。"

桑迪还是头一回听说,原来猎鸟是这么困难的事情,不过他倒是明白了一件事情,那就是厄尔并不擅长狩猎,他像是教了一个没有反应的雪人。桑迪对着弗娜发牢骚:"那个厄尔必须把我教给他的东西融会贯通,要不我没办法再收他的钱了。每一次出去打猎,我都感觉自己像是去盐矿。我越来越没心思,我怕自己惊扰到太多鸟,让他失去了练习的靶子。他妈的,所有的打猎乐趣都没了。"

"不过钱倒是个好东西。"弗娜说道,她蹬着门廊前的地板,秋千椅发出吱呀吱呀的声音。弗娜身上的围裙叠在一起,盖在大腿处,两条手臂抱在胸前,手搭在肩膀上,裸露的脚踝交叉着叠到一处,感受着夜晚的凉爽。她的脚上穿着一双腈纶拖鞋,那是桑迪送给她的母亲节礼物。

"我就是纳闷,自己怎么卷进这档子事儿里了。"桑迪抱怨道,他闭上眼睛,眼珠子转个不停。

周日下午,桑迪准备好一百只黏土鸽子,放进一个盒子,开车来到厄尔的住处。天气不错,是大多数人都会选择外出兜风的日子。

"真希望我没跟过来。"弗娜说道,透过乌突突的挡风玻璃,她看着厄尔家的房子,那是一间很大的瑞士农舍,窗户玻璃像是镶嵌在房顶上的棕色泡沫,聚苯乙烯成型的柱子支撑住门廊处的屋顶。弗娜不愿下车,宁可摇上车窗,在车子里坐上两个小时。桑迪清楚她的感受,不过他必须下车了,他是被雇来教厄尔如何打鸟的。

门廊很大,厄尔的妻子站在那儿,瘦弱得像一张折上的美元纸钞,她的手既纤细又冰冷,握上去好像一条鳟鱼的触感。屋内摆着一个绿色的塑料网眼围栏,一个婴儿在里面爬来爬去,手里还玩着一个番茄。厄尔叫他们看着自己练习。

"看着爸爸怎么击落那些小鸟哈!"厄尔说道。

"小——尼——奥——!"婴儿学道。

"把那些小——尼——奥——都击落,厄尔。"妻子说道,她正坐在椅子上喝着饮料,一滴水从杯中洒出,落到了椅子的扶手上,她用指甲盖在水珠里比画着,好像在写着什么。

桑迪挥舞着手臂,一个接一个地将黏土鸽子抛向空中,一只又一只鸽子飞跃过满是深色灌木的花园。他的耳朵嗡嗡作响。猎枪每一次开火,婴儿都会在一旁大喊大叫,但厄尔就是不让女人把孩子抱回屋内。

"你们可给我看好了!"厄尔大叫道,"该死的,好好看着,看着爸爸怎么击落那些小——尼——奥——!"他依然还是将猎枪挂在臀部,向后仰着身子,摆出一副奇怪的架势,都快成为他的注册商标了。桑迪觉得,这是专属于他和阿尔·卡彭[①]的标志性动作。"把枪架在肩膀上,"他不断重复着这句话,像一张坏掉的唱片,"不会逆火的!"

---

① 阿尔·卡彭,美国黑帮成员,曾于20世纪20至30年代掌权芝加哥黑手党。

厄尔戴了一副黄色的护目镜,桑迪想要看看他是不是在扣动扳机的瞬间闭上了眼睛,但也看不出个所以然。终于,在练习了很长时间以后,一只圆形的黏土鸽子在空中散成了三块黑色碎片,厄尔发出一声尖叫:"我打中了!"好像他刚刚征服了一头长毛猛犸象。这是两个人认识以来,厄尔用枪射中的第一个物件。

"好极了,"桑迪撒了一个谎,"现在你掌握了诀窍。"

一周以后,弗娜把孩子们全都叫回家里吃晚饭。桌上摆满了佳肴:有自制的腌火腿,上面涂满桑迪的烈性苹果酒,有烤笋瓜,有堆成山高的抹着泽西奶油的土豆泥,除此之外,还有一盘烤鹧鸪肉,配上野樱桃果酱,烤肉表皮闪闪发亮,像是上了一层釉。

开饭前,弗娜把大伙儿召集到院子里,将堆积的垃圾清理干净。一家人齐上阵,喊着号子,将桑迪那辆一九五二年的雪佛兰汽车残骸拖了出来,缠在车身上的还有断裂的细铁丝网、腐烂的篱笆桩,以及布满坑洞的油罐。吃过晚饭,德尔温开车把这些破烂运到了垃圾场,并按照弗娜的吩咐,带回一台全新的割草机。

第二天,弗娜来到小溪边,她把脚伸进水里,寻找着跟自己脚掌差不多大小的球形石头。桑迪将这些石头装进谷物袋里,把它们扛回了家。石头放在门廊处晾晒,待干透后,弗娜把它们漆成了雪白色,并顺着私人车道的方向摆成一排。桑迪看着修剪过后的翠绿草地,望着闪闪发光的白色石头,感受着其中的美。这一切都是拜厄尔所赐,但除了钱以外,桑迪隐约感到还有一些事情他没看透。

但没过多久,桑迪就回过神来:弗娜是不会让他失去这份差事的。每一次狩猎日(对桑迪来说已经成了工作日)来临,当清晨第一缕阳光洒向大地之时,弗娜便早早起了床,她来到庭院里,走在潮湿的草地上,眯起眼睛望向天空,解读全新一天的天气状况。再次回到床上时,她会把冰冷的双脚放在桑迪的小腿肚子上。

"外面阴天了,"她如是说道,"中午可能会下雨。"听到这个消息,桑迪则会怨声载道,因为厄尔不喜欢自己的猎枪被雨淋湿。

"雨水不会把猎枪淋坏吧?"厄尔总是问着同样的问题,即使他明知道答案。

"要是那样的话,就不会有士兵在夏季出征了。"桑迪说道,"回到家之后,把枪上的水珠擦干,涂上一些WD-40,能够祛除湿气,防止腐蚀,你的猎枪就会跟新的一样。"不过桑迪后来才发现,厄尔担心的并不是枪的事情。他只是不喜欢雨水顺着自己的脖颈往下流,或者滴到他的射击护目镜上,把黄色的镜片淋湿,不过他倒并不在意冰冷的雨水流到自己的背上或者额头,也不在乎会有咸咸的雨水从自己的帽檐滴落到嘴边。

两个人踏着潮湿茂密的草地前进,雨淅沥地下个不停,弯曲的叶片在雨中上下抖动。厄尔穿着一条斜纹布裤子,被雨水淋湿后紧紧贴在腿上,看上去像是长了一层起泡的皮肤。一路上,厄尔不停拉扯着已经湿透的衣服,弯成拱形的四根手指和大拇指向桑迪诉说着生气的情绪,他在气这场雨,也在气桑迪,也许他已经气疯了,是时候停止这种疯狂的举动了,他每周消费三百美元,却连一只鸟都没有打中,只换回了一场落汤鸡式的大自然漫步。要真是这样也不错,桑迪心里想道。

但雨还是停了,尚带有一丝水汽的阳光温暖着两个人的脊背。潮湿的空气中,诺亚嗅到了松鸡浓郁强烈的炽热气息,仿佛种在花园土地上的黄瓜藤。诺亚一次次收紧着自己僵硬的四肢,把鸟儿驱赶上天,飘落的雨滴在空中形成一道又一道弧线。但厄尔依旧没能跟上节奏,不过他明确表示自己知道一个人需

109

要花上几年时间才能掌握其中的诀窍。

　　整个狩猎季,厄尔唯一打中的东西,就是那只黏土鸽了。岁末降临,只留下一无所获的厄尔,储蓄在桑迪银行账户里的金钱,还有刻写卜画的白色石头。桑迪觉得一切都已经结束了,今年过得如此糟心,理应和其他糟糕的年份一起,深埋在自己的记忆深处。

　　转过年来,春夏两季,每每想到厄尔的事情,桑迪就会感到浑身一颤。干燥的夏日一直持续到九月,这种天气是松鸡的最爱。桑迪正在给约肯枪的新枪托钻孔。他买了一把全新的雕花锉刀,晚饭过后就一直坐在门廊处,专心致志地加工枪托,顺便等热气消散,他计划着到十月份,天气冷下来之后,自己就一个人出去打猎,那时的树林和田野应该已经变成了光秃秃的模样,土壤也被冻得僵硬。天空渐渐暗了下来,桑迪弓着腰、驼着背,向西边的台阶挪动着身子,想要抓住最后一束亮光;白昼的时间虽然越来越短,但大地经过一整天的日晒,仍然残留着一丝余热。弗娜的脖子周围已经湿透,她手里拿着一张广告传单,用力扇着,不知道是谁把这张纸塞进了他们的信箱。

　　"有车开过来了。"弗娜说道。桑迪停住了手里的锉刀,听着周围的动静。

　　"又是那个厄尔。"弗娜接着说道,虽然还没看清司机的模样,但她认出了厄尔的瑞典萨博轿车。

　　厄尔依旧巧舌如簧,他穿着一件昂贵的狩猎背心,后面设计了一个橡胶口袋,用来存放猎到的鸟,黑色的血渍已经渗进了衣服的缝合线处。

　　"这是妻子送我的。"厄尔说道,接着又给他们展示了自己用来装枪的新皮箱,上面印着厄尔姓名的首字母,以及由三只展翅飞翔的松鸡设计而成的图案。

"饶了我吧,"桑迪想要拒绝厄尔的邀请,"我已经把自己知道的全部技巧都教给你了。而且我再也不想拿你的钱了。"但厄尔并不打算放过他。他现在需要找一个狩猎搭档,还有一条猎犬,而桑迪恰好符合这个条件,当然,厄尔不会再给桑迪钱了。

"不管怎么说,过去的一年里,咱们两个人相处得很融洽。你跟我可以说是最佳拍档,咱们也成了好朋友。"厄尔说道,他的眼睛扫过刚刚刷完油漆的护墙板,"手艺不错。"他夸奖道。

桑迪答应了厄尔的要求,因为他毕竟拿过厄尔的钱。除非这个蠢货决定放弃打猎,否则在厄尔凭自己的本事射中一只鸟之前,桑迪都不得不陪着这个家伙,他觉得这是自己的义务。厄尔可能会因此毁掉自己余生的所有秋季,一想到这儿,桑迪就感到浑身难受。

"我已经恨上鹧鸪狩猎这玩意儿了,"闷热的夜晚,桑迪冲弗娜发着牢骚,"那些白色的破石头也很碍眼。"弗娜知道他真正想表达的是什么。

德尔温有次在商店里撞见了厄尔——他正站在柜台前说着大话,他买了一些蛤蜊酱汁,还有一盒纳贝斯克牌全麦饼干。厄尔身上的狩猎背心胡乱散开着,黄色的射击护目镜悬在胸前口袋里,其中一条眼镜腿伸进了纽扣的扣眼里。

"没错,"厄尔说道,"我们今天取得了不错的收获。算是突破了极限。和我一起打猎的是桑迪,就是你们认识的那位,伟大的老猎手。"

"那家伙并不知道我是谁。"德尔温气冲冲地说道,他在商店时就想对厄尔说一些狠话,但一时又想不出说什么好,于是只好开车回家,现在一个人坐在门廊处生闷气,"你为什么不能把狩猎的窍门告诉他,爸?或者索性打发他几只鸟,让他觉得是自己打中的,不就完了。"

"我也想这么做,"桑迪抱怨道,"哪怕他能打中一只鸟,我也能摆脱他的纠缠,又或者他将兴趣转到别处,不再继续想猎鸟的事情。但事与愿违,我总觉得自己欠了他什么。我从他那儿得到了一大笔钱,而他从我这儿得到的只有一只黏土鸽子。"

"你不欠他任何东西。"德尔温说道。

转天早晨,厄尔再次前来拜访。他将自己的瑞典萨博车停在树荫下,然后不停摁着桑迪卡车上的喇叭,直到桑迪出现在门廊处。

"今天你想去哪儿打猎?"厄尔喊道。但其实这并不是一个问题。在某些方面,厄尔还是要比桑迪强势,"今天最好还是开你的卡车,反正车身已经有了很多划痕。咱们先去一趟'非洲丛林',然后再到'白桦天堂'那边去。"

厄尔给他们打猎的地方都起了充满奇幻色彩的名字。之所以叫"非洲",是因为那片旷野周围布满了长长的黄色野草,看上去很像南非大草原。而"白桦天堂"则得名于诺亚在二十分钟内发现了六只鸟的藏身之所。桑迪打中了其中两只,至于其他鸟,在厄尔把子弹射向桦树顶部之后,桑迪放它们去繁衍后代了。那些桦树其实是灰色的,不过桑迪也懒得去管厄尔怎么说,他只是告诉厄尔这个地方世世代代都被人称作"艾尔高地"。

两个人爬向山上的旧农场,闷热的天气让人感到一阵窒息。天空白茫茫一片。诺亚的反应有些迟缓,风沙灌进了它的鼻子,封住了它的嗅觉。桑迪的衬衣已经湿透,他听见地面传来阵阵雷声,原来这几周的闷热天气都是为了这场暴风雨在做准备。狂躁的鹿虻和蠓虫在两人周围飞来绕去,不停叮咬着他们的耳朵和脖颈。

"该死,暴风雨要来了。"桑迪说道。

万籁俱寂。两个人仿佛走进了画中的旷野,他们在凝固的风景中缓缓前行,在这里,没有鸟儿能飞翔,没有树木会倒下。叶子无力地挂在枝头,脚下的泥土被踩成碎片。

"这样的鬼天气里,你是抓不到鸟的。"桑迪说道。

"你说什么?"厄尔问道,黄色的镜片闪闪发光,好像一对昆虫眼睛。

"我的意思是,暴风雨马上就要压过来了。你看那儿。"桑迪甩起胳膊,指向西边,天空与地平线的交汇处,黑压压的乌云高高隆起,云层之中,隐约可见闪电发出的光芒,仿佛身上的静脉一般。"暴风雨马上就来了,就像一幢房子在眼前着了火。是时候回家了,等哪天再来试试吧。"

桑迪开始往山下走,丝毫没有搭理一旁喃喃自语的厄尔,厄尔觉得暴风雨还有很长一段时间才会飘过来,山上肯定有鸟。真是个死脑筋,桑迪心里想着,一阵酸楚涌上他的心头。

两个人爬下山,一路跟跄地走在干枯光滑的草地上,天空的颜色变得越来越深,不一会儿就变成了脏兮兮的赭石色。阵阵微风刮过,卷起地上的尘土,四周的白杨摇晃着身子。

"也许你说得对。"厄尔说道,他紧赶两步,走到桑迪前面,"暴风雨来得真快。我好像感觉有雨滴下来了。"

桑迪回头张望,越过自己的肩膀,他看见乌云变成了一面黑压压的墙,在空中不断膨胀。狂风阵阵,从山坡呼啸而过,雷声滚滚,不断冲击着大地。惊慌失措的诺亚四处乱窜,它的尾巴紧紧夹在两条后腿中间,它的眼睛一次次寻觅着桑迪的身影。

"我们马上就能回去了,乖孩子。"桑迪鼓励着诺亚。

第一滴雨从天而降,像射出的一发鸟枪子弹,噼里啪啦的暴雨落在二人身上,打到周围的树木,仿佛一个又一个巴掌。白色的冰雹碎片四处乱溅,弹到两个人身上,刺痛着他们的肌肤。桑迪和厄尔跑进一片云杉林,树下有一条狭窄的小路,好像保龄球道。路中间,一只松鸡惊慌失措地从两人眼前飞过。厄尔将猎枪举到臀部,当他开火时,那只鸟早已飞到了八十码开外,超出了射程。就在他扣动扳机的一瞬间,一道闪电在二人身后炸裂。

113

松鸡慢慢悠悠地坠了下去,消失在视线中,厄尔坚信是自己打中了它。在巨大的枪声作用下,他甚至没有听到雷击的声音。

"抓住它!"厄尔冲着诺亚吼道,刚才的雷击劈开了一棵云杉,此时的诺亚止紧紧贴在桑迪腿上。"让你的狗去抓那只鸟!"厄尔咆哮道,他用手指向松鸡坠落的方向。暴雨倾泻而下,浇在二人身上。厄尔跑到鸟儿消失的绿树下,倾盆大雨中,他的手还在指着刚才的方向。"抓住它!抓住它!你个该死的狗东西,抓住我的鸟!"

桑迪走向还在冒烟的云杉,他坚信闪电不会再次落在同一个地方。雷电击中了这棵树的核心,木心已经爆裂,只留下一个空心的圆柱体还在往外冒着热气。炸裂的树皮中,白色的汁液不断涌出。脚边的地上躺着三只死掉的松鸡,它们应该是从这棵针叶树冠的顶部枝权掉下来的。冰冷的雨水中,鸟儿身上冒着缕缕青烟。重重的雨滴拍打着鸟儿前胸的羽毛,让它们看起来好像还留有不规则的心跳。桑迪将三只鸟捡起来,仔细观瞧。他给鸟儿翻了个身,头朝下拿在手里。当雨势稍小一些时,桑迪将衬衣拉过头顶,跑向厄尔躲雨的树下。

"你不用冲我的狗大喊大叫。给你,这是你打中的鸟。一发子弹就射穿了三只,你还真是个了不起的猎手,我从来没见过有人能做到。不用怀疑,你已经掌握了射击的诀窍。"他摇了摇头。

厄尔的眼睛藏在黄色的射击护目镜后,由于下雨的缘故,镜片上全是水波纹。高高的颧骨已经湿透,他的嘴唇无声抖动着。"我就觉得会有好事发生,"他一把夺过鸟,口齿不清地说道,"我就知道今天会有好事发生。我已经做好了准备,是时候迎来一次重大突破了。"

一路上,厄尔都在说个不停,直到两人回到桑迪的卡车上,他还没有闭上自己的嘴巴。他们穿过树林,雨刷器敲打着挡风玻璃,驾驶室中,潮湿的空气混杂着"落汤狗"身上的味道,厄尔依旧在解释自己是如何发现那里有鸟的,他感觉自己射出的子弹在空中将三只鸟穿成了一条线,他看到那些鸟的羽毛像泉水一样飞溅开来。

"我看得清清楚楚,它们就是掉到那里去了。"厄尔说道。桑迪觉得他也许真相信是自己射中的那些鸟,"但是你的狗……"

桑迪将车开回自己的院子,停在厄尔的瑞典萨博车旁,拉好手刹。大片的雨水顺着挡风玻璃往下流淌。桑迪清了清嗓子。

"从现在开始,你走你的阳关道,我过我的独木桥。"桑迪说道,"也许我能从你这儿赚到很多钱,但我决不允许自己的狗被人责骂。"

厄尔得意地笑了起来,他知道桑迪是在嫉妒自己。"对我来说无所谓。"厄尔说道,冒着锤子般的雨点,他跑回自己的车里,怀里紧紧抱着三只松鸡。

天还未亮,桑迪便睁开双眼,他挪了挪身子,往弗娜身边靠了靠。桑迪看见她的鼻孔里飘出白色的雾气。原来是窗户开了一英寸大小的缝隙,冷空气吹了进来。他蹑手蹑脚地走下床,将窗户关上,瞥见了窗外暴雨过后的清新天气。天空逐渐转明,闪烁的星星仿佛云母碎片,白霜覆盖了屋外的草地,私人车道上的石子也仿佛像是披上了一层新衣。路面的水坑被冻得结结实实。今天将会是寒冷而又晴朗的一天。桑迪回到温暖的床上,想起那三只已经被雷电烤熟的松鸡,当厄尔给它们清理内脏时,嘴里又会念叨些什么呢?一想到这儿,他不禁笑了起来。

掩于深坑

"布鲁,"母亲唤道,她的模样看上去好像裹了一层印花包装纸的查尔斯·劳顿①,"你能帮我个小忙吗?"餐桌上放着一顶陶瓷材质的墨西哥宽边帽,她将烟灰弹进里面。母亲身边胡乱堆着几张报纸、几本杂志、几封信件,还有一些账单,一旁的报价单上写着能在二十四小时内将照片冲印好,能提供信用卡丢失保险等内容,除此之外,周围还散落着一些广告传单和文件。母亲头上的白发乱成一团,仿佛狂风呼啸过后的云朵,一双眼睛没有什么特别之处,和问候卡片上用蜡笔描绘的兔子眼睛差不多。布鲁看见母亲上臂挂着厚厚的肥肉,从她的鼻孔中喷出一圈又一圈烟雾,他将视线从母亲身上移开。

"稍等片刻。应该就在这一堆里,上面全是拼写错误。"她在一堆信封里翻来找去,"找到了,在这儿,看看治安官都写了什么,嗯,嗯,前面我就略过了,信上说,来了一群破坏分子。这些家伙闯进咱们家的帐篷房,把椅子和家具都扔到了悬崖下面,他们把碟子摔烂,把窗户打碎,但没人知道他们是谁。"她把信塞到咖啡杯下面,信纸碰到方糖渣,发出咯吱咯吱的声音。

"布鲁,麻烦你花上几个小时,开车去那儿一趟,看看房子现在的情况有多糟,你可以装把锁,或者干点什么。重温一下你

---

① 查尔斯·劳顿,演员,生于英国,1950年加入美国国籍,代表作包括《控方证人》《叛舰喋血记》等。

的童年时光。"她张开嘴,略带嘲讽的声音和烟雾一并从中吐出,"那可是一段欢乐的日子,你住在阁楼里,而我和你爸每天都在楼下吵得不可开交。"

布鲁的思绪被带回那间干净整洁的帐篷房,金色的月光照进厨房,银色的锅碗瓢盆挂在钩子上,蓝色的百叶窗,还有编织地毯上又窄又密的螺纹装饰,跟母亲现在住的公寓截然不同,这里的椅子上胡乱堆着母亲参加狂欢之夜所穿的衣服,鞋子像死鱼一样四散周围。母亲察觉到了他脸上的表情。"那段日子,我真不知道自己是怎么熬过来的,我把每样东西都整理得干干净净,成天弯着腰,守在沙丁鱼罐头一样大小的水池旁。亲爱的,我真不知道自己是怎么熬过来的。"她将一沓信封抛向空中,任由它们散落下来。

"你真是个疯女人,妈妈。"布鲁说道。

布鲁此行的目的是为了让母亲看看妻子格蕾丝,还有养女邦妮的照片。画面中的游泳池、小小的邦妮、站在她身旁的小矮马,还有格蕾丝色泽艳丽的头发与指甲,无不在彰显布鲁是位成功人士,多年来,他重复着一次又一次失败,但如今的他终于事业有成。他的生活迎来了全新的开始,他通过参加自信心训练课程重塑了自己,在与人交往时,他学会了如何注视对方的眼睛,学会了如何紧握对方的双手,学会了如何让对方顺从于自己的意志。他靠毅力减掉了十八磅,将瘦下来的自己装扮得风度翩翩。他戴着一顶黑色波浪形假发,搭配肉嘟嘟的脸和绵羊一样的长嘴,看上去活力无限。

他有两周时间来处理所有事情,包括旅途往返、给母亲送照片,以及对自己的曾经来个"全面检修"。上一次和母亲见面还是七年前在拉斯克鲁塞斯城举行的葬礼上。那天母亲迟到了,她是从机场直接赶过来的,她下了一辆摩卡咖啡色的豪华轿车,身旁跟着一位陌生男子,男人穿着一双米色的牛津鞋。仪式结束后,她走过来拥抱布鲁,跟他寒暄:"总算是结束了,真是谢天谢地,不过我想你父亲应该挺喜欢这样的。"说完便再次钻进那辆豪华轿车,在车窗边摆手说再见。格蕾丝站在布鲁旁边,身体僵硬得像一根晾衣杆,她感觉自己被羞辱了,因为压根就没人介绍她。

除了照片,布鲁还给母亲带来一捧龙胆花,浓烈的海洋之蓝,是越过陆地尽头的颜色。母亲将花放进一个罐子,盛满水,并加入一片阿司匹林,试图让它们恢复生机,但历经长途跋涉,花的根茎现在无力地蜷缩成一团,收拢的花瓣紧紧闭合。但不管怎样,布鲁至少把花带到了母亲面前。

当天晚上,布鲁睡在了沙发上,尽管他想赶快入睡,但烟灰缸散发的酸臭味搅得他头痛欲裂。他感觉自己的身体还在嗡嗡作响,好像仍然置身于晃动的飞机。公寓里充斥着令人讨厌的东西:门厅的壁橱地板上,一双又黑又长的雨鞋躺在那里;厕所马桶的水箱上,几本《拳击新闻综述》放在上面;橱柜里还有咖啡专用的马克杯,上面印着"亲密爱人"几个字。布鲁将烟灰缸端到厨房倒掉。他收拾东西的声音有点大,母亲走进厨房,硕大的身躯看上去仿佛一张卷起的床垫。

"哟,我来瞧瞧你在干什么。"母亲拿腔拿调,那是她通常用来跟布鲁父亲交谈的语气。

转天早晨,镜中的布鲁又恢复了往日的神采,看上去意志坚定,似乎也是为了证明这一点,他做起早饭。当母亲还在厕所洗漱时,他就已经将火炉清理妥当,把台面擦洗干净。两个人共进早餐,他们坐在胶木桌前,如浓稠蜂蜜一般的阳光洒进来,流淌在餐桌表面,吐司面包掉落的碎屑留下几道长长的影子,像一根根铅笔。"我去帐篷房那边看看情况。"布鲁说道。他微微一笑,没有露出牙齿。他觉得这是一个好主意,既远离了那些死掉的龙胆花,又不用再看见橱柜里的马克杯。

"我希望自己这辈子都不会再有机会回到那里，布鲁。"母亲注视着布鲁，仿佛眼前的儿子是一位占卜师，刚刚把收到的占卜费放进口袋，"布鲁，仔细检查检查房子的状况，然后估算一下，如果挂到市场上能值多少钱。那幢帐篷房还连着三英亩的土地。"

　　布鲁租了一个睡袋和一双雪地靴，买好厕纸、煤油、火柴，还有美味摩尔系列红烩牛肉罐头。

　　"我的老天爷，"母亲咬着牙说道，"那边有卖东西的地方，你又不是没去过。那里又不是《黑色非洲》①。"但布鲁还是向他母亲展示了自己小心谨慎的行事风格，他将沉沉的行李打包好，塞到车子底下。

　　下午晚些时候，布鲁将车停在通往帐篷房的小路上，两旁的云杉树影倾泻而下，仿佛黑色的流水，布鲁跪在积雪的地面，扣好雪地靴的带子，抬头望向主干道，他看到有什么闪闪发光的东西在做圆周运动。一个高高的黑影和大地成某个角度倾斜着，似乎是一个黑色的人影，在一根细细的棍子上保持着平衡，慢慢地，棍子弯曲成了弧形，原来是一个人在努力地蹬着自行车，他的膝盖上下起伏，仿佛单人赛艇运动员手中的船桨。

　　自行车越靠越近，布鲁看清了车上的人——脸颊的肌肉已经松弛，白色的胡楂点缀在周围，耳朵红彤彤地扭成一团，仿佛被煮了一样。骑手爬上山来，一路向天边而行，好像一只风向标，精巧的轮子在随风摆动。骑手抬起一边的手，慢慢地将手中的纸袋送到嘴边，紧接着就消失在山的另一边，仿佛淹没在柏油路中。

　　应该是那帮老家伙中的一员。布鲁知道有那么一群人，他们骑着儿童自行车，车下是宽宽的轮胎，扶手的纹样已经褪色，

---

① 1936 年的美国系列电影。

他们骑行在公路之上,擦身而过的汽车卷起阵阵旋风,在酒精的作用下,这些人的脸上闪着耀眼的光。

他只花了一刻钟左右就抵达了帐篷房,这让他觉得有些不可思议。小时候,帐篷房似乎是深藏于丛林之中的秘境,是一处偏僻之所,需要一路披荆斩棘,穿过黑暗的树林隧道才能到达。此时此刻,在雪地反射的白光映衬下,物是人非,满目疮痍,帐篷房像是被拴在了一条脏兮兮的绳子上,一路被人拖行走过艰难的岁月。周围布满矮小的云杉或冷杉。一切都比之前看上去小了许多,让人没了当年的兴致。

走进帐篷房,地上的丁香被人踩碎,散发出令人悲伤的气味。棕色的沙发被人打开,摊成一张床的模样,壁炉里残留有一小撮煤灰,外加一只死掉的鸟。布鲁回忆起曾经,每当他们要住进帐篷房,总会在壁炉里发现一只死鸟。他将失去生命的小鸟扔到外面,尸体悄无声息地落到积雪之上。

他爬上楼梯,来到阁楼,这是他小时候的房间。窗台上散落着死掉的苍蝇,如今干枯得只剩外壳,僵硬的苍蝇腿儿仿佛涂了一层蜡的细线。薄暮笼罩下来,明亮的淡黄色在布满灰尘的窗格玻璃上晕开。布鲁小时候的简易床仍旧躺在西面的窗下,这是它一直以来的归宿。这片阴冷的角落是他人生中第一个孤独的居所,未经雕琢的房间孕育出布鲁的信仰:从小他就坚信,自己将来可以成为任何人。他吐出一团团白色雾气,像一个个幽灵幻影,在无声地宣告什么,在阁楼待了一会儿,他便走下楼梯。

来到厨房,布鲁打开他的行李。屋里只剩下了一张椅子,他纳闷其他的都去哪儿了。那些破坏分子把丁香和胡椒撒得满地都是,一脚踏上去,仿佛踩在了甲壳虫坚硬的背壳上。地上散落着盘子的碎片,碎片上还绘制着花蕾图案,旁边是一个圆形杯柄,盖在木质地板的节孔上,看上去好像瓷质的单片眼镜,布鲁将地面清扫干净。火焰点燃了发黑的灯芯,黄色的光晕照在墙上,一股幸福感油然而生,空气中弥漫着燃烧的灰尘与灼热的金属混合而成的味道。

翌日清晨,在一片令人耳鸣的寂静中,布鲁睁开了眼。身旁叠好的衣服上躺着他每天都要佩戴的假发,看上去像一只熟睡的土拨鼠。他起身下床,两只脚踩在熟悉的地板上,来到厨房,冰冷而纯净的阳光照在手上,像流水淌过。他热了热罐头里的红烩牛肉,啃起带来的白面包,这里既没有能够加工食材的锅碗瓢盆,也没有烤面包机。

他来到屋外,仔细检查起帐篷房,看看哪里沾上了污渍,哪里出现了裂纹,哪里的木瓦已经弯曲翘起。他觉得靠自己就能把这些地方修缮好。等到了夏天,他就可以带着格蕾丝和邦妮回到这里。邦妮可以睡在阁楼的小床上。他掏出一直放在衬衣口袋里的笔记本,在纸上列了个清单,写下必须要做的事情。

帐篷房的后面是一处小小的悬崖。布鲁来到崖边,向下张望,他看到了埋在积雪中的椅子,椅子腿儿一个个向上竖起,插在雪中的还有一口平底锅,锅身的弧线看上去仿佛一轮冉冉升起的黑色月亮。刀叉好像许多条银色的小蛇,它们一头钻进雪中,身影消失不见,只留下一个又一个狭窄深邃的孔洞。

一日之计在于晨,布鲁拿上一把园林耙,来到悬崖下面的深坑,清理起周围的积雪,他拿回几口煎锅,找到一个狗食盆——那是家里死掉的狗曾用过的东西,除了这些,他还发现了一把方糖夹。积雪之中,布鲁清理过的地方形成了一处深深的、诡异的蓝色空洞。园林耙钩住了一个生锈的牛奶罐,当他再次敲击雪地,试图甩掉罐子时,交织在一起的两幅画面同时涌入他的脑海,就像在海上并肩航行的两艘海盗船:其中一幅是那个骑着自行车的男人,另外一幅则是拿着牛奶罐的菲茨罗伊先生。

在布鲁的童年时光里,父亲每天傍晚都会开车到菲茨罗伊先生的谷仓里,买上一罐甜甜的牛奶,这些牛奶是从一个大大的奶池里舀出来的,颤动的液体散发出碎草和雨水的味道。菲茨罗伊先生会把罐子递给布鲁。密封用的金属盖子固定在罐子的颈部,随着金属慢慢冷却,一个形状完好的银色露珠就出现了;布鲁会用手指甲在露珠里刻上自己的名字,虽然不久之后便会消失不见,有时他还会画上大山、旗帜,以及三角形状的猫脸。

加工牛奶的操作间里装了一个水龙头,菲茨罗伊先生每次洗手时都会把双手伸进滚烫的水流里。挤完牛奶,他会走到门廊,坐到菲茨罗伊夫人身边,拉起手风琴,演奏《西班牙女郎》。彼时的菲茨罗伊夫人则对着几块木头又切又削。窗台边摆放着她雕刻的木头动物,其中有一条卷尾小狗,还有一只脸部尚未完工的动物。夜晚的灯光在两人身后闪烁,玻璃窗上,飞蛾扑来,菲茨罗伊夫妇的身形看上去仿佛缩小了一般。布鲁和父亲坐在车里,他们摇下车窗,一边聆听乐曲,一边拍打双手驱赶蚊虫,听上去好像稀稀拉拉的掌声。

布鲁猜测那位老夫人现在应该已经故去,现在的菲茨罗伊先生只能独自一人面对那些牛奶瓶。

布鲁拟好了清单:接通电路;给拉斯克鲁塞斯城的格蕾丝打个电话;更换三块窗格玻璃;采购玻璃密封胶、擦洗粉、海绵、墨菲牌油性香皂、新扫帚,还有几只挂钩;重新挂好锅碗瓢盆。布鲁的眼睛扫过水槽边,铺在上面的油布已经开裂烂掉,他又提笔写道:瓷砖、黏合剂、泥铲。现在有足够的时间来完成这些事情。

布鲁驾车行驶在主干道上,映入眼帘的风景令他厌恶,这个村庄总给人一种僵硬呆板、冷酷无情的感觉,周围全是硬邦邦的树木,岩石被冰霜冻得支离破碎,整座峡谷笼罩在一片阴影之下。通往康科购物中心的道路百转千回、蜿蜒曲折,像极了人类的肠道,道路的一边是溪水,另一边是倾斜的峭壁。公路上有一摊血肉模糊的东西,沾着动物的毛发和软骨组织,几只乌鸦正在享用美餐,看到车子疾驰而来,它们扑棱着翅膀四散开来,还未等车子走远,便又急匆匆地落回原处。云朵铺满天空,一切都充满原始的自然气息。布鲁开车经过一座桥,他看见一辆自行车斜靠在护栏上,像一头疲惫不堪的动物。

又往前开了一英里,布鲁撞见了菲茨罗伊先生,他穿着一件老式的工作服,裤子样式十分简单,裤腿很肥大,听到布鲁汽车的声音,他举起手。布鲁停下车,打开车门。

"你好呀,菲茨罗伊先生。自行车出了什么问题?"

"没什么。老毛病了,总是在同一个地方发生故障。谁叫坡道这么陡呢。"听到一个陌生人叫出自己的名字,菲茨罗伊先生似乎并不感到惊讶,他没有看向布鲁,而是直勾勾地盯着远方的高速公路,前面就是购物中心,他的眼睛好像罗盘上的指针,一直指向北面。布鲁把菲茨罗伊先生请上车,两个人一路无言。到达购物中心后,布鲁说道:"大概一小时后我会开车回帐篷房那边,如果你想让我载你一程,那我就不锁车门了。"老人含糊地说了句"感激不尽",接着便走向购物中心的旋转招牌,招牌上写着"全天候供应哈利瓶"。

但布鲁花费的时间远远超过了一个小时。打给新墨西哥州的通话时间很长。每个人都很想念他,电话另一头的格蕾丝对布鲁如是说道,但当布鲁说不要将邦妮画给奶奶的"特别作品"寄来时,她的怒火立刻被点燃。

"她一点儿也没有个奶奶的样子,格蕾丝。"布鲁没敢告诉她实情——那些照片现在还在自己的行李箱内,母亲也还没看过身穿小小黄色浴衣的邦妮,以及她骑在斑点马上的照片。他在电话中没有提及母亲架子上的马克杯,而是一直在说修缮帐篷房的事情。

"什么样的帐篷房?"浮现在她脑海里的似乎是一帮童子军围在一起歌唱的画面。

"我们从前住过的帐篷房,每年夏天我们都会去那里。"格蕾丝说的话句句带刺,布鲁把溜到嘴边的话又咽了回去,他本想夏天的时候带她们到帐篷房去住。

"听起来可真有意思,"格蕾丝说道,"你一路长途跋涉跑回东边,结果就是为了修一间破帐篷房,还是为了那个女人,她压根就没把自己唯一的孙女放在心上。"格蕾丝让邦妮接过电话。布鲁答应会给她带两份礼物回去。

"我喜欢你不在家的日子,"邦妮说道,"因为我们每天晚上都可以吃炸鸡。"

"好吧,那我就只好吃自己买的'美味摩尔'罐头了。"布鲁回应道,在和格蕾丝告别之后,隔着电话,他听到的最后声音,是邦妮吵着闹着要吃炖肉汤。

布鲁穿过一片购物车的海洋,回到车上,这些冻得冰冷的购物车散落在广场四周,像矗立在冬季牧场上的野兽。刺骨的寒流袭来,好像有一双手将斑驳的天空拽了下来,压到人们身上,路上的行人弯着腰,裹紧了身上的棉外套,拖着沉重的脚步,踏着橡胶靴子前进。

"老天,我差点就要自己回去了。"菲茨罗伊先生说道,他吐出的每个字都带着浓烈的酒气。布鲁发动车子,心想要是他现在点燃一根火柴,这里势必会燃起一场大火。时间刚过四点,但暮色已悄然降临,两人身后,购物中心的灯光还未完全消失,但天空已经转入了黑暗。

"你看上去很眼熟,我应该记得你的名字,但是我忘记了。"菲茨罗伊先生说道。布鲁说出自己的名字,帮他回忆了牛奶罐和手风琴的往事,提到菲茨罗伊夫人时,布鲁说话的腔调变得悲伤起来,为接下来有关疾病与死亡的话题做足准备。"我记得她以前经常雕刻木头模型。"

"看来你对她一点儿也不了解。"老人说道。他从脚底的袋子里拿出一罐纸盒包装的橘子汁,倒进还剩下一半的威士忌瓶中,他轻轻摇晃着瓶子,先是递给布鲁,问他要不要来一些,接着自顾自地喝起来。

"这段日子以来,我一直住在那间牛奶棚里。"菲茨罗伊先生说道,"几年前,我们的房子被烧毁了,现在看来,住在牛奶棚倒是个不错的选择。奶牛也都死光了,我每天都睡得很晚,没事就看看电视,我过了一段惬意的时光,但是,你知道的,我厌倦了这种生活。这里的人都不怎么样,那些山下来的新住客总是会将车子开离主干道,然后叫你免费帮忙用拖拉机把他们拉回大路上。这帮家伙是不是以为靠烧李子汁就能发动拖拉机。好像只要你有一辆拖拉机,你就特别渴望能用拖拉机把陷进坑里的人拉出来似的。"

菲茨罗伊先生摇晃着瓶子,直到两种液体充分混合,冒出泡沫,他又喝上一口。"手风琴也在大火中烧焦了。不过令我惊讶的是你竟然还记得。我真希望那间牛奶棚能再大一点儿。现在我有了一些固定的同居伙伴。我从电视上看到有一群人正在寻找居住的地方,他们刚刚出狱,现在无处可去。我给他们写了一封信,告诉他们我虽然不是太富裕,但我愿意与他们一起分享。"他的语气变得充满力量,言语中透出一种自我欣赏的态度,"看见没,我跟那些揪着人们过去不放的家伙不同。不说这个了,电视台把信给了那些刚刚出狱的伙计,让他们自己决定是否要来我家暂住。我之前曾收留过几个人。现在还有一位住在牛奶棚里,名字叫吉尔伯特,我们两个相处得还不错。"菲茨罗伊先生的眼角布满鱼尾纹,他用余光看向布鲁,"我不会揪着任何人的过去不放。"

布鲁将车停在桥边,菲茨罗伊先生的自行车还靠在护栏上。他抬起自行车,扔进后备厢,拿出一根拉力绳,将车后盖拴牢。

"其实我真正想做的事情,"菲茨罗伊先生一边说着,一边轻轻转着手里的瓶子,瓶中的液体形成一个旋涡,"是把我住的地方卖了,然后离开这里。我和吉尔伯特想到西部去淘金。给你看看这个。"他费力地从口袋里掏出钱包,打开车上的储物箱,借着微弱的灯光,在钱包里搜寻,最后找到一张小纸片。布鲁看见纸条上面写着:"每月只需三十九点五美元,就能在科罗拉多州拥有属于您自己的土地。"

菲茨罗伊先生凑近纸条,流利地背起上面的文字,熟练的程度像已经读过了一百遍:"'零首付、免利息,遍布在狂野的水牛台地,是属于您的独享天地。这里能让您远离一切烦恼。到这里来吧,来拜访天空之州;到这里来吧,看野马在灌木蒿中自由漫步;到这里来吧,来呼吸从未被污染过的空气。'"

"你们怎么解决用水问题?"布鲁问道。

"用水问题!如果有必要的话,直接钻口井不就得了,或者找一处新鲜的泉水。跟着那些野马的踪迹,看看它们在哪里饮水,哪里就是你的水源。"

"好吧。"布鲁随口应道,浮现在他脑海中的,是一片焦干贫瘠的土地,土壤中生长着一簇又一簇丛生禾草,每一簇都相距甚远,看上去像是印在壁纸上的重复图案,没有水源的土地毫无价值,而那里到处都是毫无价值的土地。

灯光照亮了牛奶棚的窗户,菲茨罗伊先生走进屋内,没有关门,布鲁将自行车从后备厢里解放出来。

"进来跟我的室友问个好。"老头子朝布鲁喊道。

巨大的不锈钢奶池已经不见了踪影,取而代之的是一堆奇形怪状的家具和发霉的床,还有一张圆腿桌。桌上胡乱堆放着几张报纸、几个啤酒罐,以及一些脏兮兮的盘子,在这些乱七八糟的东西中,一台烤面包机闪闪发光,机器侧面装饰着鸢尾花图案,布鲁一眼就认出了它——这是他们之前在帐篷房里使用的旧机器。

他回忆起小时候,自己有一次想用这台机器烤一个芝士三明治，但面包着了火，这台由铬金属制成的机器顿时黑烟滚滚，像被点燃的轮胎。父亲和母亲在一旁大吼大叫。母亲用毛巾拍打着空气，朝自己大声嚷嚷："你个小王八蛋，竟然用烤面包机做三明治！"一旁的父亲也在大声叫骂，言语像泥块一样扔到母亲身上："你有什么资格说这话？这孩子长这么大见过像样的饭吗？除了玉米片就是罐头汤！"母亲用尽全身力气将烤面包机扔了出去，但父亲接住了机器——接住了滚烫的、还在冒烟的烤面包机，融化的芝士滴落，在地板上画出一个圆圈。布鲁跑上阁楼，哭得声嘶力竭，好像那个芝士三明治是这个世界上最后一块，楼下的吵闹声还在继续，棕色沙发传来嘎吱嘎吱的声响，好像两个人要将它扯断。转过天来，父亲的手上缠满了绷带，但烤面包机仍然能够正常运转，于是他们就这样继续用着。

"见过吉尔伯特。"菲茨罗伊先生介绍道。屋里坐着一个人，灯光从他身后照来，布鲁有一瞬间感觉这个人的轮廓似乎是被一团火包围，吉尔伯特戴着一副圆圆的眼镜，镜片闪着微光，看上去像钢圈一样。听到声音，吉尔伯特摇晃着椅子腿儿，看向布鲁这边。他有一头褐色卷发，从头顶开始分成三股。一张僵硬的脸像被烤过的饼干，一双黄色的眼睛目光呆滞，仿佛一只母鸡。

吉尔伯特伸过柔软而滚烫的手。他的脚下穿着一双昂贵的牛仔靴，鞋跟是明亮的绿色，这可能是他出狱后给自己添置的第一个物件。布鲁打量着吉尔伯特，很快就看出眼前的这个人曾经有过很多次失败经历。

"你怎么花了这么长时间？"吉尔伯特对菲茨罗伊先生说道，他的语速很快，嗓音很尖，听上去像金属发出的动静，"我既没有自行车也没有汽车，所以只好坐在这里等你回来，不过无论你想做什么事情都好。"

菲茨罗伊先生的声音则显得温柔许多。"不要小题大做，我这不是回来了嘛。来一小杯好喝的啤酒怎么样？"吉尔伯特伸手接过还在冒泡的啤酒罐。老头子又拿了一罐给布鲁,但被他回绝了,他说自己该走了。帐篷房那边还有好多事情等着他去做。

布鲁关上门,心里还想着那台烤面包机,他很高兴自己终于可以离开令人窒息的牛奶棚,这间肮脏的小屋是那两个家伙失败人生的最好见证。

然而当天晚上,布鲁却失眠了。松林间的风呼啸而过,听起来像混杂着呼吸声的口琴演奏。过了一段时间,他终于感觉有点迷糊了,但紧接着,他又听见头顶阁楼处传来老鼠窸窸窣窣的声音,那台烤面包机也再次浮现在他眼前,像一颗铬金属材质的彗星坠入他的脑海之中,然而没过多久,他的脑子里又蹦出一个计划：他要把阁楼重新装修一番,把这间看起来阴冷凄凉的小屋改造成一个小型工作室。想着想着,他的思绪又被烤面包机扰乱。他想象着吉尔伯特把盘子摔向地面的模样,想象着那个男人看到东西被打碎时兴奋的样子,想象着那个家伙偷走烤面包机的情景。这个世界上就是有那么一群家伙,他们以破坏东西为乐。楼上的阁楼可以分隔成一间卧室、一间客厅、一间小厨房,再打上几个壁橱和衣柜。墙壁用石膏板隔开,漆成奶油色,然后在屋顶处开个天窗,还要摆上一张铜床,铺上蓝色的床单。吉尔伯特偷走那台烤面包机的原因是因为它闪闪发光,而不是因为自己想吃烤面包。布鲁就这样胡思乱想着,他回忆起从前,烤面包机摆在桌上,灯光打在机器的曲面上,那幅画面显得如此富丽堂皇。布鲁告诉自己,吉尔伯特偷烤面包机的原因,也许是因为那台机器让他想起了自己年轻时被人偷走的轮毂,想着想着,布鲁终于睡着了。

第二天,布鲁更换好帐篷房的窗格玻璃,接着擦起地板,对烤面包机怀有的怨念逐渐消散。他用钢丝球擦拭着锅上的污渍,锅的表面已经发黑,还留有许多凹痕,他花了几个小时才让这些旧金属的表面重新泛起一层乌黑的亮光,看上去像是黄昏时分池塘里的青灰色水面。

又过了几日,天空下起太阳雪,布鲁此时正在修理楼梯,他粉刷着百叶窗,接着将新买的木瓦钉在屋顶上。看到雪落了下来,布鲁立即将伸向房子周围的低矮树枝修剪干净。

修补工作并非一帆风顺,中途总会出些小状况。闪着金属光泽的钉子有时只需轻轻一敲,就会深深地扎进木板之中,好像下面的木头已经烂掉了;干燥老旧的百叶窗轻得像纸板一样;布鲁将色泽鲜亮的木瓦钉在破损的屋顶,至于那些已经开裂且看上去支撑不了多长时间的地方,他也打上了补丁;他锯开树枝,中间的木心都已经变成了黑色。但不管过程多么艰辛,帐篷房最后还是修缮一新。布鲁看着自己的劳动成果,喜不自胜。

距布鲁返程的日子只剩下几天时间,收音机嘈杂的声波中传来暴风雨的消息,狂风与大雪正沿着海岸线螺旋式前进。卡罗莱纳州已经被冰封到了极点,新泽西州也早已遭受暴风雪的侵袭,火车停在厚厚的积雪中动弹不得。听到这个消息,布鲁心中突然涌起一股压抑不住的开心与激动。这场暴风雪正好可以考验一下刚刚修好的帐篷房,还能测试自己在危险环境中的生存能力。他又列了一份清单,在上面写下战胜这场暴风雪需要准备的东西。他写下的第一个东西就是"烤面包机"。

他已经能闻到暴风雪即将到来的气息,仿佛潮湿的铜钱散发出的金属味道。昏暗浓郁的自然光笼罩下来,布鲁点亮水槽上方的电灯泡,微弱的白炽灯光渐渐失去亮度,像流入下水管道的污水,慢慢消失不见。

布鲁夺门而出,急急忙忙上了车,他要赶在暴风雪来临前办好所有事情,然后返回这里。

他敲响牛奶棚的门,在屋外等了很长时间,菲茨罗伊先生才打开屋门。老人的眼睛红得像圣伯纳犬,嘴部的肌肉松弛。他穿着一件长长的法兰绒睡衣。

"我想拿回那台烤面包机。"布鲁说道。他的语气很坚定,但并不生硬,充满了安静的力量,这是他在"从信念中获取力量"这一学期的课程中学到的。他努力想要看着菲茨罗伊先生的眼睛,但对方的目光却转向树林的方向,好像那里有什么东西似的。

"我不会向治安官告发吉尔伯特的,我不会说他是如何闯进我的帐篷房,把那里搞得乱七八糟,除非在有必要的情况下,现在,我只想拿回我的烤面包机。"布鲁说道。他想闯进牛奶棚,但菲茨罗伊先生用双手撑着两边的门框,堵住了他的去路,他的眼睛仍然看向别处,好像天空上写着接下来应该怎么办。布鲁拉扯着老人的双臂。老人的胳膊像捆在一起的绳子,坚硬得如同桤木树枝。布鲁上下摇晃着老人的胳膊,来回扭转着老人的臂膀,先是集中火力朝一边进攻,接着转向另外一边,终于,在布鲁的猛烈攻击下,菲茨罗伊先生整个人都瘫软下来。

"吉尔伯特!"老人声嘶力竭地喊道,像是刚做了一场噩梦。但吉尔伯特躺在他和菲茨罗伊先生分享的床上,盖着被子,睡得像条死狗,一直到布鲁夺过烤面包机,将它搬到车子上,吉尔伯特也没有动一下。车子射出的光照在老人湿润的嘴唇上。

来到超市,布鲁采购了许多本不该买的东西:棉花糖、可可粉、奶油点心、杏仁挞、速冻柠檬派、面包、黄油,还有一罐草莓酱,他准备用来涂在烤面包上。

回去的路上,坠落的雪花敲打着车身,雪越下越大,挡风玻璃前的厚厚积雪挡住了雨刷器的去路。每次拐弯,车子都会打滑,布鲁吓得浑身发抖,几经周折,车身才终于又回到正轨。暴风雪在不断嘶吼,风雪落向云杉树,飞过针叶林,布鲁的胳膊挽着购物袋,拖着沉重的步伐,吃力地向帐篷房走去,雪花敲击在袋子上,发出咯吱咯吱的声音。

回到温暖舒适的厨房,布鲁插上烤面包机的电源,将面包片塞到里面,他点燃火炉,将椅子拉到附近。暴风雪拍打着窗户,布鲁一片接着一片地烤起面包,将烤完的面包堆到盘中。他取出杏仁挞,调好可可粉,将柠檬派放到火炉边解冻。但坚定的意志力让他最终只吃了两片干掉的烤面包,柠檬派已经解冻,大小有些缩水,这份调和蛋白食物的表面蒙上了一层水汽,仿佛泪滴一般,可可粉上也凝结了一层不透明的东西。

屋外的雪最初是成片掉落的雪花,好像巨大的风车,铺天盖地坠落下来,后来又变成了雨夹雪,银色的斜线击打着大地,随着暴风雪的变化,天色也愈加昏暗。到了晚上,雨水顺着窗户流下,狂风四处乱窜,撕开了帐篷房的伤口。布鲁觉得自己听见阁楼地板那边传来一声巨响,有什么东西掉了下来,好像屋顶裂开了,他爬上楼梯,举着手电,却只看到空荡荡的房间,除了干燥的灰尘和规律排布的影子之外,别无他物。发出声音的,是整幢帐篷房。

次日早晨,他收拾好自己的帆布背包,将地板清扫干净,调整好洗碗布的位置,好让它平摊挂在杆子上。他把那些还没品尝但已经变质的甜品和蛋糕堆在一起,放到盘子上,大踏步地走出帐篷房,阳光透过天空的缝隙照射下来。积雪已被雨水冲刷干净,只残留一些在悬崖岩架的底部,以及树林下面潮湿灰暗的区域。

阳光将积雪融化,悬崖下面变成了令人目眩的白色深坑,布鲁将点心扔了下去,他看见柠檬派落到坑底,碎成了一块块沾满泥土的灰色胶状物。杏仁挞好像螃蟹一样,横着坠向坑底,已经变硬的面包片则如同一个又一个风车,飘向下方的深坑。

深坑之中,一束微弱的光线照亮了某样东西,镀铬的金属曲面,装饰着麦穗的图案,那是一台烤面包机,一半身子还陷在积雪中。那是他们之前使用的烤面包机,看上去还是那样火热,还是那样光芒四射,和那天在厨房里被扔来扔去的时候一样,布鲁一时无法理解自己是怎么把它跟另外一台弄混的。

雄鳟怪人

在索瓦热与里弗斯正式会面前，两个人已经做了一年的邻居。索瓦热与妻子居住的活动板房就位于里弗斯家前方一英里处。后者曾好几次撞见索瓦热的妻子开着一辆吉普经过山脚下的信报箱，女人野性十足的棕色长发乱糟糟地缠在一起，仿佛从头上伸出好几根充满电力的深色电线，她长着一只鹰钩鼻，嘴唇毫无血色，一双黑色的眼睛好像两颗潮湿的石头。而索瓦热则是神龙见首不见尾，他每天早出晚归——黎明未至，他便已驾车离去，距天亮还有一个小时，里弗斯就能依稀听见柔和的引擎声渐行渐远，直至黑夜降临，索瓦热才踏上归途，车辆尾灯闪烁，炽热的光照进里弗斯家的厨房窗户，索瓦热拐进弯道，驶向山坡，身影渐渐消失在林中。每次撞见索瓦热的妻子，里弗斯都会向她挥手致意，脑海中幻想着那些可能发生在乡村邻里间的秘事，回忆起流传在山间的绯闻八卦，他也许还在期待自己也能邂逅更多故事。然而索瓦热的妻子从来没有回应过他的热情，她瞪着一双黑色的眼睛，直勾勾地望向远方的风景。

五月的一天早晨，一切都和平常一样。里弗斯开车去他的杂货店，店名叫作"棕色三月"。索瓦热的妻子正好开车经过信报箱。当他挥手向对方致意时，女人把头转了过去。他做了一个特别的手势，生气地将手指攥在一起，他的父亲经常被人讥笑为"里弗死""立扶死"，还有"不扶也得死"，每当自己生气的时候，他就会摆出这种手势。他捋了捋浓密的白发，瞥了一眼后视镜。镜中的自己看上去也不像一个老糊涂啊。冷静，冷静，他在心里默念，诵起一首中国古诗：

  南山有鸟，
  北山张罗。
  鸟自高飞，
  罗当奈何？①

  臭婊子，里弗斯在心里骂道，看来我们这位住在南山，身披黑色羊绒的乌鹊夫人将邻居的善意寒暄当成了捕捉她的天罗地网。她有没有看到刚才的手势呢？自己的妻子同样骂她是婊子。妻子有一双端庄的手，手指尖尖如白玉。她的工作是将鸟类图案绣在亚麻布上。有一家博物馆还将她设计的作品出版成书，每个图案旁边都罗列了可供搭配的丝绸颜色。其中有麻鸦色——这是一种源自美洲麻鸦鸟身上的颜色，这种鸟很像中等体型的鸽子，羽毛有灰绿色的，也有珍珠色的；除此之外，还有深栗色的丝绸，颜色有点偏浅黄褐色，感觉跟褪色的草地差不多。妻子管自己叫"裁缝匠"，她坐在一张没有扶手的缎面短腿椅上，紧挨窗户，摆出一副工匠姿态。多余的绣针都放在了红木缝纫机的台板上，看上去好像一群鲦鱼。她的手指套着一个金属垫片，丝线在她手中仿佛孩童的头发一般柔顺丝滑，不过那些已经完工的刺绣品总是带给人一种枯燥无味的感觉。

  早晨晚些时候，已经来到店里的里弗斯接到妻子打来的电话。他把老虎钳上的蓝色假蝇②摆放平稳，起身去接电话。屋外刮过一阵南风，闪着微光的树梢被吹得噼啪乱响，好像鞭子抽打的声音。

  "那个该死的女人——"里弗斯知道她在说谁，"那个臭婊

---

① 出自韩凭妻何氏所作《乌鹊歌二首》。
② 飞钓时使用的钓饵。

子,顶着老鼠毛一样的头发,发了疯似的开车冲进咱家的庭院,撞倒了小苹果树不说,还直接碾过咱们的花园,接着将车子开回主路,往山上去了。"

今年是黄金苹果开花的头一年。白色的花朵散在枝头,像飘在树上的蜉蝣。听妻子说,现在这棵苹果树几乎已经被车撞断,树干的上半部分翻了个底儿朝天,几乎快要碰到草坪,仅靠一层树皮与下半部分连在一起。她已经能窥见像靶心一样藏在树干中的核心部分。庭院的地上还残留着四道重重的弧形车辙,那是吉普车的轮胎留下的痕迹。

"那个女人,还有她总也见不到影子的丈夫,"妻子继续说道,她的声音在里弗斯耳边嘣嘣作响,听起来好像有人在弹拨一条打了许多绳结的亚麻绳,"真是一对棒极了的小夫妻。还有,你看上那个女人了,对吧?看上了咱们的邻居。你还真是挑了一个好住处。你就是一个成天只知道钓鱼的酒鬼,连自己都养活不起,现在又多了一帮疯子邻居,没想到我活了一辈子,最后竟落得如此下场。"她把听筒一摔,挂断了电话。里弗斯从妻子的话中听出了诀别。很久以前,她就已经受够了这样的生活,而且总是翻来覆去说着同样的话。

到了中午,妻子又打来电话。线路中仿佛传来雷鸣电闪。是福不是祸,是祸躲不过,里弗斯如是想道。妻子在电话里说她准备搬回城里住,带上鸟类相关的刺绣设计,带上她的针线盒,带上绘有野生蘑菇的水彩画,还有装满维生素片的药瓶。至于剩下的东西,她都会留给里弗斯。他知道对方接下来又要说些什么,他已经听了不下一百遍,她会说自己之前是如何被他的花言巧语欺骗,怎样鬼迷心窍地抛下城里的朋友,跟着他来到这片穷乡僻壤,周围全是充满敌意、说话结巴的本地人,他们蹲在活动板房周围,讲着无聊的蠢话。她细数起里弗斯曾经做过的错事和身上的坏毛病,然后又说到自己已经不再年轻。里弗斯已经得到了他想要的一切,她自己却一无所有。她如泣如诉,自怨自艾。里弗斯很生气,但妻子说的又是事实。在"棕色三月"杂货店里,他有自己的乐趣,这里有为顾客定制的飞蝇钓饵,有已经可以当作古董的钓竿,有从英国进口来的鱼饰,有钓鱼相关的老旧印刷品,还有自己的中国古诗词书。特别是一到冬天,里弗斯最喜欢小店带给他的舒适感,火炉里冒出一股股热浪,做钓饵用的孔雀毛掉落的一簇在地上闪闪发光,周围的箱子里堆着驼鹿鬃毛、野生火鸡翅、野兔面具,还有灰熊颈肉。"棕色三月"——这间小杂货店在一点一点蚕食着里弗斯的退休金,悄无声息地消耗着他在黄金岁月积攒下来的财富,而那些关于秋雾、落叶、流水的凄婉诗词,更是浇灭了他内心最后一丝雄心。他不知道这样的生活应该算作知足,还是无可救药的懒惰。去他妈的刺绣,去他妈的鸟。一个人生活比两个人省钱多了。

黄昏时分,里弗斯回到家中。妻子的车已经没了踪影,整幢房子似乎也变了模样,一种有棱有角的单调感扑面而来。屋外的草坪仿佛被犁过一般,留在地上的可不止四道车辙,而是上百条深深的沟壑。苹果树已经成了一块硬疙瘩,断掉的树枝插在上面,一副无精打采的样子。这样的光景算是妻子的告别仪式吗?还是索瓦热老婆对自己的问候?他会不会一进门就能看见那个小贱人呢?会不会看见她从后面拉着束起的黑色裙子,朝他晃动裙摆,像一只淫荡的雌乌鹊在摇着自己的尾巴?枫树枝条上鼓起一个个嫩芽,透过树枝向上望去,他发现天空好像一只鸽子的胸脯。走进房子,里面空无一人,妻子连一封告别信也没有留下。维生素片和布隆纳医生牌早餐补剂也一并消失不见。客厅的天花板高高隆起,似乎比原来更高了一些,椅子腿儿的造型也显得更加优雅,窗玻璃明亮夺目,持续折射着屋外逐渐转暗的阳光,似乎推迟了夜晚的来临。红色的车尾灯爬上山坡,是索

瓦热回来了。房间里还残留着妻子身上的香水味,似乎还会持续很长一段时间。他想起李白的一首诗:

……
香亦竟不灭,
人亦竟不来。
相思……落,
白露点……苔①。

他装模作样地抽泣起来,不过是因为李白的诗句,而并非因为妻子的离开。车前灯射出的光线从山上传来,索瓦热又将车子开回了山下,黄色的火炬穿过硬木林,点亮了东方,车子似乎来了一个急转弯,光线猛地转向西方,到了最后,灯光又一路朝里弗斯家的私人车道方向照来。他应该是过来道歉的,为自己的老婆在里弗斯家草坪里留下的那些"战壕"说句对不起,他也可能是过来传话的,替那位不告而别的刺绣工留下最后的消息。

索瓦热是典型的法裔加拿大人,一张脸又长又窄,皮肤和中性鞋油一般颜色,鼻子的形状是专为发出若阿尔语②中的鼻音而设计的。他的眼睛周围有一圈好像淤青的痕迹。他比里弗斯年轻二十来岁。他的手里拿着一张折起来的名片,小小的手指将这张卡片折来折去。

"我家里出了点事情。我要用你的电话,行不?"他头戴一顶黑红相间的羊绒帽,帽身带有格子花纹,这种款式的帽子深受老猎鹿人的青睐,他下身穿着一条棕色斜纹棉裤,应该是工作服,脚下则是一双毛毡面的靴子。"我要用你的电话。"索瓦热又重复了一遍,"我一回家就看见我老婆在吃一只耗子。她也不说话,就在那里吃,耗子皮还在……"说到这儿,他感到一阵

---

① 出自唐代诗人李白所作《长相思》,其中有几个字里弗斯记不清了。
② 未受教育的法裔加拿大人所说的一种加拿大法语。

恶心,想吐,但忍住了。

里弗斯的脑海中浮现出女人苍白的嘴唇慢慢变成血红的模样。索瓦热走进屋内,靴子边落下一颗潮湿的沙砾,掉到地板上,发出几乎听不见的轻微声音。

"她把电话泡在了水池里,里面全是滚烫的热水。我要给她的医生打电话。我老婆现在情况有些糟糕。"索瓦热说话的节奏有一种在唱摇滚乐的感觉。

里弗斯指了指墙上的电话,出于礼貌,他转身走进卧室,关上身后的门。他听到一阵低语,接着传来一阵咳嗽,外面厨房的门被关上。红色的车尾灯渐行渐远,索瓦热又将车子开回山上。

过了没多久,救护车就赶了过来,车辆像一团篝火飞过树林。里弗斯靠在冰冷的窗边,吐出的气息触碰到玻璃,模糊了自己苍老的镜像。外面开始下雨了,是春天的细雨,有益于苹果幼树成长,也有助于鳟鱼幼苗长大。救护车渐行渐远,前灯射出的光照在弯弯的湖面,将废墟草坪上的车辙填满。索瓦热开着自己的卡车跟在后面,像身在一列队伍中的孤独送葬者。

一种劫后余生的感觉涌上里弗斯的心头,就好像在刚刚经历了一场地震之后,受害者看到周围的房屋全都化作碎石瓦砾,而自己的房子毫发无损时的心情。他感受到有一股强大的神圣力量帮他驱赶了这两个住在南山的女人。真好,她们终于也要迎来人生中的悲惨转折了,至于他自己,里弗斯心想,早在几年前就迎来了这一刻——他曾是一个酒鬼,一头躲进玻璃瓶组成的洞穴里,封闭起自己的内心,他的人生太过坎坷,他的身体早就千疮百孔,他的心结已经无法解开,哪怕是用最尖锐的锥子也不行。后来,里弗斯终于找到了逃避这些痛苦与烦恼的方法,他开始背诵起中国古诗,他一个接一个地将人造假蝇钓饵投入流动的河水之中。他感受着诗中描写的情境,仿佛找到了自己与那些留着八字胡的唐代诗人之间微妙的联系,从中得到了慰藉;

他望着流动的深色河水,那些带有羽毛装饰的蜉蝣钓饵飘在水面之上,努力保持着平衡,他的内心享受着此刻饱含忧伤的宁静。

躺在床上,他读起报纸。一名女子遭遇车祸,身体却无大碍,面对采访,她说:"发生在我身上的这一切,让我的宗教信仰变得更加坚定。"报道下面还写着一句话,用来填满整张版面:"梦到鸽子,寓意幸福。"他曾听妻子也说过类似的话,只不过换了一种表达方式,她说:"鸟儿梦中见,阳光天空现。"但话又说回来,这世界上究竟有谁能真的梦到鸽子?是鸟类学家?还是鹰派政治家?比起从美梦中醒来,后者难道不应该满身臭汗地从噩梦中惊醒吗?"要是梦到鳟鱼呢?"躺在床上的里弗斯自言自语道。

当天晚上,里弗斯梦到了乌鸦。那是一只长着红色眼睛的凶恶乌鸦,看上去好像一条岩鲈鱼。这只畜生的嘴里还叼着油光泛亮的人类脂肪,凶残弯曲的喙部像极了一把修枝剪。闪烁着金属光泽的边缘猛地一闪,原本立体的鸟嘴突然变为亮晶晶的绣花针,乌鸦也变成了平面的刺绣图案,伴随着里弗斯熟睡大脑发出的不稳定电脉冲信号,一针接一针地绣着。他醒了过来,心怦怦直跳,仿佛渔网里捕到的鳟鱼。黑漆漆的墙面上,窗户呈现出灰色的矩形模样。他听到山上传来引擎的震动声。索瓦热回到了自己的活动板房。

次日清晨,里弗斯来到"棕色三月",外面还在下着雨。倾斜的黑色槐树伸向斑驳的天空,落在路面的雨滴嘶嘶作响。整个早晨,店里没有一个客人。

下午,里弗斯正在看书,书中讲到清代文学家袁枚的厨师因患病而产生了幻觉,错将阳光当作下雪,就在这个时候,索瓦热走进店里。他的块头比在里弗斯家厨房那天看上去更大了些。

他说自己是专程来为昨晚借电话一事表示感谢。他环顾商店。屋外的雨滴仍在敲打着窗户，但店里十分暖和，空气中弥漫着各种商品的味道：有上好的油膏、烘干的羽毛、烤过的榉木，还有风干的竹子。除此之外，假饵接合剂也散发着令人陶醉的淡淡清香。货架上摆放的中国诗词有一种别样的味道，书中有归来的航船，有水中的明月，还有岸边的青苔。索瓦热的心情看上去很平静，和里弗斯一样平静。雨水顺着窗户向下静静流淌，索瓦热望向远方，决定跟里弗斯聊一些私人话题。

"你听说过黄色湿地吗？"索瓦热问道，他倚着柜台，抬起右腿，换了个舒服的姿势。无论是那位人间蒸发的刺绣工，还是那位已经疯掉的啮齿动物美食家，两个人都不愿再提起。"黄色湿地就在北边的山上。"索瓦热的嘴角泛起坚忍的褶皱。他从祖父那里听来了黄色湿地的故事。老人家在二十多岁时曾在北部乡村的沼泽地带劳作，他砍伐树木，制作纸浆。索瓦热并没有去过那儿，但他听过关于那座村子的奇闻逸事，而且他会用自己特有的魁北克方言，将这些故事添油加醋地重新创作一番，然后再讲给别人听。

"伐木溪""黄水河"，还有"黑水河"，三条支流从布满致命陷阱与断裂地带的陡峭山间激流直下，五十条无名溪水遍布其中。所有的河流最终都将汇入黄色湿地，水势逐渐变得平缓，湿地周围随意分布着泥沼和池塘。黑色的泉水喷薄而出，冒着缕缕青烟，好像流淌在山洞之中的秘密地下河出口。索瓦热低声诉说着，用发黄的手指在柜台上画下一道道看不见的线。里弗斯觉得自己脚下"棕色三月"的地板仿佛化作了流沙。

没错，索瓦热说道，黄色湿地周边的环境十分恶劣。捕熊的猎人常常会在那儿丢掉自己的猎犬。有一次，一辆马车不慎跌落池中，池水深不见底，赶车的人被马拽着，一起掉进了散发恶臭的黑泥之中。湿地那边气候寒冷，常年笼罩着厚厚的迷雾，阴雨连绵,八月时节,沼泽地上的枫树就会落满积雪。露水永远挂在云杉枝头,直到下一场雨再次降临,都不会蒸发掉。里弗斯似乎听到了湿地的声音:积水灌满了整片空荡的北方树林,雨滴落在岸边隆起的岩石之上。

索瓦热向前凑了凑,手指还在敲打柜台,他说,在那些寒冷的、常年被雨水洗礼的河流中,在那片黄色湿地深处的出水口里,有着野生河鳟的踪迹。古老的鳟鱼种群。河水中的庞然大物。据索瓦热说,有的鳟鱼重量甚至超过了八磅。在里弗斯的脑海中,他已经看到了黄色湿地的模样,好像一只巨大的黑色瓶子,他还看见自己站在那里,比一粒尘埃还要渺小,被一股无形的渴望吸入了瓶口。

索瓦热和里弗斯两个人坐在前排座位上,卡车一路颠簸。地形图上标注的集材道如今已化作一片荒野,毕竟上一次地形勘测还是在几十年前。车子两次陷入泥坑,他们砍下一截杨树,作为撑起车子的杠杆,索瓦热将木头插进泥里,里弗斯踩住油门,摇晃车身,旋转的车轮溅起一块块冰冷的泥土。向北前进的路上坑坑洼洼,厚厚的积雪盖在上面。未等他们抵达黄色湿地,前方就已经没有了道路。

"不会要靠两条腿走过去吧!"里弗斯叫道,他还是第一次发出这样尖锐的声音。时间已经临近傍晚,离开温暖舒适的驾驶舱,周遭的空气让人觉得更加冰冷刺骨。索瓦热背着一个小型划艇,看上去像背负了一个十字架。

里弗斯走在前面,身上背着沉沉的包裹,好像随时会把他压倒在地。按理说,走在前面的应该是索瓦热,毕竟六十年前,他的祖父就在这条相同的小路上劳作,但里弗斯已经迫不及待地想要穿过这片湿地。他带着自己用了很久的钓竿,是用加里森地区出产的竹子做的,这是他年轻时最爱的钓竿,充满了各种回忆。索瓦热的钓竿则是折扣店里买来的便宜货。

走了大概半英里的路,两人决定休息片刻。索瓦热点燃一根烟。里弗斯呼吸着周围的空气,感受着腐败树叶与潮湿蕨类散发出来的味道。在里弗斯肩胛骨中间的位置,有一处异常灼热,这份灼热感来自背包里的威士忌,这些酒瓶被包装得非常仔细,埋在了包裹深处。酒瓶好像是滚烫的热水瓶,有了它们的陪伴,里弗斯倍感安心,但实际上,他已经有六年时间没有尝过酒的味道了,为了戒酒,他一直在麻痹自己,说这些酒是具有腐蚀性的碱液,会烧掉他的肝脏,让他失去光明。那个刺绣工曾让他发誓再也不饮酒。他至今还记得那个夜晚,烛光摇曳,自己裸着身子跪在松木地板上,右手紧握,带着强烈的感情,口中念着誓言:从今以后,自己再也不会沾一滴酒,不管是雪莉酒、朗姆酒、啤酒,还是威士忌,他都不会再碰一下。面前的女人身穿一袭冰蓝色的丝绸睡衣,衣服边缘绣有一圈鹰隼,此时此刻,这些鸟儿正弓着身子,露出沾满口水、闪着寒光的牙齿,居高临下地嘲笑着他。

顺着已经看不出模样的小路,两个人继续前行,树叶的缝隙漏出一丝光亮。彻骨的寒意从沼泽地面飘向空中,周围的蚊蝇嗡嗡乱叫。树林间静静流淌着一条小河,苍白的河水泛着微光,一种略带愉悦的孤独感侵入里弗斯的身体,就好像自己正置身于悬崖边缘。他们终于走进黄色湿地。光明逐渐散去,巨大的阴影笼罩住整个水面。水草的颜色转为深黑,仿佛能将万物吞噬。

里弗斯费了很大力气,终于支好了帐篷。西方飘来一大片乌云,天空呈现出深邃的青铜色光泽。一只夜鹰掠过湖面,如同长满羽毛的小船,它扑棱着翅膀,发出百叶窗一样的声音。索瓦热点燃篝火,黄色的火焰在跳动,里弗斯用嘴唇摆出"要不要来一杯"的口型,但并没有说出声。所有的酒都是留给自己的,他还能继续忍耐一会儿。

索瓦热大声嚷嚷着:"明天!留意着大鳟鱼!希望我带的煎锅够大,能放得下这些大家伙。嘿,里弗斯,你觉得这地方怎么样?"

"就像回到了老家。"里弗斯答道。

"我觉得有点毛骨悚然,周围一片黑暗。"索瓦热说道。落下的雨滴坠入火焰之中,发出噼里啪啦的声响。周围的寂静压得人喘不过气。里弗斯想起诗人王籍写过的一首五言诗①,但诗句记不大清了,王籍死于每日纵酒。不过这世界上总有人死得比这还要惨,不是吗?

里弗斯总是喜欢沉浸在过去的时光中,这种习惯使他容易忽视当下。一切似乎都发生在过去:死掉的孩童;夜晚被烧毁的房屋;深秋的公路旁,杨树留下一道道影子;深入骨髓的锥心病痛;无尽的孤独;被满脸胡须的侵略者踩蹋的村落;被折磨的村民;暮色之中、酒席之间,吟唱被遗忘诗句的醉客;伤痕累累的小草散发出的芬芳;空荡的酒杯;奄奄一息的乌鸦无力拍打着翅膀。里弗斯觉得自己就像一只飞蝇,挣扎着,在时间的洪流里飘荡。帐篷里有一股淡淡的霉味,里弗斯在睡觉之前,用手摸了摸那些闪闪发光的酒瓶。雨水落在湿地,打到帐篷上,好像在麦田里工作的脱粒机,钢铁制成的身躯发出轰隆轰隆的声音。

里弗斯的手表指向凌晨五点二十分。冰冷的雾气触碰到他的脸,融化在体温之下。借着黎明的微光,他爬出帐篷。落叶松的树枝好像一条条断臂,浮在雾中上下摆动。黄色湿地就隐藏在层层迷雾之中,潮湿的泥土一路延伸至河流溪水。

---

① 王籍,南朝梁诗人,有代表作《入若耶溪》:"艅艎何泛泛,空水共悠悠。阴霞生远岫,阳景逐回流。蝉噪林逾静,鸟鸣山更幽。此地动归念,长年悲倦游。"结合文中情景,里弗斯此刻想到的也许是这首诗。

里弗斯找到索瓦热,他正跪在一堆云杉树枝前,枯死的树枝已被修剪干净,整齐地摆成金字塔形状,干枯的木心露在外面,弯曲的树皮散落一地。不消一会儿,火就生了起来。摇曳的橙色火球悬在浓雾之中,索瓦热长长的脸上还挂着睡觉时留下的褶皱。和索瓦热正好相反,里弗斯今天早晨既不想烤火,也不想吃早餐,他想立刻动身去寻找置身于黄色湿地中的秘密池塘,寻找等在那里的巨型鳟鱼,观察它们轻轻摆动的鱼鳍,聆听它们弹奏出的水上乐章。

不过索瓦热却想待在外围地带,留在湿地边缘钓鱼。"咱们先留着帐篷,等浓雾散去再说,怎么样?"他建议道,"我看这鬼地方一天里大部分时候都飘着浓雾。你瞧瞧,压根就看不见三十英尺外的东西。"

"这里不过是边缘地带。我们在这儿即使钓到鳟鱼,跟那些大鱼比起来也只不过是跳蚤。"里弗斯小声抱怨道。他口中的大鱼,就隐藏在这片湿地的最深处,这里的道路蜿蜒曲折,仿佛人类的消化系统,也许需要花上两天的时间,才能抵达目的地。"我们得挤出些时间,"里弗斯说道,"咱们开了两百英里的山路才来到这儿,要是只抓回一堆侏儒,那还有什么意义。"

两个人划着船桨,相对无言,潮湿的帐篷挤在二人中间。前方的水道先是变窄,然后变宽,紧接着又变窄起来。越过自己的肩头,索瓦热左顾右盼。未知的海岸线上,植物的影子若隐若现:有云杉、落叶松,还有雪松,相似的树木,单调的风景,但很快便消失不见。

"怎么全是小岛。"索瓦热说道。过了一会儿,他沮丧地叹道:"老天爷,你跟我来这儿还不到一天,但我确信咱们已经迷路了。"

"没有迷路,"里弗斯扯谎道,"我已经标好了所有的方位。咱们沿着主水道航行就没问题。我带着指南针了。"他现在已经无所顾忌,觉得一切都不再重要,只要一路向前就好。柳叶从二人身旁飘过,右边突然传来一阵沉闷的水流声,好像是湍急的溪水汇入了湿地。河狸在这里筑起结实的堤坝,楔形的木棍和树枝交织在一起,两个人吃力地拽着划艇穿过一个又一个障碍。水道蜿蜒曲折,百转千回,湿地边缘长满令人窒息的野草,无数溪流汇集于此,流水叮当,水花四溅。褐色的水面深不见底。里弗斯看见水面下有一块原木在动,他不确定这究竟是这片混浊水域给他耍的小把戏,还是真有一条大鱼在缓缓游动。不过这里确实有鳟鱼的踪迹。他闻到了鳟鱼的气息。鱼苗的味道,里弗斯寻思着,也许顺着小溪的流向就能找到它们,也许还是向深处走一走,在更大的河流里找找看吧。潮湿的飞蝇、黑色的蚊蠓,还有各种飞虫,所有的一切似乎都会被这片湿地淹没,空气十分潮湿,仿佛置身水下,脚下的淤泥好像甩不掉的尾巴,周围的浓雾如同包裹在身上的寿衣,万物都将在这里迷失。索瓦热划动船桨,动作中带有一丝恨意,里弗斯觉得现在就怀有这种情绪还为时尚早。里弗斯指引两个人来到一处小沙洲,找到一棵树枝已经断掉的雪松,将划艇停在树下。

有了树木的庇护,这里带给人一种安心舒适的感觉。里弗斯支好帐篷,算是对索瓦热无声的道歉,他不该在这样恶劣的天气里强行前进。"要是能钓上大鱼的话,咱们可以在这儿多待上几天,等天气转好再说,"里弗斯说道,"不管怎样,咱们现在已经来到了湿地深处。"

索瓦热很快就用两圈石头做好了一个结实的火堆:"觉得咱们是在一座岛上吗?"

"我不知道。周围的雾这么大,咱们也无法再继续前进了。浓雾总会散去,在等待的时候,咱们可以去水里碰碰运气。"

索瓦热看了一眼自己带来的廉价塑料钓饵盒,里弗斯望向风平浪静的水面,在浓雾的笼罩下,光滑平坦的水面仿佛一匹丝绸,被暖暖的熨斗烫得十分平整。没过多久,他们听到一声巨响。在这片能够屏蔽一切声响的浓雾后面,似乎有什么重重的东西落入了平静的水面,溅起巨大的水花,感觉好像是一座巨大的花岗岩纪念碑,一头栽进湿地的水流中。

"那是他妈什么鬼东西?"索瓦热问道。

"想必是一条大家伙。"那是里弗斯唯一期待遇见的东西。

"不,不可能,"索瓦热说道,"它们不可能有那么大。应该是一只河狸。一只体形巨大的雄性河狸,警告咱们赶快他妈的滚出它的领地。它在拍打自己的尾巴,你听见没?"浓雾后面紧接着又传来炸裂般的落水声,比上一次的距离更近了些。不过这声音听上去不像是河狸平坦的尾巴拍打光滑水面时发出的激烈响声,倒像是一面水墙猝然倒塌坠向一个巨大空洞时才有的动静。里弗斯很自然地联想到了一条鳟鱼,体形像枪袋一样大,然而在水花飞溅过后,浓雾后面又传来一阵浑厚低沉的叫声,好像有谁在咳嗽一样,叫声逐渐消散在周围的芦苇植物中。

"我的老天。"索瓦热吃了一惊。

"搞他妈什么鬼,开始钓鱼吧。"里弗斯说道。

"等会儿,咱们一起投下钓竿。"索瓦热说道。

里弗斯的直觉告诉他:索瓦热害怕了。他害怕自己看不见的东西,也许是自己老婆之前的诡异行为给他留下了心理阴影,也许是他那位法裔加拿大的祖父经常讲一些关于狼人、食人魔、邪恶森林,还有沼泽魔鬼的故事,总之都是一些迷信的暗黑童话。

里弗斯紧盯水面。这是一片奇异的水域,不是一面死气沉沉的缟玛瑙镜子般的沼泽池塘,而是一座蓄满池水的堰塞湖。湖水的干流静静地向东流淌。整个早晨,透过船桨的力度,里弗斯感受着水流的方向。在他的前方,有一处池塘避开了干流的冲击,池水很深,水面泛起一个接一个旋涡。他觉得自己似乎看到有什么东西的影子在池底移动。岸边的黑蝇搅得人不得安宁。里弗斯在他的钓饵箱里翻来找去,犹豫不决地拿出一只小小的黑蠓幼虫,上面还编着二十二号;灰色薄雾笼罩四周,光线也很糟糕,是不是拿一个颜色鲜亮些的钓饵更好呢？不过他还是系好了蠓虫。索瓦热正在他前方七十英尺处钓鱼,一声尖叫传来,他转过身去,看见索瓦热的胳膊弯成一道弧形,那是他再熟悉不过的姿势,钓竿头朝下倾斜着,一条橙色的河鳟挺着大大的肚子,正在往水里钻,体形跟一条幼年鲈鱼差不多。索瓦热身手敏捷,但是动作很粗鲁。他想把鳟鱼拉到岸边,尽量缩短和这条鱼进行"甜蜜对抗"的时间。

"钓到一条大鱼！"索瓦热祝贺自己,冲着里弗斯得意扬扬地笑起来。里弗斯突然意识到索瓦热将彼此当成了竞争对手,他是一个争强好胜的人,摆出一副获胜者的姿态,而对于那种自我营造出来的孤独感,眼前的索瓦热不会理解,更体会不到。

里弗斯转身离开,陷入对鳟鱼的沉思之中,他将几乎没什么重量的蠓虫投入水里,眼睛盯住渔线,等它静止下来,或者被鱼儿拉着向前震动。不过他什么都没有等来。他微微抖动钓竿,把鱼饵拉回身边,休息片刻,继续用轻柔的力量让飞虫在水中微微抖动,一条鳟鱼游到水面附近,一口咬住鱼饵,水花四溅,鱼儿将身体高高抬起,用尾巴沿水面前进,那模样仿佛一条海蛇,鳟鱼在流水中旋转着自己肌肉发达的躯体,看上去像一把红酒开瓶器。僵持了一段时间,双方的对抗结束了。鳟鱼扯断钓竿垂下的渔线逃回池底,带走了里弗斯的小小黑色幼虫。一旁观战的索瓦热发出好像马儿在嘶鸣的怪声。

"自以为是的混蛋家伙,"里弗斯对着水面泛起的涟漪说道,"我会抓住你的。"

下午两点,里弗斯打开第一瓶酒。他坐在木桩上,大口大口地喝起酒,看着一旁正在烤鳟鱼的索瓦热。索瓦热先是将柳树枝的表皮削去，接着用树枝刺穿鳟鱼厚实柔软的躯体，将鱼串架好，在底下放上一圈煤炭。煤炭燃烧的灰烬形成了一层脆弱的薄膜，从烤鱼身上落下几滴冒烟的油脂，将薄膜破坏。烤熟的鳟鱼弯成了半圆形，看上去似乎是要去咬自己的侧腹，像极了正在抓跳蚤的狗。鳟鱼的脊椎骨好像梯子，索瓦热将热气腾腾的大块鱼肉从鱼骨上剥下。但里弗斯却没有吃。

"我什么都没钓到。等钓到再说。"

"真有意思，你什么都没钓到吗？我还以为你是钓鱼高手呢。看看我钓到几条，我数数，五条，六条？其中还有一些大家伙。感谢老天，吃起来真香。你用什么钓的？"

"干的飞蝇假饵。"里弗斯撒了个谎。

"你看，你应该用湿饵，或者拿幼虫当钓饵。在这种地方钓鱼，有时候真正的小家伙更管用。我就是用它们当饵，才钓到了这些大家伙。"索瓦热伸出自己的手，摆出高人一等的姿态，向里弗斯展示着自己的技术与成果。

"你从哪儿得到的这些玩意儿？"里弗斯问道，他认出索瓦热手里拿着的正是自己几个小时前丢失的二十二号黑蠓幼虫，它们有着大大的头，还有一对毫无平衡感的翅膀。

"有一阵子了。"索瓦热答道，说罢便啃起鱼肉，像是在吃一片西瓜。

一个小时之后，里弗斯瓶中的威士忌只剩下一半，他动身前往树林深处，寻找哪里还有未被人发现的私密水域。他的步伐看上去像是踩在了厚厚的草席上，但实际上脚下只有零星的云杉树叶，偶尔还能碰到已经枯萎发黄的蕨类植物。在威士忌的作用下，里弗斯觉得脚下的土地是如此柔软。两边的树木似乎是在狡猾地移形换位，但他还是坚定地走着直线，他越过布满沼泽的山丘，穿过枝叶密布的树林，任凭潮湿的树枝打在身上，他历经千辛万苦，终于发现了新的水域，羊毛般的灰色浓雾将四周遮蔽,此处偏僻幽静,空气中弥漫着腐烂的刺鼻气味,这里能让他远离索瓦热。手中的酒瓶是他唯一的陪伴。

  里弗斯涉水用的高筒靴和帽子都落在了帐篷里。他脱光衣服走进水中,只穿着脚上的靴子,他小心躲避着长满硬结的桤木枝,用手推开黄色湿地中的水流,像是推开一张冰冷的床单。他将衬衣缠在头上,用来防黑蝇叮咬。接下来的几个小时里,里弗斯使出浑身解数,变着花样地将钓竿甩入水中,皮革饵箱上印着由他名字首字母组成的图案,里面的钓饵也被他用尽。这里的水流实在变幻莫测,在他眼前不断变换着模样,首先映入眼帘的是像玻璃一样光亮透明的池水,接下来变成冒着水泡的瀑布,往前是湍急的蛇形水流,穿梭于沙洲之上,如同装饰在百褶丝绸上面的黄色丝带,继续前行,里弗斯来到一片桤木林,茂密的枝叶遮蔽了阳光,树下静止的水面如同一座座缟玛瑙矿,再往前走,他又遇上了白色的溪流,仿佛乳白色的苦艾酒,前面是河狸筑成的池塘,池塘周围布满深坑,像月球表面一般模样。水流下面,鳟鱼摇摆的身躯拨动着里弗斯的心弦,让他倍感煎熬。他看见有一些椭圆形的银色鳟鱼已经在水下的沙砾处筑起了巢穴,另外一些体形巨大的棕色鳟鱼则藏在自己的影子里,看上去好像尸体,以幼虫为食的彩虹鳟鱼跃出水面,和背景的山川融为一体,专吃飞蝇的鱼儿吸食着水表藻层的蜉蝣,河鳟扑棱着两侧的鱼鳍,在水面上跳跃前行,试图吃到水上的飞虫,那模样像极了正在追赶麻雀的猫。里弗斯一无所获,他就像个满头白发、浑身发抖的傻瓜,拖着疲惫的胳膊,拎着一只空荡荡的威士忌酒瓶。他重新穿好衣服,傍晚的天空下起了小雨,他一路徘徊,再次走回潮湿的帐篷,回到了索瓦热身边。

  索瓦热已经点燃了一堆巨大的篝火,他坐在火光形成的圆圈里,凝视着黑色云杉下逐渐被拉长的影子。"我的老天,你他妈到底上哪儿去了?我都在这儿等了好几个小时。我还以为你掉进水里淹死了。"索瓦热假模假式地翻开一张铝箔纸,这张纸原先是用来包银色雪茄的,纸里包着两条烤鳟鱼,个头儿都挺大。

其中一条足足有十五英寸长,里弗斯的心再一次被深深刺痛,竟然还有除了自己之外的人能够抓住这样的大鱼。他走进帐篷,拿出第二瓶酒。"我不想吃鱼。你都吃了吧。"他说道。

索瓦热噘起嘴,像一位受到冷落的新娘,雨滴落在热气腾腾的鳟鱼肉上,稀释了上面的汁水。索瓦热吃起鱼,样子有些凄凉,每吃一口,他都要抬头看一眼坐在木桩上的里弗斯,里弗斯高高举起酒瓶,雨水顺着瓶底滴落下来。

"除了咱们之外,这片湿地还有其他人在,"索瓦热突然说道,"我看见他了。"

"是吗?还有谁?难道是禁渔巡警?"

"不是,至少我不这么认为。他看上去有些疯癫,像一个发了狂的渔夫。他就在河道对面钓鱼。一开始我只是看了个大概,好像是一个人的形状,不断往河里投着什么东西。后来,迷雾散去一点,我才清楚地看见了那个人的模样。他一丝不挂,站在冰冷的水中,水面已经没过了他的膝盖,脚下没有高筒靴,身上也没有背心,头上裹着衣服,所以我看不清他的脸。他变着花样地甩着钓竿:有翻滚式抛法、弯曲式抛法、弓箭式抛法,还有双手抛法,简直就像一场小型的技法展览。我冲他喊道:'有什么收获?'但他没有回答。后来浓雾再次笼罩下来,透过浓雾看过去,对面那个家伙仿佛是沉入了深深的水中,直直地走入了水下。"

"索瓦热,咱们现在遇到麻烦了,"酒瓶后面传来里弗斯的声音,"你看到的是雄鳟怪人,黄色湿地的雄鳟怪人。"

"得了吧,里弗斯,别拿那种东西开玩笑。"

"我不是在开玩笑,索瓦热,你看到的就是那种东西。身体是一个人，但头部是一条鳟鱼。这就是为什么他把脑袋包裹起来，就是为了不让你看见他那双又大又扁的眼睛，以及没有下巴的脑袋，还有丑陋的牙齿。不过你也别担心，除非你杀了他的女人，否则他是不会主动过来找你麻烦的。你抓的鳟鱼里应该没有小女孩吧，是不是？"

在火光的映衬下，索瓦热的下巴泛着油光，他看着里弗斯。"我觉得你喝醉了，里弗斯。"他说道。

里弗斯略显做作地一笑。他觉得自己说的每一个字都像飘落的雪花那般精致，每一个词都像阳光那般明亮清晰。"是吗？你还记得咱们之前听见的巨大水声吗？你说那是河狸搞出来的动静，但其实那是鳟鱼怪人的杰作。真是谢天谢地，好在我没有钓到他的同伴。还有，你冲他说什么来着？你竟然说'有什么收获'？天啊！他现在真的要过来找你算账了。还有，索瓦热，你想知道咱们的老婆为什么都消失不见了吗？白天，当咱们不在家的时候，雄鳟怪人就会跑过来，把自己的脸摆在窗户外面，把咱们的老婆都吓跑了。这也就是为什么那些小姑娘总是会离咱们而去。"

"闭嘴吧，里弗斯。咱们出门来这儿是为了钓鱼，为了远离那些烦心事，结果呢，大半天都见不到你的人影，还把自己喝得酩酊大醉，现在又开始说这些有的没的。我觉得咱们还是回去吧，明天一早就走。"

"嘎，嘎，嘎。"里弗斯发出乌鸦一样的叫声，露出他的牙齿，眨了眨眼睛。索瓦热觉得自己受到了侮辱，转身爬进帐篷。里弗斯一晚上没睡，他对着酒瓶颈部吹气，弄出的声响好像一只藏在苹果酒桶里的小狼崽。过了一会儿，里弗斯注意到有什么东西朝着地上的鱼肉跑了过来，那是刚才索瓦热掉的。里弗斯蹑手蹑脚地朝那只老鼠走过去，将手中的瓶子当作武器，他把拇指伸进酒瓶，以防里面的液体流出来，他拿起酒瓶猛地一拍，老鼠被捣成肉泥。里弗斯拿起索瓦热的煎锅,锅里的油因寒冷而凝固,他把老鼠放到锅中间,然后又坐回木桩上。

不知道什么时候,里弗斯睡了过去,当他苏醒过来,发现自己躺在木桩旁边,雨滴落在他身上,他感到浑身刺痛,寒冷让他的身体抽搐,牙齿也发出咯吱咯吱的声音。他感觉自己正在慢慢萎缩,寒气已经侵入了心脏。他挣扎着爬向帐篷,周围的篝火已经化作一圈黑色的灰烬,混杂着泥土,散发着恶臭,他祈祷自己千万不要吐在睡袋里。每一次呼吸都在刺痛着他的神经,每一次移动都在折磨着他的身体,生活也如芒刺在背。刚刚爬过木桩,他的膝盖似乎碾到了什么东西,好像是一根细长的树枝。似乎有什么东西裂开了,声音很轻,但里弗斯立刻就意识到自己碾到了什么。他为此已经担惊受怕了二十多年,但终于还是听见了那个声音,像一根绣花针,刺破了他的鼓膜。他弄折了自己的钓竿——那根加里森竹子制成的钓竿。他在黑暗中摸索着拿起钓竿,钓竿的上半部分无力地垂下,像极了那棵被人撞断的苹果树。他觉得自己似乎看见了隐藏在钓竿里的灵魂正顺着碎掉的六角形竹心一点点消散,就像流下的蜡液在逐渐变硬。苹果树已经枯死,草坪亦化为废墟,妻子抛下自己,加里森钓竿也被弄折,他连一条鱼都没有钓到,而且现在看来应该也不会再钓到了。不过他还是告诉自己:这些不幸都是暂时的,就像水面上的浮萍。不管怎么说,至少他的盘子上没有老鼠。

走进帐篷,里弗斯点燃一根蜡烛,打开妻子的蓝色丝绸睡衣,拿出最后一瓶酒。瓶身的曲面闪着光泽,里弗斯看着映在瓶中的影子:下巴后缩的脖子,像猪一样的苍白口鼻,一双空洞生锈的眼睛,活脱脱一副雄鳟怪人模样。

电力之箭

1

"你能不能告诉我,"里芭问道,她的身上裹着一件蓝色毛衣,衣服上装饰有金属纽扣,下身又穿着那条灰色运动裤。她仰起头看着我,脑袋和长长的脖子之间几乎形成了一个直角,薄薄的嘴唇涂着口红,像一根红色电线,"为什么你们会喜欢在小鸡酒吧里一边喝啤酒一边看那些满身肥肉的男人摔跤直到深夜?我想但凡神经正常的人都不会这么做,你告诉我这究竟是为什么?"

我想,其中的缘由大概是:如此一来,他们便不用坐在厨房里盯着眼前这些乏味的照片了。

姑妈抽出其中一张,相框厚得像个盒盖。我看见被风拂过的马利筋草,一幢房子方方正正地立在草坪上,每一面墙都有很多钉头装饰,护墙板留下的影子好像一把把黑色尺子。

里芭的毛衣袖子上粘着一根没有颜色的卷发。

"我简直不敢相信自己的眼睛,我一打开酒吧的门就看见你坐在那儿。"她说道。

姑妈的手指顺着照片的边缘移动,指尖划过一棵棵挺立的枫树,还有站在白色公路旁的母亲与两个孩子。姑妈身上有一股柠檬洗涤剂的味道,为了节省洗衣液,她的衣服已经穿了两天。照片上的人脸好像装在黑色肩膀上的圆盘,他们笑得仿佛蕨类植物的叶子。女人的怀中抱着一个孩子,孩子的模样已经看不清楚,她似乎会永远抱下去。另一个孩子的脸上没有笑容,他的个子很矮但还算结实,额头前挂着一绺黑色头发。就在照完这张照片几周以后,这个孩子就因为霍乱夭折了。

姑妈指着女人怀中的孩子说道:"这是你的父亲。"由于远处阳光的关系,照片上的他有些失焦。姑妈合上自己那双又厚又硬的苍老手掌。

"我很庆幸自己当时身在酒吧,里芭,否则我就不会遇见你,你进来是为了找人帮忙更换瘪掉的轮胎。"我说道。

"那段回忆倒是不错。"她小声嘀咕道,好像刚刚把我垂涎已久的东西送给了我。

照片画面中的房子就是我们现在居住的地方,此时此刻的我们正围坐在餐桌前,等待馅饼冷却。相机的主人名叫莱纳德·普莱特,曾在这幢房子里住过一段时间,是这里的雇工。不过我们现在没再雇人了,农场也没有了,住在房子里的只剩下家族中人。姑妈还在翻看照片,里芭安慰着她。既然都说到这儿了,接下来似乎应该提提穆恩·阿祖这一家人,嗯,怎么说呢,那两个可恶的家伙,竟然觉得这里的过去都应该属于他们。

"用不用我把奶油搅拌好,放到馅饼上?"我问里芭。

有时候,我确实会去光顾小鸡酒吧。

照片里的枫树如今已经不在,在他们拓宽公路时就被砍掉了。当时的姑妈还留着一头短发,她守在卡车轮子旁边。姑妈的手还很柔软,关节动作也还灵活。他们倒是把路拓宽了,但却没有把路修直。

姑妈一张接一张地翻阅起来,她没有办法停下。僵硬的指关节小心翼翼、一丝不苟地捧起照片,她低下头,眼神飘忽不定,尖尖的脑袋和黯淡无神的眼睛继承了克鲁家的基因,姑妈看着照片上身穿黑色西装的人们,看着他们衣服袖子上的褶皱,看着早已夭折的孩子,看着鬃毛梳成辫子的马匹,看着笼罩在谷仓上方的暴风云。她开口道:"莱纳德·普莱特会成为一个了不起的人,只可惜他没有得到机会。"

里芭将馅饼切成三角形,深红色的馅料从边缘溢出。当里芭还有工作的时候,她经常会在厨房里举办聚会,向住在农场附近的女人展示如何将冰箱和搅拌器的作用发挥到极致。不过现在,靠微波炉就能搞定一切,而那些农场女人,如今也都住进了位于康科德的公寓。

我假装自己也在看照片。画面中的风向标告诉人们此时此刻这个地方正在刮着东风。地上围了一圈尖桩篱笆,几棵榆树长在上面,杂草丛中还有一只公鸡。嘿,又是那只公鸡,我都看了不下一百遍。

时间抹去了尖桩篱笆,失去了它们的遮挡,扫雪机将脏雪直接喷到了护墙板上,你真该听听那动静,好像这台扫雪机就在我们家的厨房里作业。如今这一带只余下几幢年久失修的房屋,住在里面的是被遗忘的帕格雷家、克鲁家,还有考克霍恩家。里芭就是考克霍恩家的人。

"家里的财产被瓜分一空。"姑妈说道,她叹了口气,拿起叉子切掉馅饼的尖角。姑妈那几个儿子总是在吵架,他们把家里的地一块块卖给了来自波士顿的教师,那帮家伙相信农村生活有益于身心健康。但是当他们发现事实并非如此时,出于报复,那些人又将土地转卖给别人:有委内瑞拉的百万富翁、雷声公司的工程师、销售可卡因的商人,还有那些手段冷酷的开发商。

里芭喃喃自语道:"期望越高,失望越大。"

我觉得她是在说我。

姑妈和我现在仍然拥有几英亩土地的所有权,包括那些雇工以前居住的房子——也就是现在我们住的地方,还有那间谷仓。谷仓门上用油漆写着"大西洋农场"几个字,那是父亲留下的,当年的他站在这片土地的最高点,和其他年轻人一样,充满了对未来生活的美好幻想,他眼望群山,似乎在山谷间看到了波光粼粼的海水一直流向遥远的东方。

里芭用塑料膜将没吃完的馅饼包好,接着调高了电视机的音量。趁天还没黑,我来到屋外的私人车道。透过谷仓的窗玻璃,我看到里面堆着一个又一个空纸板箱,这是当年包装家用电器的纸箱,由于长时间处在潮湿的环境中,有的已经变软,有的早已塌得不成样子。

相信你也看得出来,谷仓里的一切都未曾改变。那条捆东西用的麻绳现在仍然绑在梯子顶端和谷仓的横梁之间,绳上打了许多结,如今已落满灰尘。那只风筝易碎的十字木头骨架依旧挂在上面。

我觉得自己应该把它拿下来。

一辆汽车驶入我们的私人车道,引擎的震动听上去好像重重的打鼾声。天还没完全黑下来,没有必要打开前灯,只靠雾灯就足够了,宽宽的车身两侧,雾灯闪烁着黄色的光芒。是穆恩·阿祖的车。他们没有看见站在谷仓边上的我。穆恩·阿祖夫人打开车门,将腿伸出车外,两条笔直的腿,好像两棵芹菜。

我回到房子那边,把车子让了进来。穆恩·阿祖跟我寒暄道:"傍晚好,梅森。"他的眼镜像雾灯一样反着光,"我想问问你明天能否帮我一个忙?那棵老柳树倒了,我们需要一台拖拉机将它拉走。"

听上去这活儿至少得干上半天。

我望向窗外，尤盖斯凯的活动板房映入眼帘，房屋门外挂着一双雪地靴，两只靴子叠成十字形状，落地窗前摆放着一个圆盘式卫星天线，圆盘上布满黑色网丝。尤盖斯凯是一个老单身汉。他的厨房现在亮着灯，里面堆满了各种奇怪的东西：有积攒下来的锡罐、叠起来的塑料袋，还有一些杂志，堆成了一座四色金字塔。电视机上面还放着正在发酵的生面团。

以他的活动板房为起点，穿过一条马路，对面就是波比安家。家里长子用来运输原木的卡车现在就停在他们的私人车道上，比整幢房子还要大。那是一辆黑色卡车，车身上用卷曲的艺术体写着"蝎子"两个字。我没有见到波比安一家的影子，也许他们正待在卡车后面，也许正在房子里吃着焗豆罐头，全家人都用着同一把叉子。为了不耽误工作时间，他们只吃快餐和速食产品：比如奥拉夫国王牌的沙丁鱼罐头、保鲜纸包装的深红螺旋果冻卷，还有原住民牌的浓豌豆汤。

大约十年前，尤盖斯凯从马萨诸塞州搬到这里，他现在打两份工，据他自己说，其中一份足够养活他自己，另外一份则用来支付财产税。他有一只大鼻子，好像在脸上长了一个软木塞。他逢人便说："这间活动板房，还有这片土地，"他用手指向一片修整过的草坪，"都是我的投资。用不了一两年，等人们蜂拥而来，它们就会变得非常值钱。"

那片土地原来是帕格雷家的奶牛牧场，他享有其中两英亩土地的所有权。

尤盖斯凯喜好读书。他最喜欢看《今日美国》和其他这一类的杂志，上面写着牙医如何转行做起皮草生意之类的传奇故事。他用羊毛一样的细电线给自己的花园做了一道篱笆墙。他把锡罐挂在篱笆桩上，每当有风吹过，罐头就发出百叶窗一样的声音。他把这当作自己的旗杆。

2

我们曾以种植苹果为生。鲍尔温、托尔曼甜、公爵夫人、雪里白、粗皮黄,还有羊鼻子,都是我们种过的品种。那些产量大的种植户培育的都是麦金托什和美味果。当年的我神经敏感、身体柔弱,但却不得不帮父亲的忙,我拿着倒钩铁丝,先将整个果园围起来,再一路向下穿过整片树林。工作完成得很快,但活儿干得很糙。六月末,小鹿会越过铁丝网闯进果园,吃掉鲍尔温果树上的柔软嫩叶,那些尚未舒展开的叶子还紧紧贴在果树幼苗上。没有人知道当时的我出了什么问题。姑妈说我太敏感,原因是过于早熟。那些鲍尔温果树被小鹿搞得乱七八糟,长得歪歪扭扭。

让我们的苹果滞销的,是麦金托什。而毁掉我们生活的,是父亲。

他对我们说:"孩子们,如今靠制糖很难赚到钱了,不过种植鲍尔温苹果能卖不少钱。"于是他把那些枫树当作木料卖掉,买回五百株鲍尔温树苗。他的那些鲍尔温苹果,不仅外表粗糙,颜色还是暗红褐色。而且果实根部特别脆弱,很容易就断开。

那时的人们要的是又亮又红的苹果。结果我们家的苹果全都进了果汁厂。但时至今日,市场又变得完全相反。之前我们卖不出去的那些品种,比如黑色树枝和平卡姆馅饼,人们现在愿意花大价钱来买。

一旦你的糖枫林被毁,那么在五十年之内,甚至永远,你都甭想再恢复成原样。

父亲先是一点一点卖掉了林地,接着又卖掉了牧场。今天卖掉这里,明天卖掉那里。没有一棵鲍尔温果树挨过那年的寒冬,转过年来,战争爆发了。

有一段线头缠在了一起,姑妈没有拿剪子,而是直接用牙齿咬断。

父亲完全可以筑起一圈漂亮的石墙,但每次他都被别的事情耽搁,石墙迟迟没有建好。到头来,他还是用倒钩铁丝敷衍了事。不过他仍然挂念着那道石墙,心系着那把凿子,但自己又没有能够完成工作的毅力和集中力。父亲就是个傻子。他行事冒进,热情来得快去得更快,姑妈总说他是个笨蛋。我还从没见过谁能笑成他那个样子,一笑起来整个身子都在上下摆动,大口喘着粗气,好像在空气中窒息了一样。据姑妈说,父亲跟他英年早逝的哥哥简直一个德行。

整座农场在父亲的手中像流水一样慢慢消逝,直到最后,我们的掌心只留下一些令人焦虑的湿气。父亲会让自己的朋友戴蒙德接送我和妹妹布蒂,他摆弄着一双又老又脏的爪子,在我和妹妹的双腿间划来划去,他把头凑近我们纤细的脖颈,满嘴都是烟草的臭味。

"他没有别的意思,"父亲说道,"不许哭。"

父亲告诉我们:"农场的经营遇到了困难。"

你们都知道那座高尔夫球场吧,名字好像是叫草地鹨公寓,就建在河边的斜坡草地上。父亲以每英亩二十美元的价格将那片土地卖给了他们。即使在那个年代,这价钱也基本等于白送。我把这件事跟尤盖斯凯说了,他发出一声呻吟,用手背关节敲打着自己的额头,叹道:"我的天啊。"

我们在经济上遇到了困难。家里没有钱给我看病,无法找到我身上到底哪里出了问题,嘿,那段日子里,家里堆满了各式各样的破烂玩意儿。布蒂和我每天把煮熟的胡萝卜放进午餐盒里带去学校;我们牵着奶牛穿过一片沼泽地,牛蹄蹭着地面,发出沉闷的吸气声,听着这样的声音,让我觉得自己的人生已经没有了希望。没有别的办法,你只有学着去适应这一切。

为这座农场想出来的伟大名字,还有种在果园里的上百棵无用果树,以及那些散落在树林里已经被扯断的一卷卷倒钩铁丝,如今看来都毫无意义。

3

至于穆恩·阿祖这一家人,我又能跟你们聊些什么呢?

他们买下了原先属于克鲁家的宅子,房屋的门框已经歪歪扭扭,楼梯也破败不堪。穆恩·阿祖医生和他的夫人来自马里兰州的巴西塔沃地区。至于那幢老宅子,我就是在那儿出生的。

每年六月,穆恩·阿祖夫妇就会离开马里兰州,他们会来这里居住,等到了八月再回去。客厅嵌板上原本涂好的九层油漆被他们刮了个干干净净,为了把房间装修得更漂亮,夫妇二人还做了许多工作,他们向我们一一介绍:两个人先是将房屋的垃圾清理干净,接着用挖掘机修了一条宽宽的私人车道,然后请人将地板抛光,还买了一匹马。穆恩·阿祖医生在修筑石墙时磨糙了双手。他举着两只手,一脸骄傲地说:"看看这双手,它们都成什么样子了。"他的衣服散发着一股微弱的气息,那是令人怀念的老家味道。初霜降临,穆恩·阿祖修建的石墙也正好围成了一个圈。

每到周末,穆恩·阿祖家就挤满了客人。一辆辆汽车从我们眼前经过,有梅赛德斯,还有瑞典的萨布轿车,挂的都是州外的牌照。遇到顺风的时候,我们还能听见他们交谈时毫无顿挫的语调,像拿着一根木棍往地上扎,发着突、突突、突的声音。那匹马有一次跑了出去,被车撞死在公路上。

没有人知道他是看什么病的医生。有从马萨诸塞州来的女人跌下采砾场时,人们就会去找他。有人开车去穆恩·阿祖医生家,请他去看病,但被他回绝了。"我已经不再执业,"他如是说道,"你还是叫救护车吧。"他让他们使用自己的电话。

他们经常出去散步。有时你开车经过某处,就会看到穆恩·阿祖夫妇在满是杂草的地方蹒跚前行,手里满是干枯的树枝。

听在汽修厂上班的托尔曼说,穆恩·阿祖是一位精神病医生,目前已经处在半退休状态,但姑妈认为他是一个做心脏手术的外科医生,在一次手术中出了什么意外,于是失去了再次动刀的勇气。他有两排健康的牙齿。

穆恩·阿祖总是跟我说:"我始终无法理解,你们怎么能将这些好东西糟蹋成这样。"他发现地上有许多坏掉的石板瓦,那是从年久失修的屋顶上掉落的。大概在一九二五年左右,那幢房子就换成了锡顶。

至于穆恩·阿祖夫人,她是一个特别爱提问的人。哪个方向是西面?什么时间适合采摘黑莓?啊,对了,还有,煤油灯是烧煤油吗?她认为不是,应该是烧汽油。我真想看她试一次。到了冬天,当他们身在远方的佛罗里达州时,一群豪猪闯进了这边的房子,在地板上留下了到此一游的信息。"你看看,"穆恩·阿祖夫人感慨道,"来了一群可爱的小兔子。"她会把所见所闻全部写下来,"我要写一本关于乡村生活的书。"说完,她便笑了起来。

有时她会开玩笑地说:"枫树、疯树。"

"干草的长势如何?"穆恩·阿祖逢人便问。

在一个周六的早晨,穆恩·阿祖夫妇来到我们家,两个人笑容灿烂,他们问里芭能不能帮忙打扫房间,但被她回绝了。"不去。"她把茶杯狠狠摔在茶托上,杯子发出嗡嗡的声音。

然后他们就去找了玛丽·波比安。波比安帮夫妇二人擦桌子、整理床铺,他们给了她不少钱,比雇个男工用链锯伐木的报酬还高。

"干草的长势如何,卢锡安?"穆恩·阿祖问道。

"还不错。"波比安答道。

那笔钱本来应该是我们的。

玛丽·波比安告诉我们:"房间里有好多白色电话,一屋一个,浴室里铺满了淡蓝色的瓷砖,上面还画着兰花图案。他们有好多铜锅,一口就值一百美元,而且他们竟然有好几口,多得你数不过来。墙上挂着各式各样的古董篮子,到处都铺着地毯。"

这不符合我的品位。

我喜欢更简单的样式。

我不喜欢铺地毯,光秃秃的地板最好看。

一开始,穆恩·阿祖夫妇十分痴迷于那些陈年的土地契约,还有农场地图,他们开始研究克鲁家的族谱,好像除了那块土地,他们还把我们的祖先也一起买了过去。他们倾向于认为克鲁家族世世代代都是农民。穆恩·阿祖总是对我说:"梅森,看起来今年的干草会有不错的收获。"

我他妈怎么会知道。

他们会去镇政府办公室挖掘资料,找寻一百五十年前克鲁家的历史,看看我们祖先是用什么样的耳朵切口方式来标记自家绵羊,他们夫妇二人总想查清克鲁家之前干过什么事情。有一次,他们还让我们写下当年种植的苹果种类。那片果园,以及那一排排木心已经腐烂的黑色果树,如今都是他们的财产。

但能让他们疯狂着迷的只有克鲁家的祖先,我们这些活生生的克鲁家人,还有波比安一家人,对他们来说都不过是能够利用的家伙。死掉的克鲁家祖先已经变成了私有财产,而这些私有财产属于穆恩·阿祖一家。

穆恩·阿祖雇用卢锡安给他们清理灌木丛,修整塌陷的石墙。有时在周末,当我带着里芭和姑妈外出兜风时,我们能在公路上看到穆恩·阿祖一家,他们带着客人从墓地离开,所有人都微微低着头,好像在思考什么,我想,他们想的应该不是什么"尘世荣华容易过",而是"世间万物尽在我"。

夫妇二人在这片土地上插满了大大的白色指示牌,每隔一百英尺你就能看见一个个胶合板做成的方形木座,还有钉在上面的指示牌,以及用图钉固定在牌子上的告示。到处都装着栅栏:公路边、私人车道上、房子周围,还有树林里,用的全部都是分轨栅栏。没有一寸用的是倒钩铁丝。不过你现在还能在林子里的一排树上看见铁丝留下的伤痕,仿佛一张张扭曲的嘴巴,那些铁丝是当初我们为了防止野鹿闯进果园绑在树上的。

穆恩·阿祖夫妇总是叫人给他们帮各种忙,他们叫过我们,叫过波比安一家,甚至还叫过尤盖斯凯,他们让我们帮忙修车、帮忙清理淤塞的喷泉、帮忙搜寻他们养的红毛狗。他们总想知道这里发生了什么事情,总要打听事情是怎么发生的。夏末一到,他们便会返回城市,年年如此。但后来,事情发生了一些变化。

波比安夫人用餐巾纸擦拭起自己的勺子,将糖撒进咖啡里。"医生退休了。"她说道,"他们会在这边住到圣诞节,然后再去暖和的地方过冬,等泥泞的雨季过后再回来。从现在开始,每年都会这样。"

姑妈接过话茬:"那敢情好,等到了夏秋两季,硬币在你们的口袋里上下翻腾、叮当作响,伴着好天气,那种感觉一定棒极了。"

"我还没见过哪个城里人能在这儿待那么长时间。"波比安夫人说道,"等着瞧吧,当他们不得不自己清理挡风玻璃上的积

163

雪时,他们就会离开了。卢锡安可不会去帮他们干那种活儿,不信可以打赌。"

我觉得他会,不信可以打赌。

穆恩·阿祖夫妇依然坚持每天散步。除此之外他们还能做些什么呢?第一场黑霜已经降临。白天越来越短,他们的朋友也不再过来拜访,夫妇二人只剩下彼此,他们互相诉说着那些少见多怪的感言,例如落叶的味道竟然是苦的,还有变硬的泥土扔起来好像灰色的冰球。他们会到我们家来,带着毫无营养的谈话内容,浪费我们的时间。波比安和他儿子会给他们送去木头并帮忙堆好,秋天逐渐枯萎,转眼就来到了十一月。

感恩节前一周,穆恩·阿祖夫人又来了,她穿过田野,向我们走来。她敲了敲窗户,隔着玻璃望着姑妈。她的脚踝上还挂了几棵苍耳草。她的衣服颜色像燕麦粥一样。她有一双灰色眼睛。当她开口说话时,冰箱的电机开始运转,于是她不得不提高音量,再次重复她刚才说过的句子:"那个,我听别人说,你这里有一些特别棒的照片,我想看看!"

"现在倒好,他们将兴趣转移到咱们身上了。"姑妈说道。她擦了擦手上的面粉,用掌心拍了拍大腿。她拿过几张照片给穆恩·阿祖夫人,她举着边缘,将照片竖起来,在一旁讲解道:"这一张是正在制作爱尔兰木鞋的盖伦·黑斯盖普先生,这一张是登曼·汤普森家的牛,至于这一张嘛,画面上是一台录音机,属于两位小甜心——凯利·朱吉和他疯狂的女儿。"

"这些都是非常重要的照片。"穆恩·阿祖夫人说道,语气跟那天对克莱德·考克霍恩说"你把我家的马撞死了"一模一样。看得出来,她有多么想得到这些照片。

嘿,这也太不像话了。

"我纳闷为什么他们不能直截了当一点,直接过来问咱们可不可以把照片卖给他们。"在穆恩·阿祖夫人离开之后,姑妈对我们说道,"为了得到这些照片,相信她会倾其所有。不过我是不会卖给她的,这些都是克鲁家族的照片,摄影师还是一位非常有天赋的人——咱们家原来的雇工,这些照片只能待在这里,哪儿也不许去。"

莱纳德·普莱特,我们曾经的雇工,在拍这些照片时,他钻进一件大大的黑色斗篷里面,那件斗篷是我曾祖母丢掉的东西,当然,这些都是姑妈说的。

但她是怎么知道的。

其实姑妈真正担心的是,穆恩·阿祖夫妇会把这些照片展示给那些周末来客,他们会想方设法地将这些照片放进他们的书本或者报纸里,说不定哪天我们就会在杂志上看到自己祖父的尸体——他躺在家族自制的棺材里,下面放着两张锯木架,整个人被压成一张平面相片,印在杂志上,旁边还配上了一段残忍的说明文字。

4

父亲不断变卖着自己的土地,整日做着那些没用的苹果美梦,也许他从没想过自己能有份正经差事,但在那段最糟糕的岁月里,他还是有了一份工作。那可是大多数人都处在失业状态的年代,而且也不是父亲主动去找的工作。更让人惊讶的是,那份差事竟然也不是修筑石墙。

父亲的朋友戴蒙德·沃德,那些灰领硬汉中的一员,他们一年四季都吃着鹿肉,总能将坏掉的机器一次又一次修好,直到老机器所有的零件都被替换一新,而功能依然保留下来。戴蒙德住在农庄那边,对时局的变化相当了解,他是在《农村电力法案》通过之后村子里第一批找到工作的人。他把父亲也一并拉入伙。公司原名叫"铁工坊农村电力集团",后来改成"北方核能集团"。我们家的厨房里安装了一个警报器,一旦工厂那边发生事故,警报就会响起,所有人都要立刻疏散。

但是,能跑到哪里去呢?

两个人成天开着一辆深绿色的卡车在村子里转悠,车身画着一个封闭的圆圈,里面是 ICEPC 五个字母,那是"铁工坊农村电力集团"的缩写,旁边还画着三枚电力螺栓。村子里的人都管"铁工坊"叫"铁疙瘩"。戴蒙德抽烟抽得很凶,他那侧的车门上全是棕色的烟渍。每当布蒂听到戴蒙德将车子开到我们的私人车道,她就会躲进壁橱。

贴在风筝上的纸已经不见了踪影,被每年八月透进谷仓屋顶裂缝中的阳光燃烧殆尽。

父亲身上有个坏毛病,无论做什么事情,他都要吹嘘一番。之前种植苹果时,他自称"孤独的苹果栽培者",一副洋洋自得的样子,甚是瞧不起那些种植麦金托什的家伙。现在,他又遇到了新的吹嘘机会,自称"为农村带来光明的使者"。只要他愿意,他可以随时愚弄或者嘲笑别人。

他逢人便说:"只要存入五美元,我们就能将电力送到你家,不过买一双鞋的价钱,你便可以打开收音机,收听《阿摩司与安迪》。"他模仿着阿摩司的样子,哈哈大笑,"扔掉那些可怜的烙铁吧,你可以将它们用作门吸。你问灯光有什么用?它能让你事半功倍,因为在晚上,你能从头到尾看清奶牛的整个轮廓。哇哈哈。"

父亲在农庄那边参加了一次模拟葬礼,在接下来好几周时间里,一提起那次葬礼,他就会笑个不停,说起来没完。人们抬起棺材,绕着大厅走一圈,接着将棺材抬出屋外,埋入土中。棺材里装满了煤油灯和已经发黑的烟囱。

嘿,这么跟你说吧,这样的事情,我们这辈子都在经历。

一九三八年以前,电视还没被发明出来。

父亲列了一个单子,上面写的都是能被电力取代的事情:从此以后,不会再有散发恶臭的厕所;不会再有因在煤油灯下读书而疲劳流泪的双眼;不会再有孤独寂寞的夜晚,鳏夫也可以打开收音机,收听短剧和音乐;不会再有食物中毒的家庭,妈妈可以将土豆沙拉放进白色冰箱冷藏;不会再有八月里烧得通红的火炉和滚烫的烙铁,孩子们也能整天待在农场里玩耍。

他会用清澈明亮的圆眼睛看着你,然后说:"如果你将光芒带给每一座农场,你就将光芒洒进了每一个人心间。"四年的时间里,他没有旷过一天工,直到一天下午,戴蒙德为了将落在电线上的风筝拿下来,被电死了。

父亲总是在早晨五点钟出门,带着一个鼓鼓囊囊的黑色午餐盒,里面装着他的午饭。餐盒上面放着一个暖水瓶,里面是咖啡,用一个金属扣固定好。父亲和戴蒙德负责安装电线杆,并将电线接入谷仓和房屋,那些斜顶谷仓已经在这里屹立多年,那些静静躺在地基上的房屋,好像睡在门廊台阶上的一条条老狗。

父亲有了个主意,他们应该在卡车里放一台收音机。在以前那段时间里,农夫可以自己接好电线,然后打电话给"铁疙瘩"公司,说他们已经具备通电条件了。有的农夫会给妻子准备一台洗衣机作为生日礼物,他们将机器藏在一堆粗麻布袋后面。但大部分时候,礼物会是一些吸顶灯,或者电源插座。

在正式通电前,父亲会把收音机从卡车上取下来,如果收音机有哪里脏了,他会擦干净。他插上收音机的插头。农夫、农夫的妻子,还有孩子们站在一旁,看着父亲做这一切。

"你们的生活将因此改变。"父亲如是说道。

他会走到窗边,示意戴蒙德接通电流。每当收音机里传出广播员夹杂着强烈静电干扰的叫喊声,或是狐步舞曲的歌声时,父亲便会观察起农夫一家人的表情,注视着他们微微张开的嘴,好像是要吞掉这些声音一样。农夫摆起手,他的妻子则轻轻揉着自己因疲劳而流泪的眼睛,感叹道:"真是个奇迹。"好像是父亲用个人能力就给他们带来了奇迹。当然,相信你也看得出来,他们其实也看不起父亲,因为他带来的电力让一切都变得简单起来。

那些带有螺纹接口的透明灯泡射出刺眼的光,我还没见过谁会为此感到欣喜若狂。

戴蒙德死后,父亲决定改行去做电器生意。这也是我如今还在谷仓里做的事情。我天生就干不了重活儿。我们现在也还在卖一些洗衣机和电炉。里芭会帮我把这些电器搬到卡车上。现在卖电器已经赚不到什么钱了。如今吃香的是音响系统和计算机。洗衣机到处都买得到。

夏天的午间时分,如果父亲和戴蒙德离家不远,他们就会回到农场这边,将卡车开进田地,停在树下。他们会在那里休息整整一小时。他们有自己喜欢待的地方。他们会找一处树荫,在下面铺上一张帆布。那里有一眼泉水,也有平坦的岩石板。有时我和布蒂会去给他们送饭。我们会远远地绕开戴蒙德,他会用又脏又湿的嘴唇发出亲吻的声音,仿佛在嘲笑我们一般。

父亲则会在一旁大笑:"哈哈。"

戴蒙德有时会在一边睡觉,他把衬衣盖在脸上,用来防止蚊虫叮咬,而父亲则跪在地上,用凿子和石工锤敲打着岩石,好像在做什么东西。我和布蒂在上坡途中就能听见突、突突的声音。父亲要在岩石里刻上自己身穿线路工人服装的模样,完成一幅巨大的浮雕作品。而我们则会在他伟大的作品上玩跳房子游戏。

"爸爸,快看,"布蒂叫道,"我现在站在眼睛上面。"

冬天的时候,父亲和戴蒙德会坐在卡车里,引擎始终处在发动的状态。

我们家的祖坟已经有八十多年没有用过了,现在还留在山上,那幢房子后面。不过戴蒙德·沃德被葬在了铁工坊集团所属的浸信会墓地中。上帝的羔羊,他已找到了归家的路,从此以后,他的灵魂不再徘徊。嘿,这首诗我们已经听了不下一百遍。

戴蒙德的眼睛告诉世人:他犯了一个可怕的错误。父亲告诉我们:"他直勾勾地看着我,嘴巴张得大大的,我想我看到了血,黑色的血液从嘴角流出。不过他们说那是烟草汁。他就死在电线杆上,眼睛看着我,我是他死前见到的最后景象。"

戴蒙德死后,我和布蒂玩起了自创的游戏,那也是我们最棒的游戏。我们玩了一遍又一遍,差不多有两年时间。而且是布蒂最先想到使用糖浆的。

与其说它是个游戏,倒不如说是一出短剧,但若说它是一出短剧,我们也只是演出了其中短短一幕,但就是这短短一幕,却给我们带来了无与伦比的满足感。我们先将糖浆倒进杯子,然后来到谷仓,我们已经提前准备好了各种应用之物:把几根粗麻绳连成一股,将梯子架在干草棚上,再把绳子绑在梯子和横梁之间。我们会为了谁先扮演戴蒙德而争论不休。

这回轮到布蒂先来。

我就会说:"我是爸爸。"

布蒂紧接着说:"我是戴蒙德。"她会摆出一副扭曲的表情,拉着自己的灯芯绒裤子,两只脚跺着地板。

"嘿,戴蒙德,"我会说,"电线上有一只风筝。"

我们抬头望着谷仓上方昏暗的地方,干燥的空气传来吱吱喳喳的声音。一只风筝挂在那里,像一只受伤的鸟儿,既有所警觉,又满怀期待。

"我会把那该死的东西从咱们的电线上拿下来。"戴蒙德说道,拿起一根长长的细木棍,慢慢地往上爬,木棍碰到电线杆,发出突、突突的声音。来到最上方,戴蒙德转过身,面对着风筝。

"小心点。"我说道。

木棍伸了过去,碰到了风筝。

5

屋外飘起了细雪。拜访者的汽车络绎不绝,扬起阵阵烟尘。

"肯定是在举办派对。"姑妈说道。

"我希望是告别派对。"里芭说道。

每当有车子经过,波比安夫人就会抬起那张渴望的小脸,望向窗外。

我开着卡车,带着里芭和姑妈出门兜风,小心谨慎地看着前方的路。经过尤盖斯凯的活动板房,入口处放着八个咖啡罐,里面养着金盏花,不过都已经枯死了。在高处的田地上,我们看见了穆恩·阿祖夫妇,一块光滑倾斜的花岗岩板杵在那里。夫妇二人和那些客人站在杨树下,那些树木从我小时候就种在那里了,如今已经长成了一片小树林。每到秋天,这些树会在同一天落下叶子。

"那上面有一眼泉水。父亲以前经常在中午的时候到那里休息,和老戴蒙德一起,"我说道,"就在枫树下面,当然,那些枫树如今已经没有了。"

"那群人不可能对着一眼泉水就如此兴奋。"姑妈说道。

我看见那群人都弓着身子,其中一个女人跪在地上,手里拿着一沓纸,在一旁写写画画。穆恩·阿祖医生手里拿着一个相机,身子前倾,拱着屁股,相机像是用螺丝刀拧进了他的眼里。

"他们应该是发现了尸体。"姑妈说道。我又闻到了洗衣液淡淡的柠檬清香,还有头发传来的温热。卡车的加热器开始运作了。

"更像是一头死掉的豪猪,也许他们是头一回见到。"里芭有不同意见。我们掉转车头,回到家中,打开电视,看起《昆虫的奇妙世界》。我们用勺子吃着碗里的吉露果子冻,碗是压制玻璃材质的,印着双菱形图案,勺子刮着碗底残留的奶油和果冻,发出叮叮当当的声响。那边能有什么,除了田地,就是泉水,还有岩石。嘿,那地方我可是去了不下一百次。

电话铃声响起。

"你觉得他们发现了什么?"玛丽·波比安问道。

"我觉得他们发现了一具尸体,在灌木丛里,是那些可怜的女孩,她们会钻进任何人的红色轿车里,跟着他们出去兜风。"姑妈说道。

"不可能,如果那样的话,我们应该能看见那个瘦弱的小男人,他叫什么名字来着?就住在木槿园,那个验尸官。"

"温沃尔。艾弗利·温沃尔。他妈妈姓理查森。"

"没错,温沃尔。对,要是发现了尸体,我们还应该能看见那些州警察,所有的州警察。不管他们发现了什么,反正不会是尸体。"

"好吧,那我就真不知道他们发现了什么。"

"他们肯定是发现了什么。"

转过天来,家里真空吸尘器的声音搅得我心烦意乱,为了躲清静,我去了尤盖斯凯家。里芭知道我受不了吸尘器。

尤盖斯凯正在清理那些咖啡罐,他将枯死的金盏花倒了出来。地上散落着一坨又一坨棕色脏土。他对我说道:"看看你的邻居发现了什么?一件印第安人的雕刻作品。"一开始,我还以为他指的是波比安。

171

"什么样的雕刻作品?"我问道。

"报纸上有样子,进屋看。"他答道。我跟他走进厨房。他在干净的水槽里洗了洗手。报纸叠放在了椅子的扶手上。我望向窗外,看见了自己的房子,原色的护墙板锈迹斑斑,铁钉子被雨水打湿,留下一道道棕色条纹,我看见了自己的招牌,上面写着"克鲁电器"。

尤盖斯凯翻着报纸,找到那篇报道。他看着报道的内容,眼镜几乎快要滑落下来,短粗的手指在文字上划来划去,他大声念道:"新闻是这么说的,'近期,一幅雕刻有雷神图案的岩画被人发现,如此复杂精美的艺术作品,在东部林地部落中实属罕见,'新闻还说,'岩画的发现者是铁工坊县的一位农场主。'"尤盖斯凯注视着我,"我还真不知道,这一带还住过印第安人。"

他把报纸上的照片拿给我看。我看见了父亲的自画像深深地雕刻在岩石之中。其中一只石手拿着三枚电力螺栓。系在他腰间的,是线路工人的制服皮带。他的头发向后飘扬,刻在岩石上的眼睛直勾勾地盯着每一个看向他的人。

"爸爸,我现在站在眼睛上面。"布蒂说道。

在我们自创的游戏中,木棍碰到了风筝,然后被莫名其妙地弹开。戴蒙德的身子左右摇摆,失去了平衡,向下倒去,他伸手抓向了电线。他的脊背弯曲着,手里紧紧握着还在通电的电力螺栓。他的眼睛直勾勾地望着我,他的嘴巴张得大大的,深色的糖浆顺着他的嘴角流下来,好像血液,又好像那些不受控制的烟草汁。

我笑了起来,难道不可笑吗?五十年前,漫漫长夏,午间时光,这些图案一点点地被刻进岩石之中。当然,尤盖斯凯又怎么会明白呢?

乡村凶案

暴风雨前夕,两位耶和华见证人①发现了被害者的尸体。这一男一女刚从车里出来,闷热的衣服裹得两人喘不过气。男人很瘦,脸上气色不佳,似乎被什么事情困扰了很长时间,他站在锯条修剪过的树下,驻足了有一分钟时间,男人抬头观瞧,乌云压境的天空呈现出李子果实般的暗紫色,旁边的空地上有一间活动板房。他跟在女人身后,向活动板房走去,西服背面已被浸透,留下一块箭头形状的汗渍,整个人被领带箍得紧紧的。女人看上去经验丰富。教会的人告诉他要老老实实地跟在女人身后,学习前辈如何传教。

女人敲响房门,身后的男人紧紧握着手中的《圣经》,书本被太阳烤得滚烫,灼烧着他的大腿,男人大口大口地喘着粗气,活像一条湿毛毯。女人抬手遮住眼睛,朴素的双手没有任何装饰,指甲也修剪得十分平整;隔着房门玻璃,女人看见露丝躺在屋内的炉灶前,面部朝上,身上披着一条脏兮兮的胸罩,尺寸是特特特大号,露丝的脸上血肉模糊,好像戴了一张浣熊面具。沃伦则躺在更里边,脚上是鲜红的血色,胫骨都露了出来,身体其余部分藏在了炉灶后面。他倒在一排架子旁,架上堆满了各式各样的空罐子、叠成一团的纸袋,还有缠满细线的纺锤。屋内潮湿的空气弥漫着烤鸡的油腻味道。女人望向炉灶边,发现烤箱

---

① 耶和华见证人,一个独立的国际性基督徒组织,起源于19世纪70年代。

的旋钮被设置在了华氏三百五十度。男人的眼睛死死盯着露丝身上已经变得苍白无力的阴毛。

"有人吗?"女人问道,"你们还好吗?"

"他们已经死了。像两条蜻鱼,死得透透的。"

女人一个急转身,越过男人,跳下台阶,由于惯性作用,她差点跪倒在地,但很快又站起身来,男人一瘸一拐地跟在她身后,用手拍打着自己的大腿,想要掏出汽车钥匙,手里仍然紧紧握着那本《圣经》,还有几张印刷质量糟糕的纸页,描述着未来世界的模样。天边的雷雨云砧中,闪电摇曳着身姿。

车子一路颠簸,还没等他们驶入发卡弯道,雨就落了下来,如同野生鸟蛋大小的雨滴敲在挡风玻璃上,道路两旁的树木咆哮着,用树梢甚至整根树枝轮番抽打车子。男人驾车在暴雨中穿行,闪闪发光的蓝色冰雹如同雪花般的碎石,夹杂在撞击声和雷鸣霹雳之中的,还有女人祈祷的声音。

主干道上,一处路面因雨水冲刷而塌陷,车子无法在柏油路上继续前行。陷坑对面,他们看见了斯威特家的乡村小店。挡风玻璃前雾气笼罩,反射出五彩缤纷的颜色,看上去好像电视屏幕,冰雹和雨滴仿佛一根根棍棒,持续不断地砸在碎石路上,接着又从地面直直弹起。对面的杂货店里,标识牌上的"啤酒"二字不停闪烁,灯光逐渐熄灭,看来是电力耗尽了。男人猛地踩了一脚油门,车身一头栽进陷坑,他要在发动机熄火前将车子弄回柏油路上。

"咱们得想办法把车子弄出来。"

男人打开车门,下去推起车,女人也一起帮忙,路面的积水没过了他们的鞋,女人的头发被雨水打湿,扭曲成一条条小蛇,湿透的衣服散发着染料的气味。两个人方才看到的那一幕鲜血淋漓此刻已化作尘埃,变为了遥远的记忆。他们跑向杂货店,踏着脚下的雨水,散开阵阵涟漪。

杂货店里,西蒙妮·斯威特正站在柜台边给煤气灯打气,女人走进店里,激动地朝西蒙妮喊道:

"快打电话报警!有人死了!在活动板房里!就在路那边!"

女人说话时距门口还有一段距离,雨水顺着湿透的衣服边缘滴落下来。头上的灯光标识牌再次开始闪烁,"啤酒"二字亮了起来。西蒙妮用手指了指店外。女人以为她的意思是让两个落汤鸡滚出去,但当她转身时,看到了一旁的付费电话,男人摸索了半天,笨拙地掏出一枚硬币。

杂货店位于河谷地带,周围的玉米田仿佛一幅卷轴,一望无际的绿色绵延不绝,直到遇上悬崖才戛然而止。公路沿河而建,一路延伸至北方的云杉林,再往北去就是加拿大的魁北克省。这是一条通向异国他乡的跨境公路,这是一段让人倍感孤单的遥远距离,这是一次跨越昼夜的长时旅行,为这条道路平添了几分忧郁气质。

春季形成的冰塞迫使河水流向公路。混杂着树枝与枯叶的洪水冲进杂货店,波光粼粼的水面仿佛涂上了一层亮晶晶的蜡,洪水糟蹋了储存在袋中的土豆,冲掉了摆放在低处架子上的罐头标签。这些日子里,农夫会将卡车停在洪水边,他们坐在驾驶室里抽着烟、喝着酒,望着浑浊的水流。有人说排水管可能被一头淹死的猪给堵住了。到最后,一个高中生模样的孩子开车从水面穿行而过,他把胳膊搭在车窗上,轮胎碾过水面,溅起的水花好像一只公鸡的尾巴。周围观望的司机这才一个接一个地离开,他们掉转车头,在碎石路上留下一道又一道泥泞的弧线。大雨中的悬崖被雾气团团围住,让人辨认不清哪里是山顶;雨水顺着树枝滴落,湿淋淋的树林模糊了人们的视线,整座河谷看上去像印在报纸上布满颗粒感的照片。

斯威特家的房屋比一般人家宽上两倍,装饰有遮阳篷和落地窗,屋外围着一圈简陋的篱笆,地上放着两只胶合板制成的鸭子。厨房的门就开在杂货店里。房屋侧面的草坪刚刚割过,地在是一片棕色。奥尔布洛每天都会骑着割草机上下翻飞,好像那台机器是一匹马,需要定期练习。草坪正中央摆放着五块岩石,还有一个倒扣过来的浴缸,浴缸被涂成深蓝色,给人一种强烈的冲击感,好像深层洁面霜外包装的颜色。弧形的浴缸边缘下立着一尊圣母马利亚像。每到冬天,圣母饱经风霜的下颚便会落满积雪,那几块岩石也化作了躬身的忏悔者。

西蒙妮有一头茶色卷发,两只胳膊像销子一样,她从早到晚都在店里忙碌,头顶的霓虹灯嗡嗡作响,身边环绕着各式各样的东西:有马铃薯片、糖果、厕纸、干煤气、冒险电影录像带,还有一台彩票机。店里贩卖的布朗尼蛋糕是她亲手做的。收银台旁边的咖啡壶散发着恶臭,闻上去像恶魔的蹄子。柜台下面放着一个金属盒,里面是包好的一卷卷硬币,还有一把钳子头已经坏掉的起钉器。

"你留着那破玩意儿有什么用?"奥尔布洛问道。

"这样一来,要是我用这个东西夹你的耳朵,你就不会介意了。"

历经三十几年的沧桑岁月,奥尔布洛曾经的帅气容颜已经悄然消逝,如今的他头发变成了钢灰色,乱糟糟地散在脑袋上,面部表情也已僵硬,一双手总是沾满油渍,成天到晚拿着一堆金属部件。他的大腿上有一处银色伤疤,啤酒瓶盖大小,若要追溯这块伤疤的历史,就要回到他跟第一任妻子生活的时候,那时他有了外遇,嫉妒的妻子知道后和他大吵一架,他喝得酩酊大醉,满口胡言乱语,一头栽进用倒钩铁丝围成的篱笆墙中。如今,在他僵硬的身体里仍然隐藏着一个动作灵活、血气方刚的自我,不过已经很长时间无用武之地了。

奥尔布洛是一个夜班司机。曾经有无数个夜晚,他缓缓地打开后屋的门,回到自己睡觉的地方,夫妻二人管这间小屋叫"办公室",屋里有张桌子,上面堆满账单和收据,旁边支着一张小床,毛毯胡乱地堆在床上,西蒙妮住在前屋,睡在一张双人床上,院里的月光倾泻下来,她的鞋子歪歪扭扭地堆在五斗橱前面的地毯上,看上去像死在沙堤上的鱼。

奥尔布洛有时会工作到转天清晨。当工程救险车拖着松松垮垮的引擎声开回自家院子里时,西蒙妮便会起身下床去煮咖啡。奥尔布洛是一个彻头彻尾的烟鬼,身上永远散发着烟草的臭味,他会用胳膊肘撑住桌子,向西蒙妮讲述自己的见闻:他驾车穿行在昏暗朦胧的景色之中,车子挂上二挡,挂挡的声音听上去像是甜美的音符,月光洒满整条道路,车轮碾过地面上一个又一个坑洼。

"我看见两只山猫在沟里打架,也许是在交配,反正不是在打架就是在交配,我也不确定,但它们的毛发上沾着血。"

收音机里传来鬼哭狼嚎般的歌曲。外面下着雨,车前灯照亮了周围,两旁的道路闪闪发光,看上去仿佛屋顶上方的防水板。他偶尔会碰到陷在积雪中的汽车,或者倒在方向盘上失去知觉的醉汉。如果那些人请他帮忙拖车,他会收取三十五美元的费用。有一次,在路边的桤木林里,他捕捉到一个亮晶晶的东西,他停下车,发现树枝上挂着一枚戒指,上面还镶嵌有一小块碎钻。还有一次——那是好几年前的事情了,一辆亚利桑那州牌照的汽车开进了扫雪车的回车道里,车前鼻一头撞进树林,车窗玻璃内侧被司机急促呼吸形成的雾气笼罩,仿佛被拉上一层珍珠色的窗帘,透过雾气可以依稀看见躺在里面的司机尸体。外套上散落着牙齿的碎片,看上去像是鲜红的食物碎屑。

"我跑了大老远的路,结果却遇到这档子事儿。"奥尔布洛说道。

西蒙妮竖起耳朵听着,她将报纸在水泥地面上摊开,跪在纸上,拿起一个被拉直的衣架,戳进自动贩卖机。

"看起来像啮齿类动物留下的痕迹,不过这里确实有只老鼠。从被啃掉的糖果来看,现在至少长到三英磅重了。你应该离那些搁浅在路边的车辆远一点。你很有可能被卷入什么事情。你压根就无法预料待在车里的家伙会是谁。你是不是应该帮忙处理一下那只老鼠,老鼠会把咱们的商品吃光的。"

"也许里面的人需要拖车服务。"

"你要是问我的意见,我觉得你才需要拖车服务。"

奥尔布洛已经记不清自己究竟去过多少次特拉塞尔山了,通往山上的路弯弯曲曲,像一根折了好几下的稻草,在开了七八英里之后,沃伦·特拉塞尔家的院子出现在道路尽头,一间活动板房挡住了去路,房子整体呈现灰白色,后身是一个大大的斜坡,这间房子给人的感觉像是三手货,在卧室和房门之间,还装着一个小型取暖器。地产销售用"烤箱"来形容这间活动板房,他们在胶合板搭建而成的办公室里笑成一团。从树林里看过去,沃伦的烤箱看上去更像是一艘沉船。有些时候,当奥尔布洛把车子开进沃伦家的院子时,屋门那边会浮现出一张干瘪的脸,手电筒射出的灯光打在木材堆上。但奥尔布洛却不慌不忙,依旧慢慢地掉转自己的车头。

活动板房的周围是一片垃圾的海洋,堆满了各式各样的汽车零件、已经发霉的干草堆、线缆轴、坏掉的铁铲和拖拉机坐垫,以及伐木用的铁链,还有一辆只剩下前半部分的公交车,没有窗户和引擎,车辆是最新型号,车身像钱包一样叠在一起。胶合板搭建而成的阶梯斜在门前,铝制门板上有人用.22子弹射出了一个歪歪扭扭的花体字母——"B"。

"也许是沃伦的杰作,"奥尔布洛对西蒙妮说道,"我已经受够了,每次他一打开门,我就能看到那个'B'字。那个'B'到底是什么意思呢?也许指的是'流浪汉①',也许指的是'游手好闲'。还有那些压根就算不上阶梯的东西也是他自己搭建的。那是这个世界上唯一一间没有养狗的活动板房。对了,那个'B'字没准指的是'狗娘养的'"。

"真不敢相信,怎么会有人过着那样的生活。"西蒙妮擦着桌子,瞥了一眼奥尔布洛的咖啡杯,看他是否已经喝完。

她认识沃伦。每周五早晨,甫一开店,她就能看见沃伦站在门外,高高的个子,仿佛立在养鸡场的一根柱子,他穿着一身棕色的帆布工作服,裤子松松垮垮的,像在腿上围了几圈防水纸,他向西蒙妮点头致意,脑袋很大,像一口平底锅,头上戴着一顶满是油污的帽子。此番下山,他要采购一些罐头,再买上一张彩票,而那些罐头现如今已经变成了神秘的惊喜盒。沃伦的眼睛看上去显得疲惫不堪。他用爪子在一箱箱没有标签的罐头里扒来扒去,在半价促销的微波食品中翻来找去。

"你怎么知道这些罐头要在微波炉里加热多长时间呢,沃伦?"西蒙妮提高声调,摆出一副店主人姿态,"标签都被冲掉了,没人清楚要加热多长时间。"

"我是靠猜的。不打开这些罐头,你永远不可能知道里面有什么。可能是豆子,可能是浓汤,也可能是难吃的中国菜。罐头可是好东西。你知道什么东西最棒吗?是狗粮。袋鼠牌的。那些都是上乘的肉。给那些该死的狗吃简直就是浪费。"沃伦厚厚的嘴唇上长着许多冻疮,下巴满是胡楂,一直蔓延到脖子处,那里的毛发是倒着生长的,发尖扎进肉里,已经有些化脓溃烂。

---

① 原文为 Bum,以字母 B 开头。下文中提到的"游手好闲"(deadbeat)和"狗娘养的"(sonofabitch)中都有字母 B。

冬天,如果山上伐木的人手短缺,沃伦就会跑去帮忙,夏天的时候,他会到木材场搬运木板,还会和阿奇·努里一起沿路边捡瓶子。还有几周的时间里,你能看见他牵着一匹马在树林里游荡,那是他在帮别人照料。

"你说那些马?"一个农夫看着西蒙妮,他将厚实发黄的手扶在柜台上,面前摆着一夸脱冰激凌、三根外皮已经发黑的香蕉,还有一小罐人造奶油,"让我来跟你说说沃伦和马的故事吧。你知道他开的那辆旧道奇车吧,车身摇摇欲坠,一开起来好多地方都拖底。你甚至能把自己的拳头塞进门缝里。不知道是谁给了沃伦两匹小马,让他帮忙在自己出门时照看一下。于是沃伦便开车过去接马。他草草地做了些准备工作,在车后竖起根杆子,将两匹马隔开。他把马装上车,随即发动引擎。行驶到州际公路时,他的车速最多也就五十英里。路上有许多开往魁北克的运纸车,一辆接一辆的牵引式挂车与他擦身而过,车速都在每小时六七十英里。那些马哪见过这阵势,它们望着那些又大又长的车子,跟自己只有十八英寸左右的距离。沃伦开车途经一座桥,面对着桥下的河水,两匹小马的眼睛死死盯着护栏,当他们连人带马都在桥上时,几辆牵引式卡车从他身边超了过去。据沃伦说,其中一辆卡车碰到了自己车子的汽笛。被声音吓到的小马失去了控制,两匹马暴跳如雷,其中一匹踹向后挡板。挡板从车上掉落,两匹马跑到了公路上。以每小时五十英里的速度,一头跌倒在混凝土路面,撞上了疾驰而来的卡车。这已经是三年前发生的事情了。这就是沃伦和马的故事。"

"我的天啊,"西蒙妮故作惊讶道,这个故事她已经听了无数遍,"它们有没有受伤?"

"有没有受伤?我想应该是受伤了。倒不如说它们死了。被撞死的。内脏和血溅了一地。路上的车辆排起长队,导致了交通堵塞。州警察不得不朝他们鸣枪示警,让他们收起所谓的怜悯之心,赶快离开这是非之地。"

"我猜有人今天在晚餐之后会吃香蕉圣代。"西蒙妮转移了话题。她听过关于沃伦的另一个故事:那是在别的小镇里,有人看见他赤裸着上身从餐厅的男厕走出来,腰带往上及至整个头皮都是紫红色。他将衬衣卷在胳膊底下。没有人知道到底发生了什么事,也没人知道他为什么会变成那副样子。

每到父亲节,奥尔布洛就会前去探望他和前妻所生的两个儿子,大儿子名叫亚瑟尼奥,今年二十八岁,二儿子唤作奥兰德,今年二十六岁,两个儿子现在还住在霍莫·B.贝克训练工坊。然而他们在那里并没有受到什么训练,每天的工作就是拿着耙子扒拢树叶,用扫帚将闪闪发亮的长长走廊清理干净,他们挥舞着毛发浓密的胳膊,像四把镰刀,蹉跎着自己的青春岁月。

亚瑟尼奥从来都装作不认识他,而奥兰德每次都会喊着"爸爸,爸爸,爸爸",听上去仿佛哀鸽的叫声,他重重拍打着两只柔韧的手,听上去像在用对位法演奏一段旋律。除非赶上雨天,他们一般都会待在草坪上。两条木制长椅相对而立,像一对儿即将开战的摔跤手。亚瑟尼奥的苍白手指如蜡一般,他紧紧握住扫帚。奥尔布洛孤独地站在一旁。

"好了,你们的爸爸又来了,过来看看你们过得好不好。"奥尔布洛寒暄道。亚瑟尼奥面色凝重,仿佛正在进行一场扬声器测试。他开始清理起人行道,而手里压根没拿扫帚的奥兰德也跟着一起打扫起来。跟在他们旁边的奥尔布洛在草地上移动着,自顾自地说起这一年来的所见所闻。

"有人闯进了杂货店,一开始我们以为什么东西都没丢。但一天以后,西蒙妮发现所有鞋子的鞋带都不见了。有人偷走了鞋带。你能想象吗?后来发了一场洪水,水流进店里,没过了脚面。艾尔古德·佩考克斯,你应该还记得他,奥兰德,在你很小的时候,他还给你送过苹果,现在他已经去世了。享年七十二岁。死于肠癌。"

"大贫果。①"奥兰德嘟囔道。

离别前的最后半个小时,奥尔布洛送给两个大男人——也就是两个儿子——每人一盒巧克力,足足两磅重,巧克力用红色的塑料收缩膜包装好。亚瑟尼奥仍然沉浸在打扫的激情中,任凭自己的巧克力掉到地上,而奥兰德则直接撕开深红色的包装,将黑色的巧克力塞进嘴里。奥兰德紧闭双眼,他的脸给人一种颓废的美感,就像被蚊虫叮咬后的马皮。尽管奥尔布洛极力掩饰自己的情绪,但全身仍然充满对儿子无可救药的喜爱之情,像一阵痉挛突然发作。

在和露丝同居前,沃伦·特拉塞尔整日与阿奇·努里混在一起。西蒙妮总能看见两个人开着沃伦那辆破卡车去路边捡瓶子换钱。

"那可算不上什么正经生意,"西蒙妮说道,"赶上运气好的时候,他们闲逛一天捡来的瓶瓶罐罐差不多可以换到十二或者十四美元。但他们还要给车子加油,光这笔开销就能抵掉他们挣来的一大部分。他们会带上两箱六瓶装啤酒,还有一条普通香烟,这就足够了。六罐啤酒外加十盒香烟就能伴他们工作一天。说到这儿,我想起来了,你是不是应该把停车场那块坑洼的地方修好,别一天到晚就知道拿着割草机晃来晃去。"

"真是难以想象,怎么会有人过着那样的生活。"奥尔布洛含含糊糊地说道。

整个努里家族只出了一位面点师和一位学校位于马萨诸塞州的小学校长,除了这两个人以外,其他人不是爱打架的混混,

---

① 原文是"Papple",即在"apple"前加上"P",此处采用谐音翻译。

就是肉店的屠夫,要么就是疯狂的卡车司机,他们为木材厂运送原木,这帮家伙拐弯的时候都不知道减速,车上的木材颠来颠去、打着滚儿,不过倒是没有引发什么事故。

"东边的小镇聚集了好多努里家的人,就像一个耗子窝。"一个农夫说道,"从你家墓地的院子往两边看过去,你会发现周围全是努里家的人。其中绝大多数人过的都是苦日子。"

阿奇·努里的头发是姜黄色的,一双眼睛布满血丝,鼻子中间往下有一道伤疤,这让他没事就会冲别人嚷嚷:"你看什么看!"抛开那道伤疤,还有身上的坏脾气,他长得其实还算英俊,但也给人一种油腻的感觉。他没事就会瞅瞅窗户或照照镜子,倒不是出于虚荣,而是想看看自己到底长得像谁,因为他不清楚自己的出身。他的脖子上挂着一个吊坠,吊坠和胸毛缠在一起,链子已经生锈。没有人见过里面的照片。也许露丝见过,也许她知道。

夏季的夜晚炎热沉闷,家家户户都敞着窗户,只为能进些凉爽空气,奥尔布洛开车来到沃伦家的院子,准备掉头,好踏上归途。一辆卡车停在院中,堵住了他的去路。借着飞蛾眼睛般的车前灯光,他观察起卡车的模样:车后窗挂着一个旧水桶,旁边立了一块涂满清漆的木板,上面贴着"雪佛兰"三个字,是用吃完冰棒剩下的木棍组成的;车上堆着砍下来的枫树树干,树枝还挂在上头;保险杠上有两张贴纸,靠近驾驶席一侧贴着"专属于他",靠近乘客席一侧贴着"专属于她"。正在观望之时,奥尔布洛感觉有什么人走到了自己身旁:一支12码的双排猎枪枪口对准了自己脖颈处的柔软肌肤。他闻到了香草的味道,奥尔布洛转了转眼珠子,用眼睛的余光瞥见了一个体形硕大的女人,还有对方如波涛般汹涌的长发,看上去好像布满褶皱的丝绸。

"原来你就是那个讨厌鬼,总在我们的私人车道掉头。沃伦不希望你再有下一次。所以你最好还是滚吧。这里是私人领地。"活动板房的门边射来一道手电筒光,划过二人,照亮了周围的黑暗,露丝头上的黄发像正在燃烧的熊熊烈火,奥尔布洛惊恐的双手止紧紧握仕方向盘。起初,他一句话也说不出来,但当她放下枪后,他才终于回过神来,缓缓开口道:

"天啊,我不知道有人住在这里,我以为那间活动板房是空的。他应该早些告诉我的。这边是小镇道路的尽头,没有能够掉头的地方。"

"现在有了。他把那边的道路清理了一下。"她用下巴指了指对面。

林子那边有一处树木被人砍掉,形成车辆可以进入的小口,奥尔布洛将车子倒了进去,木桩和岩石摩擦着轮胎,他掉转车头,离开活动板房。女人站在房屋台阶上,铝门敞开,沃伦用脚为她撑着,手电筒发出的光在抽动。雪佛兰保险杠上的贴纸反射着刺眼的光,他看到写着"专属于他"的贴纸上有几道刮痕,看来她是想把贴纸揭掉。

往山下行驶了一两英里,他将车子开进集材道,在一处种满灰色树苗的地方停下车,他关掉引擎,点燃一根烟。他的双手还在颤抖,眼前不停浮现着那涂满紫色口红的嘴唇,那颜色好像一支融化的蜡笔,在脑海中挥之不去的还有那一头黄发,直到现在,他还能感觉到冰冷坚硬的猎枪枪口。

晨光初亮,奥尔布洛在厨房里喝着咖啡,西蒙妮正在准备店里的布朗尼蛋糕。看向窗外,天空好像牛奶一般。西蒙妮拿起一个瓶子,将里面的东西倒进面团,碗里的香味立刻弥漫开来。

"你加的什么东西?"

"香草呀,跟我每次加的一样。"她看了他一眼,"你什么时候能把罗比肖家花园里的舵柄弄好?本已经等了好几周了,他们也来看过两次,想知道什么时候能修好。"

星期五的早晨,天气潮湿闷热,奥尔布洛骑着割草机在草坪上漫步,他从只有自己知道的中心点出发,沿着螺旋形的轨迹向外割草。淌在两岸间的河流仿佛熔化的铅水,平坦的玉米田看上去像一张壁画。飞驰而过的农场卡车发出嘈杂的轰鸣。大约十一点钟左右,那辆装有稳定杆支架的雪佛兰车开进了店里。

　　沃伦·特拉塞尔从乘客席上跳下,随即走进杂货店里。胖女人跟在身后,她穿着一件品红色的连衣裙,黄色的头发如瀑布般垂在肩头,整个人看上去像一个布做的大铃铛。割草机在奥尔布洛的臀部下面有节奏地震动,又割了差不多两圈草,他看见两个人走出店外,沃伦手里捧着一箱神秘的罐子。女人对他说了些什么,沃伦又转身走回店里。胖女人一脚踏进了奥尔布洛的草坪,在边上等着奥尔布洛过去。

　　奥尔布洛停下机器,引擎依旧在运转。他的身体随着引擎的震颤一起晃动。女人走到机器旁边。香草的味道和排出的废气混在一起。奥尔布洛的眼睛紧紧盯着草坪,仿佛他只对地上的野草感兴趣。沃伦又从店里走了出来,他钻进卡车,往前探了探身子,拿出一个罐头喝起来。

　　"我不知道你是杂货店老板娘的丈夫,我还以为是哪个故意来找麻烦的家伙。沃伦说了,如果是你的话,可以在我们的院子里掉头。他说没问题,你可以随意。"

　　用眼角的余光,奥尔布洛看见沃伦喝光了罐头里的东西,接着转头望着他们,他的头定格在乘客席一侧的窗户里,如同一幅画作。奥尔布洛清了清嗓子,刚想说些什么,女人突然伸出手,以迅雷不及掩耳之势摸向他的腹股沟,炽热的手揉捏着他的下体,她的手上没有戴戒指。女人回身向卡车走去,大片大片的黄色头发在阳光的照耀下闪闪发亮,看上去像信号灯一样。奥尔布洛再次发动割草机,将草坪清理干净,接着走进店里。西蒙妮正在擦拭冰箱。

"你觉得怎么样？"

"什么怎么样？"奥尔布洛问道。

"跟沃伦在一起的人呀。我看见她在那边跟你说话了。你认识她，我说的没错吧？"

"不认识。她只是过来问问几点了。"他抬起左胳膊，上面戴着一块不锈钢手表。

"她是阿奇·努里的妻子，名叫露丝·努里。她抛弃了阿奇，跟沃伦同居了。至于他们在一起多长时间了，估计没人知道。我管他们这种行为叫玩火自焚。早晚会出乱子的。阿奇·努里可不会就此善罢甘休。我还记得露丝在学校时的样子，那时的她就像现在这样，又大又胖，她是一个又大又胖的笨蛋。真希望老天爷可以下点儿雨，这样天气就能凉爽一些。"

"很快了。"奥尔布洛说道。他把手伸进口袋，手指夹出两枚硬币，其中一枚面值一美元，另一枚是二十五美分，他将两枚硬币放在柜台上，拿起一块布朗尼蛋糕。他这样做只是为了闻闻蛋糕上的香草味道。但光这样做还远远不够。晚些时候，他悄悄溜到货架旁，拿起一个小瓶子，滑进自己的口袋。

几英里之外，阿奇·努里正在将雨伞骨架上的钢条一根根削尖，将自己打猎用的箭头磨快，他把猎鹿用的来复枪架在肩膀上，做着空发练习，他朝一块木头扔着飞刀，对着镜子里的自己挥舞着拳头，他使出一记记勾拳，击中了周围惊讶的空气。

"没人敢欺骗阿奇·努里！"他吼道，"你很喜欢骗人是吗？"他冲着满身刀痕的木头喊道。

让人提不起精神的炎热天气终于结束。夜晚的天空传来阵阵雷声，但雨一直没有落下。奥尔布洛还是一天到晚摆弄着自己的花园,草坪已经被他修整得只剩下草茬。他成天待在家里,和西蒙妮一起收看晚间电视节目,有时会睡在后屋。

到了星期三,天突然又热了起来,白色的空气在高温中战栗,连绵起伏的玉米田上薄雾笼罩。西蒙妮打开电风扇,柜台上放着一本地产指南,扇叶推开闷热的空气,流动的热气肆意翻乱书页。奥尔布洛在杂货店和车库之间来回进出。现在的他忙得晕头转向,像一条衔尾蛇。他满脑子想的只有那只炽热的手,那只没有戴戒指的手,还有那件连衣裙下面丰满的臀部。他无法忍受还要等到晚上,等到气温可能会下降的时候。

晚间新闻过后,西蒙妮准备睡觉,她躺在床上,听着公路上卡车发出的嚎叫,浴缸里传来阵阵水声。当奥尔布洛开车离开院子时,她依然是清醒的。

奥尔布洛将车子开进林间的缺口处,那里依旧残留着许多木桩,地面上坑坑洼洼,他缓缓经过活动板房,露丝正斜靠在一摞木板旁等他到来。奥尔布洛的双手全是汗,在方向盘上有些打滑。他的胡子刚刚刮好,下巴十分光滑,头发刚刚洗完,还未全部干透;他换了一条干净内裤:一件淡黄色的四角裤,那是西蒙妮在艾姆斯超市买的,三条一包。黑暗之中,露丝向他走来。

"嘿,天真热,不是吗?你怎么花了这么长时间。我还以为你要让我亲自去找你了。"女人坐在旁边的座位上,驾驶舱顶部的灯照着她的脸部轮廓,明亮的头发像围巾一样散落在她粗壮的手臂周围。

"你想去哪儿?"他听着引擎发出的轰鸣声。

"哪儿也不去。就把车停在我那辆雪佛兰后面。"

"这儿?"他大吃一惊,"沃伦呢?"

"沃伦?跟他有什么关系。就把车停在这儿,不会有事的。"

然而奥尔布洛想要开车去那条熟悉的集材道,他想把车子开进种满灰色树苗的林子。不,阁下,他说道,他不会把车停在沃伦的院子里。这里除了垃圾就是灰尘。

"来嘛,"女人劝道,"一分钟就能结束。"

奥尔布洛脑子里想的可不是一分钟的事情。但是他没有说话。

"好吧,既然这样,那我就回屋里去了。"女人说道。奥尔布洛对这次寻欢之旅已期待多时,在他的想象中,自己会尽情沉浸在性感迷人的芳香中,会度过一段私密的林间相会时光,会在女人紫色的嘴唇下慢慢沉沦。但现在,所有的一切都化作乌有。

"好吧。"他将卡车停在雪佛兰后面。眼前是两张保险杠贴纸,写着"专属于他"和"专属于她"。他关掉引擎和车灯,踩下应急刹车踏板。女人趴到他身上,虽然体形庞大,但动作却很敏捷。而且确实如她所说,只用了一分钟不到,两人的幽会就被一闪而过的强光画上了休止符,奥尔布洛瞪大眼睛望着被光照亮的景象,他看见堆放在院子里的一堆堆原木,看见一包被撑破的垃圾袋,看见散落在垃圾袋周围的几根鸡骨头,还有一些碎蛋壳。

"光是从哪儿来的?"奥尔布洛觉得自己的嘴巴已经失去了知觉,只是胡乱往外蹦着单词。

女人笑道:"没事,没准是沃伦,他又拿着手电筒照来照去。也没准是热闪电发出的光。"她已经跳下卡车,"还有可能是从山下开来的车子。也许还有别人想来院子里掉头。"

"没准是阿奇·努里。"奥尔布洛恶狠狠地说道。从他停车到现在为止,虽然只过了短短七分钟的时间,但自己却不得不开车回去了。眼下的他非常后悔,为自己浪费了一浴缸热水而后悔。

来到山脚下,他确信那道光就是沃伦·特拉塞尔射出来的,他就蜷缩在某处,藏在那堆木材之中,手里举着带有闪光灯功能的照相机——不知道是从哪儿偷来的。一想到沃伦,奥尔布洛就感到一阵恶心。竟然会有肮脏到那种程度的垃圾……还有沃伦和露丝……他堵住自己的嘴巴,以免吐出来。

次日早晨,阿奇·努里开始疯狂饮酒。他的房间充满屎尿味道,令人窒息,他先是拿出一瓶老公爵酒,瓶里几乎已经空了,只剩下一点浑浊的液体,他一口吞下,到了早晨七点三十分,他又开始喝起温啤酒,接下来,他在汽车贮物箱里发现了四分之一品脱的廉价龙舌兰,等到了中午时分,他又开车前往购物中心,将他预存在那儿的酒全部取出来,又买上一箱五瓶装的波波夫酒。挂在银行里的温度计显示现在是华氏九十二度。阿奇开着车,一个酒瓶竖在两腿之间,仿佛勃起的玻璃阴茎。他看着后视镜里的自己。"砰,"他说道,"砰,砰。谢谢您,夫人。"

奥尔布洛的割草机无法启动了。他无法忍受草坪上的沉闷空气。下午一点左右,他走进杂货店。"我要出去一趟,更换一下割草机的零件。"他说道。

"要是这热度一时半会降不下来怎么办。"西蒙妮问道。她看着店外烁烁闪光的公路,路过的汽车和卡车的形状已经扭曲。她刚想说点别的事情,奥尔布洛已经走出店外,手伸向了卡车门把。

奥尔布洛快到傍晚时分才回来,天边飘来蓝色的雷雨云砧,云层中不时有闪电出现。他满头大汗,灰头土脸。进屋后,他擦了擦嘴,好像刚刚吃完烤肉。

"怎么了?"西蒙妮问道,"你中暑了?"

"没事。"

"看样子雨终于要下起来了。"

他走进车库,继续摆弄着割草机。

男人的双手颤抖得十分厉害,这位耶和华见证人似乎没办法拨打电话报警。他以为自己能够控制局面,但这双手就是不听使唤。女人一把夺过硬币,拨通报警电话,告诉警察发生了什么事情。打完电话后,她又从西蒙妮那里买了一瓶汽水。

"警察巡逻车一会儿就到。"女人又向西蒙妮复述了一遍自己看到的场景:那具体形庞大、赤身裸体的尸首,那双被鲜血染红的脚,那只烤鸡现在应该已经烧煳了,还有这酷热难耐的天气,以及被雨水冲毁的道路。

"我们必须祈祷。"她说道,看了一眼站在边上的男人,接着又凝视屋外的大雨。她低下头,合起双手,"伟大的耶和华啊,我相信您的爱,还有您的力量——快,跟着我一起祈祷。"

"伟大的……"男人跟着念起来。

西蒙妮说自己要去车库那边看一眼。她将折叠的纸袋盖在头上,尽量躲避着倾盆的大雨,向车库跑去。

车库深处,奥尔布洛正倚在工作台边,用沾满油渍的右边手指拉着左边手指。工作台上胡乱堆放着工具,还有几个空的棕色香草瓶。

"喂,"西蒙妮说道,"店里来了两个疯狂的传教士,刚从沃伦·特拉塞尔家出来。他们说两个人都死在了地板上。已经报警了。"

她眯起眼睛,透过奥尔布洛身后的窗户,在流动的雨水中,依稀辨认出了那个蓝色浴缸,还有圣母马利亚像。"雨下得还真大。"棉质连衣裙被雨水打湿,贴在她瘦削的骨骼上。

"嗯。"他应道。

她叹了一口气,走到车库门边,打开门。

"警车来了。他们来得还真快。"她拿起一张湿掉的报纸,盖在头上,准备在雨中奔跑,"现在,终于轮到我给你讲故事了。你最好给我闭上嘴巴,乖乖听我说话,你听见没,闭上你的嘴巴。"她说道。

然而,他早就已经知道了。

摄影底片

每年都会有一些富人搬来这边的山区居住,他们在高高的山顶搭起玻璃房屋。每到日落时分,整座山谷都被阴影笼罩,仿佛包裹在坚韧的皮革之中,令人感到窒息,宅邸装饰有金绿柱石,在落日的余晖下熠熠闪光,好像西班牙无敌舰队在打着信号,准备发起新一轮的攻击。这些建在高处的城堡有一座刚刚落成,它的主人是巴克·B,一位被强制退休的前电视明星,听说这一带风景如画,他便慕名前来。他找了几个外地的木匠,这些人从秋天就来到山上,一直干到转年春季。装载有大块钢化玻璃的卡车一辆接着一辆驶过尘土飞扬的公路。房屋的主人很少露面,直到六月的一天,人们看见一辆梅赛德斯车停在村子的杂货店外,车身落满灰尘,车顶绑着一架颠倒过来的自行车,巴克·B下了车,手里攥着一张地图,向路人询问回家的路。

几周之后,一辆黄色的出租车又出现在同样的地方,这回下车的是瓦尔特·威尔特。他花费十年的时间,在经历漫长的旅途之后,终于从得克萨斯州的科马地区来到这里,他用付费电话打给巴克·B,告诉对方自己现在就在杂货店里,希望巴克能来山下接他。出租车司机在店里买了一罐菠萝汁和一块没有商标的芝士三明治,接着又坐回车里,等待来人将瓦尔特接走。

"我给他们一年时间。"店主说道,透过海报的间隙,他看着屋外的瓦尔特将三脚架、档案盒、照相机,还有六个行李箱从出租车里搬到梅赛德斯车上。

"告诉你我会给他们什么吧,"一个难缠的顾客接过话茬,"我会给他们好看。"

然而,初雪未至,两人的关系便宣告结束。他们没有撑过一年,当然,也没人从中作梗。

"为什么你要让那个邋遢的女人进屋?"巴克质问道,一双黯淡无神的眼睛紧紧盯着瓦尔特,对方正跪在楼下浴室的浴缸旁边。巴克的双手沾满陶土,动作僵硬地举在黑色围裙前。瓦尔特戴着两只黄色橡胶手套,擦洗着阿尔宾娜·穆斯在浴缸里面留下的一圈油污。巴克脸形瘦削,拥有两排长长的牙齿,活像法国喜剧老片里的演员费南代尔,他的头发仿佛一汪银色的泉水,荡起阵阵涟漪。

"你觉得自己能拍到不错的照片,对吧?她能成为很好的摄影主题:一个'饱受蹂躏的乡村女人'。但结果又如何?看看你周围的那堆照片,你拍的都是些什么玩意儿?除了你自己,根本就没人能看懂。这是什么?一只耳朵的边缘?一只脏兮兮的脚?我警告你,不要让她上楼。"巴克等待着瓦尔特的回应,但对方却没有说话。过了大概十秒钟,巴克飞起一脚,踢上浴室的门,怒气冲冲地回到自己的陶土世界,举在胸前的两只手好像两把仪式用刀,准备给眼前的动物开膛破肚。

瓦尔特不停说着阿尔宾娜·穆斯的事情,被他毁掉的晚餐时光多得用十根手指都数不完。城里的朋友好不容易能在周末到山区来度假,却不得不听他说起这些令人不快的故事:阿尔宾娜的前夫是个糟糕透顶的家伙,然而在离开他后,她又嫁给了一位疯狂的生存主义者,一个能把刀子放进锡罐、埋入树林的疯子;后来她又和一位上了年岁的窗帘杆商人同居,老头仗着有农村养老金作为保障,整日房事无度,阿尔宾娜两次被送进急诊室抢救;她还被指控涉嫌一起福利基金欺诈案;她的几个孩子都患有头虱;她总是开玩笑说自己长了一条发育不全的尾巴。

人们有时会在购物中心的超市队伍中看见她的身影,几个孩子围在购物车旁,像挤成一团的苍蝇,也有些时候,她已经买好了啤酒和薯片,提着购物袋,走向停车场,钻进一辆皮卡。那些孩子都长着深深的双眼皮,嘴巴生得如爬行动物一般,他们坐在落满树皮的车斗之中,手里转着几个空易拉罐。阿尔宾娜的头发紧紧贴在脑袋上,她爬上驾驶舱的乘客席,点燃一根烟,等待一会儿要来的人。

一天,瓦尔特开车经过阿尔宾娜身边,她正走在泥泞的路肩之上,几个孩子跟在身后,一路跌跌撞撞,哭哭啼啼。他停下车子,问她是否需要搭个便车。

"当然,特别需要。"她用粗哑的嗓音答道。她把几个孩子塞进后座,接着坐到瓦尔特身旁,孩子们脸上脏兮兮的,皮肤已经皲裂。阿尔宾娜很瘦,身材就像一位十二岁的少女。头发乱七八糟,看上去像是自己用折刀修剪的,脸色很白,仿佛商店里贩卖的切片面包。引起瓦尔特注意的,不是她眼睛的颜色,而是眼睛周围一圈好像淤青的印记。

"知道牛肠路在哪儿吧?再旁边那条路就是我住的地方。你把我们放在那儿就行。"她说话的语气很冲。一路上她都在咬着自己的手指甲,不停吐出沾到舌尖上的碎屑。

所谓的"路",不过是由集材机凿出来的一条小径。等到了地方,她像拽麻袋一样把几个半梦半醒的孩子从后座拖了出来,嘴里还念叨着:"快点,快点出来。"说完便踏上前方泥泞的道路,其中一个十分顽皮的孩子一下就骑上了她的胯部,另外两个则只能靠自己双脚前进,一路边走边哭。瓦尔特向他们挥手道别,但她并没有回头。

晚饭时,瓦尔特模仿着阿尔宾娜用手背擦拭鼻子的模样。

巴克·B吃着盘中的酸奶和坚果,支棱起耳朵听着,毫无光泽的头发沾满了陶土碎屑,透过玻璃幕墙,他凝望着远方的山景。少顷,他开口道:"我的天,真美啊。你为什么不去研究山水摄影呢?为什么不拍一些更有吸引力的风景照?"紧接着他又说自己很在意那儿个孩子,担心他们身上的头虱幼虫会沾到梅赛德斯的后座上。就在两个人吵得马上就要动手时,电话铃声响起,瓦尔特撂下最后一句话:"如果还是你那帮笨蛋朋友打来的,就说我不在,我可不想给几棵树拍什么鬼照片!"他指的是芭布·西茄,之前曾来过巴克家,提到自己家的树上现在已经长满了完美可人的叶子,她问瓦尔特难道不想带上相机去看一下吗?不,他不想。芭布·西茄嘴角两边长满赘肉,像极了猎狗上唇两侧垂下来的部分,她曾送给巴克·B一把古董军刀,那把刀被普遍认为是卡齐米日·普瓦斯基①在参加萨凡纳战役②时掉落的(是她前夫的父亲从自己的刀具收藏中送给她的告别之物),她还派一个年轻人穿着一身熊猫装跑到巴克家的窗户下面给他唱生日快乐歌,她还把自己养的罗特韦尔幼犬取名为B先生。

瓦尔特·威尔特的摄影作品总给人一种压抑与窒息的感觉:留白、失焦、倾斜的地平线,还有模糊不清、若有似无的前景,一切事物都让人无从辨认,人像的头部要么只剩下四分之一,要么只留有一半。其中一张是他自认为拍得最棒的,映在照片上的是一幢四四方方的房子,旁边能看见葡萄架与门廊秋千椅。草坪看上去似乎需要修剪一番。客人在欣赏他的摄影作品时总是一次又一次地回到这张平淡的风景照前,直到隐藏在画面背后的敌意逐渐显现出来:葡萄藤架突然化作充满攻击性的荆棘,

---

① 卡齐米日·普瓦斯基(1745—1779),波兰贵族,军人,指挥官,被誉为"美国骑兵之父"。他在美国独立战争中救了乔治·华盛顿的性命。
② 萨凡纳战役是卡齐米日·普瓦斯基的最后一战。

茂密的杂草也因愤怒弯下了腰。蕴含在照片中的力量终于浮现出来，仿佛观察者的眼睛才是真正的显影液。一切本可以变得更加简单迅速，巴克说道，只要瓦尔特在照片旁边附上一句说明："欧内斯特·库尔和萝拉·库尔的家，夫妻二人被他们的儿子巴克斯顿·库尔用棍棒重击、殴打致死。"

"如果一件事物需要由你定义才能被赋予意义，"瓦尔特说道，"那么在你定义它之前，它不会有任何意义。"

"饶了我吧，"巴克说道，"别再跟我说你那些深奥的哲学见解了。"

瓦尔特在摄影圈的朋友总会给他寄来各种照片，上面印着各式各样的图案：有盘在背光玻璃上的羊肠、死在水坑中的沙袋鼠、从燃烧的电梯里逃出升天而嘴里还吞着鱿鱼须的男人，还有裹着血红幕布的穆斯林妇女。一个朋友从多伦多打来电话，说他今年夏天和一位考古学家同行飞往北部地区，去找"帐篷环"[①]。"在布西亚半岛上找到了因纽特人藏的东西。"远距离的通话让朋友的声音变得越来越细，好像逐渐被拉长的丝带。

那个木箱，他说，从土里挖出来时就已经散架。他们在里面发现了几把匕首、几把刮刀、两张录有宗教音乐且保存完好的留声机唱片、一块子弹铸模、一副已经裂开的眼镜、一口印有"雷欧"二字的蒸锅、几根针，还有一个烟草罐。打开烟草罐，他们拿出一沓摄影底片，由于年代久远，上面的感光乳剂已经失去效用。照片正在修复当中，会陆续寄给瓦尔特。

但当这些照片寄到他手上时，他却倍感失望。所有的画面都是眯起眼睛的传教士，只有一张除外。那张照片上是一个因

[①] 帐篷环是指因纽特人在立有帐篷的地方留下的一圈规律排布的石头，相当于固定帐篷的桩子。

纽特人的小女孩,站在一幢建筑物前,由于受到气候侵蚀,建筑物的外墙已经褪成白色。女孩穿着一件厚夹克,衣服上面的缝合线构成了一个又一个八字图案,一艘有桅杆的船停靠在画面的远方。少女脸部的轮廓像一粒榛果,弯弯的眉毛如同柳叶。她倚靠在布满刮痕的护墙板上,双手交叉叠在胸前,嘴角挂着憔悴的微笑,一双眼睛在眼窝中失了神。

瓦尔特在照片的阴影处发现了瑕疵。女孩的靴底和地面之间有光透过来,这说明她全身的重量都压在了脚后跟上。她是被后面的建筑物支撑着才立住的。

"这是一具尸体,"瓦尔特兴高采烈地说道,"她的身体都僵硬了。"

巴克正在一旁烘烤燕麦饼,他想知道拍摄那种照片的意义何在。"难道是想拍一部《北方的纳努克》式的纪录片?也许只是单纯地想告诉人们这个小女孩是饿死的,或者是因为得了结核病才死掉的,当然,也可能是出于别的什么理由,谁知道呢。"

瓦尔特告诉巴克不要试图去探寻照片背后的意义,因为这样做本身毫无意义。"对你我来说,这张照片毫无意义。但对于将这些底片放进烟草罐的人来说,它一定存在着某种意义。"

羊毛衫紧紧贴在巴克身上,他感到一阵刺痒,听完瓦尔特的发言,他压低了嗓音,小声说着什么。

两个人每周都要开车去逛一两次购物中心,那里有连锁商店、比萨餐厅、酒水店、六十分钟快速冲印的照片店、立等可取的眼镜店、鞋店、廉价促销的地毯商店,还有环球中草药店等。

"我早就告诉过你了,要带另一张信用卡,"巴克说道,"上次这张卡掉到座位下面去了,你把它拿出来的时候,这张威士卡就坏掉了。"

瓦尔特在自己的口袋里翻来找去。当阿尔宾娜·穆斯用啤酒瓶敲响乘客席一侧的窗户时,他着实被吓了一跳。一辆垃圾车停在了他们旁边,阿尔宾娜微笑着将身子探出车外,嘴里是浓浓的烟味儿,她的脑袋上顶着乱糟糟的棕色头发,看上去像动物皮毛一般。她依旧穿着那件脏兮兮的腈纶毛衣,有些地方还被抻长了一些。

"车子不错,"瓦尔特嚷道,"个头儿挺大。"

"不是我的。这是我朋友的车。我正在等他。"她瞥了一眼高速公路对面,那边立着三幢低矮的建筑,是三间酒吧,招牌上分别写着:"74 号""马蹄铁",还有"日本女人"。

瓦尔特和她交谈起来,两个人说起玩笑话,没人注意到坐在驾驶席的巴克突然身子一紧,他的心头五味杂陈。他在自己的口袋里找到了另外一张信用卡。阿尔宾娜把头缩回车里,吞了一口啤酒,瓦尔特注意到她的喉咙周围留着一圈圈污垢。

"你是拍照片的?"

"是的。"

"好呀,有机会的话能不能帮我拍一张?"

"我的老天啊,差不多了,"巴克发出一阵嘘声,"咱们该走了。"

不过瓦尔特倒是真的想为她拍几张照片,他回想起那天行走在路边的阿尔宾娜,回想起那一日在天空中闪烁不定的耀眼阳光。

十月开始,阿尔宾娜·穆斯每天都会睡在巴克的梅赛德斯车里。最初的那天是一个周日,瓦尔特出门买报纸时遇见了倒在车里的阿尔宾娜,她浑身发冷,身子都坐不直。瓦尔特上前将她扶起,阿尔宾娜眼圈发黑,目光呆滞,浑身抖个不停。她自己也说不清楚怎么会倒在车里。他猜阿尔宾娜应该是前一天的周六晚上喝醉了,和别人打了起来,在逃跑的途中躲进了某人的车里。从主干道到某人的梅赛德斯车之间有两英里路程,而且周围可是一片漆黑。

瓦尔特将阿尔宾娜带回巴克的房子。南边的"墙"从屋顶到地板一整面都是玻璃,将外面的山景框入其中:那是由一块接连一块不断向上攀爬的岩石所构成的山体,遍布其中的是一簇又一簇阴郁的玫瑰色茜草,山体两侧有几处泉水向外冒着歪歪扭扭的棕色烟雾。整幅山景绘图像是被强制收进房间,这种违和感仿佛也在预示着即将发生的事情。闪闪发光的冰尘微粒弥漫在周围的空气中。呼啸的狂风摇晃着墙壁,玻璃杯中的液体因寒冷而瑟瑟发抖。

相对于这样一幢充满意义的房子,阿尔宾娜·穆斯的存在就显得非常糟糕了,她那张苍白无力的脸上还残留着汽车内饰的印记,两只手像树根一样,身上的衣服破破烂烂,散发着恶臭。她跟在瓦尔特身后,两人一起走进厨房,巴克正在研究一道数学谜题,他低着头,品着海藻茶,垂下的眼皮如瓷器一般光滑,他光着左脚,像僧侣敲木鱼一般拍打着周围的空气。

"你说什么?"巴克咆哮道,他像一把突然被撑开的雨伞,愤怒地拍着桌子,茶杯发出刺耳的声音,茶水洒到了数学谜题上。他一瘸一拐地走出房间,右脚的石膏不停敲打着地板,发出啪嗒、啪嗒的声音。

"他的脚怎么了?"阿尔宾娜问道。她现在的注意力被巴克受伤的脚所吸引。

瓦尔特倒了一杯咖啡。"他撞上了一头鹿。"

"车子反倒没事!"

"他没开车。受伤时他正骑着一辆自行车。"

阿尔宾娜笑了起来,一口咖啡含在嘴里。"骑着自行车?撞到一头鹿!"

"那头鹿本来就站在路边,巴克觉得它既然都看见有车过来了,应该会自己跑开,所以他继续向前骑,但不幸的是,那头鹿并没有移动,于是他径直撞了上去。接下来那头鹿倒是跑开了,而巴克摔断了脚踝,还撞坏了一辆自行车。"

阿尔宾娜擦了擦嘴,环顾四周。"这地方真不赖,"她说道,"只不过不是你的。这是他的房子。"

"没错。"

"肯定是个有钱人。"

"他以前可是电视明星。不过那是很久之前的事情了。一个儿童节目,名字叫'B先生剧场'。在你还没出生的时候就有了。现在他专心烧制陶器。你喝咖啡用的杯子就是他的作品之一。还有那只盛放苹果的碗。"

她把头摆向一边,看着眼前的餐桌,盯着地板上的陶瓷砖,望着铸铁的牛头犬模型,还有手工雕刻的仙人掌衣帽架,她喝了一口咖啡,发出像下水道排水一样的声音,透过蓝色咖啡杯的边缘,她朝瓦尔特眨了眨眼睛。

"他真是个有钱人,"她说道,"我能洗个澡吗?"

摆在楼上浴室里的是弗朗索瓦·拉兰内①设计的浴缸,造型是一头蓝色的河马,瓦尔特心想要是让她看见巴克·B的这口浴缸,还不知道她又会说些什么。于是他将阿尔宾娜带到了楼下的浴室。

从那以后,阿尔宾娜成了这座宅邸的常客,她在黑暗中一路摸索,踏上巴克家的私人道路,爬进汽车里面,让自己吐出的陈腐气息充满整个空间。瓦尔特在后座上留了一个睡袋。她又拿来一个塑料垃圾袋,里面塞着几件已经掉毛的毛衣、几条皱皱巴巴的涤纶裤、一把乱蓬蓬的毛刷,还有一双脚趾处装饰有蝴蝶图

---

① 弗朗索瓦-泽维尔·拉兰内(1927—2008),法国雕塑家。

案的粉色塑料鞋。瓦尔特很好奇她把三个孩子托付给了谁,但是一直也没有问她。

每天早晨,她都会等在厨房门外,直到瓦尔特开门让她进屋。他看着她将吐司外皮浸到咖啡里,听着她一遍又一遍重复着自己的故事,她翻来覆去讲的都是那些话,向内坍塌,仿佛一个越扭越紧的贝壳,等到中午酒吧营业时,瓦尔特就会带她前往购物中心那边。

"来嘛,给我照张相。从小到大还没有人给我照过呢。"阿尔宾娜说道。

"等有机会。"

"瓦尔特,她现在竟然睡在我的车里了。"巴克·B说道。他惊讶得几乎说不出话。

瓦尔特则回给他一个大大的微笑。

一转眼便到了深秋时节。道路两旁多了一些被人遗弃的车辆和流浪狗。闪闪发光的树叶逐渐枯萎,整座山变为灰棕色,仿佛褪去了一层毛发,像一只毫无生气的小鸟。在一次家畜拍卖会上,一头公牛挣脱绳索,将一位上了年纪的农夫踩伤;一群脸上长满疙瘩的捣乱分子朝公路上乱扔南瓜,一辆汽车为了躲避袭击而冲出了道路——这一场接一场的事故让这个地方沉浸在万物行将毁灭的气氛中不能自拔。又到了猎鹿的季节,猎人们从各地赶来,猎物的鲜血顺着卡车挡泥板流淌下来。猎人倚靠在皮卡车旁,瓦尔特用相机记录着眼前的一幕幕场景。透过双筒望远镜,巴克看着山坡上的伐木工将树林砍伐一空,至于阿尔宾娜·穆斯,她每天晚上还是睡在梅赛德斯车里。

瓦尔特喜欢那条被称作"泥泞广场"的小路,那里有一间破旧的救济院,现在已经是废墟一片,每周他都会开车路过这里两到三次。但这一次,呈现在他眼中的救济院突然有了别样的风采,仿佛一幅充满颗粒感的俄罗斯风情裸体画,整体像是被涂上一层蛋黄颜色。当阳光逐渐褪去,他再次抬眼观瞧,救济院又变回荒地。他觉得自己应该给这个地方拍上几张照片。明天就是个好日子。又或者后天再说吧。

当人们还在梦中熟睡,冷锋已悄然来袭,时间指向清晨,刺眼的阳光透过云层的裂缝洒向地面,房屋与高山之间的天空中狂风密布。瓦尔特沿着台地一路跑向车子,挂在脖子上的相机绳像锯条般狠狠地扎进他的肌肤中。他似乎听见远处的山上传来推土机一样的声音。阿尔宾娜·穆斯躺在汽车后座上,身子蜷成一团。

"今天我要工作,所以你得早些下车。"

乌云笼罩过来,周围的山变得斑驳阴暗。田野失去了色彩,只余下深色的茜草和灰白的杂草胡乱点缀其中。阿尔宾娜坐起身来,睡眼惺忪。

"我不会打搅你的。我就想躺在车里。我觉得很不舒服。"

"听着。我今天一整天都要工作。车里很冷的。"

"那我也没办法走回活动板房,你知道的。购物中心那边我也去不了。因为他在那儿,你懂的。"

"别跟我说那些。"瓦尔特倒车时没有掌握好距离,后车轮直接轧进了巴克的蜘蛛兰花圃,"我不想听你那些打架的事情。"

如今的救济院已经变成了一副空架子,墙壁四面漏风,阳光时有时无,整幢房子一会儿看上去绚烂炫目,一会儿又黯然失色,仿佛放映到结尾的电影胶片,只剩下数字和原始光线还在不停闪烁。阿尔宾娜跟在他后面,两个人穿过一片牛蒡草丛。

"我还以为你会待在车里睡觉。"

"啊,我就是随便看看。"

里面的房间十分狭小,差不多和食品贮藏间或者壁橱一样大。木板条上的灰色石膏已经剥落,地板上散落着细长的玻璃碴儿。楼梯上堆满了各种垃圾、瓶子、羽毛还有破布。

"你不会是准备把这幢房子修好吧?"阿尔宾娜问道,她踢了一脚地板上的坚果壳,拉下一根灯绳,绳子的另一头是已经碎掉的灯泡。

"我只是来拍些照片。"瓦尔特答道。

"嘿!给我拍几张,行不行?"

瓦尔特没有理她,他径直走进屋内,门上的嵌板已经被人用拳头打掉,墙壁四角有许多苍蝇乱飞,碎裂的油漆仿佛干掉的泥土。瓦尔特听见阿尔宾娜走进了旁边的屋子,在脏兮兮的垃圾堆里翻来找去。

"过来,站到窗户边上。"他喊道。在这样的小房间里竟能有如此复杂的光影变化,瓦尔特着实吃了一惊。窗边射来的光线形成一道粗糙的灰色阴影,随着潮湿石膏板的起伏不断变化,时而衰减、时而加深。阿尔宾娜把胳膊搭在矮窗的顶部,整个人包裹在已经失去色彩的窗框中,她将头靠在肩膀上,稍作休息。

"就是那样。"

光线变得扁平,阿尔宾娜和窗户融为一体。

"我的天啊,赶紧把你那件恶心的毛衣脱掉。"

她向瓦尔特抛来会意的微笑,随即脱起毛衣,笑容消失在衣服被提起后形成的空洞中。她觉得自己知道两个人接下来会做些什么。她紧了紧双唇,两只脚交替站立,脱掉内裤,一脚踢开。她的身材毫无起伏,从上到下就是一条直线,细细的手臂和双腿像木棍一样,一边的乳头被光线抹去了踪迹,另一边则藏在贫弱的身体阴影中,泛着微弱的亮光。她等待着瓦尔特,等他过来咬自己的胳膊,或者摇晃自己的身体,将自己顶到脏兮兮的墙壁上。不过瓦尔特并没有这么做,而是示意她在屋里来回走动。

"现在走到门边,把你的手放在门把上。"

阿尔宾娜伸向瓷制的球形门把,冻得发紫的手指握成半圆形。窗外射来的光打在她毫无生气的胴体上,她咳嗽一声,身体倚到了门上,干裂的油漆碎片剥落下来。她弓着身子,像一条小狗,后背上清晰可见一个个脊椎关节,刺激着瓦尔特的感官。

"走到门后。把身子塞进坏掉的嵌板。不要笑。"

她的脸出现在裂开的门板之中,照相机的镜头让她觉得自己的存在对瓦尔特来说很重要,虽然这不过是虚伪的假象。咔嗒、咔嗒,快门声接连响起。

瓦尔特的表情迫力十足,他的眼睛扫过整个房间,穿过门厅,看见地板上有一堆碎玻璃,像一个被截去顶部的锥体,到处都是细小的碎碴儿和弧形的锋利边缘。阳光透过坏掉的百叶窗洒进屋内。

"蹲在那堆碎玻璃上。"一股热流涌进瓦尔特体内。接下来要拍摄的照片一定会成为惊世之作。他十分确信这一点。

"天啊,我会被割到的。"

"不会的。保持好平衡就行。"

阿尔宾娜顺从地俯下身子,跨在玻璃堆上,她绷紧满是咬痕的手指,撑在脏兮兮的地板上,保持着平衡。随着乌云晃动向前,形成的光斑顺着她的脸颊和脖颈移动。她的身姿尽收于相机的取景器中。

和往常一样,瓦尔特拍下的,是摆成某个角度的四肢,是好像毛发一样的阴影,是阿尔宾娜闪闪发光的身体褶皱。

"我能把衣服穿上吗?我冷死了。"

"还不到时候。再拍几张。"

"你都拍了一百张了。"阿尔宾娜叫道。

"快点,继续。"

阿尔宾娜遵循着瓦尔特的指示,来到救济院的最深处,那里胡乱堆着一排排绿色架子,两个人靠近倒塌的门板,仿佛踏上了通往另一个世界的阶梯。瓦尔特走进破旧的厨房,找到一个带有贮水池的炉灶,灶体已经生锈,周围长满杂草。他抓起把手,刚想打开,炉灶的门便整个掉到地上。阿尔宾娜畏缩在后面,身子蜷成一团,打着哆嗦。

"阿尔宾娜,假装你要爬进炉灶。"

"我想穿上衣服。"

"拍完这张就穿。这是最后一张。"

"我在车里等你。"

"阿尔宾娜,你总是缠着我给你拍照。现在我给你拍了,你还想怎样?来嘛,爬进炉灶里。"

她走进杂草丛中,对着眼前的铁窟窿弯下身子。她先将手探进炉灶,紧接着头和肩膀也伸了进去。

"往里面爬,能爬多深爬多深。"

取景器中呈现出阿尔宾娜弯曲发黑的脚底、紧绷的大腿与臀部,还有毛发经过修整的性器官。她的背后根本没有什么发育不全的尾巴。趁着瓦尔特摆弄快门的工夫,阿尔宾娜从炉灶里退了出来。

"我想让你拍一些我在微笑的照片,"阿尔宾娜说道,"我觉得那种照片非常可爱,我可以拿金色相框把它们装饰起来。又或者拍一些性感的照片,我可以把它们放进小小的黑色折叠钱包。而不是像现在这样,钻进什么炉灶,把自己的屁股露在外面,让人看个精光。"

"阿尔宾娜,亲爱的,我拍的这些照片都很可爱,有些也很性感。只需要再拍几张就好。来吧,现在站到贮水池里,就在那边。"

阿尔宾娜爬上炉灶,用瓦尔特听不到的声音在小声嘀咕着什么,她一脚踏进贮水池,踩到一片生锈的地方,腐烂的金属承受不住她的重量,两只脚陷了下去。现在,炉灶的顶部卡在她的腰上,整个人看上去像是某种可怕仪式中被献祭的牺牲品。鲜血顺着她的身体流到脚上。

恶劣的笑声从瓦尔特咧开的嘴角爆发出来,他笑得不能自已,阿尔宾娜抽泣着,咒骂起眼前的男人。不过现在他倒是可以紧紧捏住阿尔宾娜僵硬瘦弱的大腿,掐着她的乳头,直到将她搞得气喘吁吁。瓦尔特把阿尔宾娜拉出炉灶,随后送到酒吧,扔下两张二十美元的钞票,告诉她以后都不要再睡在车里了。阿尔宾娜没有说话,她把钱塞进钱包,下了车,转身离去,塞满衣服的塑料袋随着走动的节奏拍打着她的大腿。

乳白色的灯光溢出房外。巴克的影子一瘸一拐地走来走去,一会儿弯下身子,一会儿又直起腰,窗上的潮湿雾气扭曲了他的身形。瓦尔特走进侧门,通过后面的楼梯,来到位于地下室的暗房。

瓦尔特将胶卷缠在卷筒上,发出咯吱咯吱的响声。他摇了摇显影罐,站在充满酸味的黑暗房间里,一边听着显影液流淌和滴落的声音,一边观察着时钟里发光的指针。等待的过程百无聊赖,显影液终于浸透了底片,瓦尔特打开灯。巴克还在楼上踱来踱去。瓦尔特眯起眼睛,看着潮湿的摄影底片,映在上面的是一只只憔悴的眼睛、一片片正在燃烧的嘴唇,还有一具具混杂着空洞与阴影的黑色肉体,对了,还有一只向下弯曲的瘦弱臂膀,以及一只张开的手掌和旁边像是闷烧煤炭的锥形玻璃堆。这一次,他终于拍到了自己想要的东西。瓦尔特起身上楼。

巴克正靠在墙根,双手背在身后。没有受伤的脚上穿着一只厚底的棕色牛津皮鞋。瓦尔特所有的行李箱都被堆在了门口。

"天越来越冷了,真是太冷了。"巴克·B感慨道,他说话的腔调像是棘齿和止动爪相互摩擦时发出的声响。

"太冷了?"

"太冷了,这里已经让人待不下去了。我要把整幢房子都锁起来。今晚。现在就锁。"巴克在波卡拉顿地区又买了一幢房子,但瓦尔特还没见过。

"我还以为咱们要待到雪季过后。"

"我要把房子卖了,已经挂在市场上了。"

"你听我说,我还需要等那些摄影底片干透。你这样做,让我接下来怎么办?"他试着让自己的声音听上去平静一些,与巴克说话时四处滑动的声音形成鲜明对比。

"随便你想干什么。只是你要去别的地方干了。你可以去找阿尔宾娜·穆斯。"

"你听我说——"

"我感到很不舒服,也感觉累了,我不想每天都在自己的车里看见一个租客。梅赛德斯车已经有些味道了,散发着恶臭,不过可能你还没有察觉。那辆车已经被毁了。而且我也厌倦了每天听着阿尔宾娜·穆斯吮吸咖啡的声音,那是我的咖啡。而且我也厌倦了你。再说一句,那辆车归你了——那辆被你亲手毁掉、如今已是恶臭难闻的车——现在是你的了。滚进你的车,然后从这里滚蛋。现在就走。"

"你听我说,这一切太好笑了。阿尔宾娜·穆斯不会再回来了。她把所有的东西都从车里拿走了。这件事情结束了。就在今天。我拍好了照片,一切都结束了。"

巴克·B看着黑色的窗户,望向淹没在夜晚峡谷中的高山,他还能看见山坡上被砍伐的树木,四周散落着松石和破碎的伐痕,在这座光秃秃的山后,透过双筒望远镜,巴克第一次看见了另外一座山,还有另外一片田野,田野之上,是一间救济院。

"滚出去，"巴克从鼻子里哼出三个字，他一瘸一拐地走上前，举起芭布·西茹前夫父亲的军刀，"滚出去。"

　　瓦尔特几乎要笑出声，巴克·B这个老家伙涨红了脸，挥舞着一把波兰军刀。对他来说，能得到一辆梅赛德斯牛仔力女尼奖，感觉也没那么糟糕。他可以给车子来一次内部蒸汽清洁，再做些除臭工作。他现在要做的，就是赶快跑下楼梯，拿好摄影底片，走出房门，这条路虽然被堵死了，但通往梅赛德斯的路被打开了。瓦尔特决定就这样试试看。

感受安妮·普鲁文字的力量

(译后记)

　　安妮·普鲁,美国小说家、记者,1935年8月22日出生于美国康涅狄格州,1966年至1969年就读于美国佛蒙特大学并取得历史学学士学位,后就读于加拿大魁北克省蒙特利尔市的乔治·威廉姆斯爵士大学,并于1973年取得文学硕士学位。安妮·普鲁在美国佛蒙特州生活了三十多年,期间有过三次婚姻,育有三子一女。1994年,她搬到怀俄明州的萨拉托加,现住在华盛顿州汤森港。

　　对安妮·普鲁,国内的读者想必都不陌生,即使有人对这个名字不太熟悉,或多或少也听过《断背山》的大名,这篇1997年发表的小说获得了1998年欧·亨利短篇小说奖与全美杂志奖,小说改编而成的电影在搬上大荧幕后也斩获多项国际电影大奖。

　　本书是安妮·普鲁于1988年出版的首部短篇小说集,由十一篇故事构成,与发生在美国西部怀俄明州的《断背山》不同,十一篇故事都发生在美国东北部新英格兰地区(包括缅因、佛蒙特、新罕布什尔、马萨诸塞、罗得岛、康涅狄格六个州),这里也是作者出生的地方。有人说,新英格兰是美国诞生的摇篮,新英格兰的历史就是美国的历史。1620年,五月花号搭载的一百零二名乘客到达普罗温斯敦港(今位于新英格兰地区马萨诸塞州),乘客上岸前签署的《五月花号公约》奠定了美国的根基。

到十八世纪三十年代,英国已经在北美建立了十三个州殖民地,随着英属北美殖民地资本主义经济的快速发展,殖民地与英国的矛盾日益突出,后来,独立战争爆发,北美殖民地人民取得胜利,美国独立。历史的车轮滚滚向前,美国日益强大,而新英格兰地区也成为美国工业文明的象征,这里拥有全美乃至全世界最好的教育环境,有一大批世界顶尖大学(学院):耶鲁大学、布朗大学、哈佛大学、达特茅斯学院、麻省理工学院等。

然而在阳光照射不到的地方,这里还有一群被抛弃的人,有的是兢兢业业的蓝领工人,有的是土生土长的乡村住民,有的是在城市的中低收入阶层夹缝中苦苦生存的人,他们没有享受到发展所带来的成果,或许是自身的原因,又或许是时代的原因。

就这样,在这个特别的地方,有这样一群特别的人。

作者为我们展现的,恰恰就是这样的故事。安妮·普鲁是位"大器晚成"的作家,发行第一部短篇小说集时,她已年过五十,虽是"文坛新秀",但安妮·普鲁用老道的文笔,为我们勾勒出一幅幅北美边地生活的真实场景:乡村传统、自然风貌、小镇日常,对于生活在这里的人,她的故事会引发强烈的共鸣。这些故事和故事中的景色一样原始,展现着人与人之间的仇怨、贪婪与情爱。

安妮·普鲁的文字蕴含着这样的力量。

她擅长细致入微的环境渲染与人物刻画。寥寥数笔,就让我们感受到了日渐凋敝的鹿角山、阴森恐怖的巨石城,还有令人窒息的黄色湿地;她塑造出一个个鲜活的人物形象:沉迷书海的霍克希尔、圆滑世故的斯通、精于狩猎的班格,还有永远在追梦途中的斯奈普。

她的文字充满人文关怀。她着眼于这样一群人,她的作品描绘的是人间百态,字里行间融入了对人与自然关系的反思。每个短篇故事出场人物不多,矛盾冲突也并不强烈,有些篇章在冲突刚爆发时便戛然而止,但一口气读完这些故事,内心久久不能平静,就像被她的文字扼住了咽喉,总有些话想要说出口,但又不知道说些什么。

安妮·普鲁的文字蕴含着这样的力量。

她是一位故事大师,为我们讲述了一个个颓废又令人难过的成人童话,它们让我们感受真实、体会人生、得到收获。当我们读完这些成人童话,或共鸣、或思考、或消遣,因人而异。这十一篇故事,仿佛揭开了蒙在脸上的十一张面纱,让我们将人生看得更通透,又像是给身体裹上十一件衣裳,让我们更难窥见人性的内核。

安妮·普鲁的文字蕴含着这样的力量。她说:

人到暮年,当周围的一切变得既熟悉又陌生,你会选择像鸵鸟一样将自己的头包裹起来,还是想尽一切办法融入到新的环境之中?**鹿角山上**的鹿已渐渐失去踪影,你内心的声音,也总会被时代吞没。

这里有座**巨石之城**,阴森恐怖,城里的人,嚣张跋扈。于是像所有的故事一样,这座城终究还是被攻破。但城虽破,人的心仍被牢牢地束缚在那里,就像狐狸与松鸡,永远无法逃脱猎人与猎物的宿命。

贫瘠的土地难以承受风雨的侵袭,华丽的外表无法掩盖不堪的灵魂。但可怜的人啊,只有在看见**花岗基岩**的时候,才幡然醒悟,原来脚下的土地并不肥沃,但世间又是否有那样一种工具,能够测量内心的重量?

福无双至,**祸不单行**。常说人生不如意事十八九,可与人言无二三。于是,我们习惯了自我隐藏、自我消化、自我疏解。有人说,为什么不改变自己?乐观一些,幸福就在前方,但殊不知,这也只是自欺欺人的安慰罢了。

有人说,去追求梦想吧,听从内心的声音,那是一首**心灵之**

211

歌。好啊,去吧,但梦想可不是那么容易实现啊。没关系,那人又说,那就去追求下一个梦想。于是,梦想变成了廉价的借口,而现实,永远是丑陋又庸俗的东西。

原本晴朗的一天,却变成阴雨密布。平静的生活为何总要掀起波澜,是身不由己?还是咎由自取?也许兼而有之吧。于是,我们需要找个借口回归平静的生活,如果没有,那便创造一个。

有没有那么一刻,你会被他人对自己的刻板印象所左右?有没有那么一刻,你会被自己一直深信不疑的事情摆布?很多时候,真相并不会直接曝露在我们面前,而是像被积雪埋住的面包机,**掩于深坑**。

人至中年,危机重重。索性抛开一切,乐得逍遥自在。怎奈在那桃花源中,仍有摆脱不掉的负累。是嫉妒、是恼怒、是悔恨,抑或是无助。瓶中的倒影究竟是**雄鳟怪人**,还是真正的自己?

电力之箭射向四面八方,改变了人们生活的轨迹。命运的改变就像苹果落地一样简单又不可逆转。有的人在消遣别人,有的人被别人消遣,而被别人消遣的人同样也在消遣别人,于是恍然大悟——这不就是我们的生活吗?

一桩**乡村凶案**,让这个小地方变得紧张起来。香草的芬芳令人心醉,炽热的双唇令人着迷。大雨冲断了道路,也涤荡着每个人的心。传教士、杂货店夫妇、拾荒者,凶手到底是谁?

摄影底片上的模特,在摄影师的眼中,究竟是怎样的存在?是人?抑或是物?而围绕摄影之意义的争论,又是否有意义?

安妮·普鲁的文字蕴含着这样的力量,需要我们亲自去感受。

最后,感谢编辑为本书翻译出版付出的辛勤劳动,她一直非常耐心、宽容大度地与我沟通联系,始终将本书的翻译质量放在首位,值本书出版之际,请允许我向出版社和编辑表示感谢。承担本书翻译工作之时,我既兴奋又担心。翻译是一门学问,更是一门艺术,是译者与作者跨越时空的对话,是将作品的语言、文字、文化和背后所蕴含的一切通过另一种语言展现出来,这些都让我倍感兴奋,但安妮·普鲁的文字简练而又豪放,长短句叠加,描绘的故事既简单又深邃,再加上文化上的差异,想要翻译得"接地气",真不是一件容易的事情。我只能尽力将作者在书中描绘的世界原汁原味地展现给读者,并贴合国人的阅读习惯,但因自身水平有限,译文难免会有疏漏和不尽如人意之处,恳请各位读者不吝赐教。愿本书的十一篇故事,能带你走进十一个不同的世界,让你切实感受到在那个历史时代下,在那一方土地上,曾经生活过那样一群人,虽肤色与文化各异,但他们的人生,时而快乐、时而苦闷、时而癫狂、时而挣扎,与我们没什么不同。

易真

2020 年 6 月